The Mystery Collection

THE TIGER PRINCE

光の旅路㊤

アイリス・ジョハンセン／酒井裕美 訳

二見文庫

THE TIGER PRINCE (vol.1)

by

Iris Johansen

光の旅路——上巻

主要登場人物

ジェーン・バーナビー……鉄道敷設のエンジニア
リュエル・マクラレン……スコットランド人の山師
イアン・マクラレン……リュエルの兄。グレンクラレン伯爵
リー・スン……ジェーンの幼なじみ
パトリック・ライリー……ジェーンの後見人
マーガレット・マクドナルド……イアンの婚約者
ザブリー……売春婦
デュライ・サーヴィトサール……インドのマハラジャ（藩主）
アブダル・サーヴィトサール……デュライの息子
パクタール……アブダルの従者
ジョン・ピカリング……イングランド人の大佐
ジョン・カールタウク……金細工師

プロローグ

ユタ州プロモントリー・ポイント　一八六九年十一月二十五日

「待って！」

どうしよう、聞こえてないみたい。彼は板張りのプラットフォームを大股で駆け抜け、列車に向かって突進していく。このままじゃ、置いていかれる。

恐怖に突き動かされ、ジェーン・バーナビーはいっさんに駆けだした。色褪《いろあ》せたサラサのガウンが後方で大きく膨らんだ。薄くなった靴底に空いた穴から、氷の破片が足裏を突く。痛みをこらえ、氷に覆われたぬかるみを飛び越えて、轍《わだち》だらけの道を一〇〇ヤード先のプラットフォーム目指して走る。「お願い！　行かないで！」

明け方の薄闇に覆われてパトリック・ライリーの表情ははっきり見えないが、たぶんこちらの声が聞こえたのだろう、ほんの一瞬ためらうそぶりを見せたあと、ふたたび走りだした。長い脚が駅舎と客車のあいだの距離をまたたく間に詰めていく。

置いていかれる。

またしてもこみあげる恐怖に喉が詰まり、ジェーンは無我夢中で加速した。すでに列車は車体を震わせ、煙を吐きだし、いつ飛びだしてもいいように金属製の筋肉を収縮させている。

「待ってったら!」

男はその声を無視し、まっすぐ前を向きつづけた。絶望感が高じていまや怒りに取ってかわった。ジェーンは大声で怒鳴った。「聞こえてるんでしょ? 乗らないでってば!」

男は足を止め、グレーの格子柄の安っぽいウールコートの下で、たくましい肩を威嚇《いかく》するようにそびやかした。不機嫌そうな顔で振り返り、プラットフォームを猛然と走ってくる彼女を見つめる。

ジェーンは彼の目の前に滑りこむようにして止まった。「わたしも一緒に行く」

「またその話か。昨夜フレンチーの店で言ったはずだろ、連れてくわけにゃいかないと」

「だめよ、連れてって」

「命令される覚えはない」男は顔をしかめた。「さあ、母ちゃんのところへ帰れ。いまごろ、探してるぞ」

「まさか。あなただって知ってるでしょ、母さんはパイプのことしか頭にないって。わたしがどこにいようが気にしてないわ。あなたと一緒に行ったところでなんとも思いっこない」

男はかぶりを振った。

「わかってるくせに」ジェーンは唇を湿らせた。「あなたと一緒に行く。母さんはわたしのことなんか必要としてないの。いままでだってずっとそう」

「おれだって、おまえなんか――」すでに赤らんだ頬がいっそう赤みを増した。アイルランド訛《なま》りもあらわに、ぎこちなく言う。「すまん、つい……だが、おれの人生にガキなんか邪魔なだけだ」

「わたしはガキじゃない。もうすぐ十二歳よ」ほんの少しさばを読んだ。じつのところは十一歳になったばかり。でもそんなこと、彼が覚えているはずはない。一歩、足を踏みだした。

「連れてって。あなたにはそうする義務があるのよ」

「何度言えばわかるんだ？　おれはおまえの父親じゃない」

「ううん、母さんが言ってた。たぶんあなたに間違いないって」ジェーンは痩せ細った顔にかかる、ひと房の赤い巻き毛に手を触れた。「髪だって同じだし、母さんがあんなふうにパイプに夢中になる前は、しょっちゅう訪ねてきてたじゃない」

「そういうことなら、ユニオンパシフィック（一八六二年創設の米国の鉄道会社）の半数の男があてはまる」彼は表情を緩めると、ジェーンの前に膝をついた。「アイルランド人はたいがい赤毛なんだ、ジェーン。それに、おまえの母ちゃんの常連客だった連中なら、四人は名前を挙げられる。なぜ、そいつらだとは考えない？」

それは、この男じゃなければ困るからだ。パトリック・ライリーは母親の体にお金を払う男たちのなかでは、誰よりも彼女にやさしく接してくれた。フレンチーの店のテントに来るときにはたいてい酔っぱらっていたが、それでもほかの男たちのように女性たちに手荒な真似をすることもなく、ジェーンのことも顔を見るといつも、不器用ながらもかわいがってくれた。「あなたよ、絶対」頑《かたく》なに言い放つ。「あなたじゃないっていう確かな証拠はないでしよ？」

「おれだという証拠だってない。さあ、とっととフレンチーの店に戻って、おれのことは放っておいてくれ。おまえの面倒なんか見られたもんじゃない」

「わたしの面倒？」ジェーンはおかしなことでも耳にしたというように彼を見返した。「なぜあなたがそんなこと？　自分の面倒ぐらい自分で見られるわ」

一瞬、男のいかつい顔に哀れみの色が浮かんだ。「そりゃそうだ。そういうふうにもなるわな。アヘンのパイプをくわえた母ちゃんに、ポン引き小屋での生活じゃ」

相手の気勢がそがれたのに乗じて、ジェーンはいっきにたたみかけた。「決して迷惑はかけない。ご飯だってちょっとしか食べないし、あなたの邪魔にならないようにしてる」男の表情がふたたび険しくなったのを見て、急いでまくしたてた。「もちろん、言いつけてくれればなんだってやるわ。こう見えても働き者なの。フレンチーの店の人たちに訊いてみてよ。残飯だって文句言わず食べるし、台所の手伝いもする。掃除だってモップがけだって、お使いだってまかせて。お金を数えたり預かっておくこともできるわ。フレンチーのところじゃ、土曜の夜には時間を計る役もやってたのよ。お客さんにお帰りの時間ですって伝えるの」彼の腕をつかんだ。「なんでもやるって約束する。だから連れてって」

「そういうことじゃなくて――」パトリックは短く押し黙り、訴えかけるような少女の顔に目を落とした。「いいかい、おれは鉄道敷設を仕事にしてる。それしかできない男だ。線路ができあがったから、ここでの仕事もおしまいだ。今度はソールズベリーで作業員たちを監督してくれって話がきた。おれみたいな無学のアイルランド人にとっちゃ、でっかいチャンスなんだ。ソールズベリーっていったら、海を渡った先のイングランドだぞ。そんな遠くまで行きたかないだろう」

「いいえ、行く。どこだろうとかまわないわ」小さな手で彼の腕にしがみついた。「お願いよ、絶対にがっかりさせないって約束するから」

「がっかりさせないだと？」急に苛立たしい口調になったかと思うと、パトリックは彼女の手を振りほどいて立ちあがった。「売春婦のガキなんかに、この先の人生を振りまわされてたまるか。さっさとフレンチーの店に帰れ」ふたたび列車に向かって歩きだした。

突き放されてひるんだものの、ジェーンにすればべつだん驚くに値しないことだった。生まれてこのかた、フレンチーの店の人間以外にはことごとく拒否されてきた。自分が町から町へと移動する鉄道作業員の家の子供たちとは違うことぐらい、とうの昔に学んでいた。彼らが住んでいるのは、パリッと糊のきいた清潔なガウンに土曜の夜の風呂、日曜の午前中の教会通いの世界。対して自分は——

ふいに、ランタンの明かりに照らされた薄暗いフレンチーのテントの様子がよみがえり、胸がむかついた。ロープに吊るしたボロ毛布でかろうじて仕切られた簡易ベッド。母親のベッド脇に置かれたおかしな格好のガラスボウルから立ちのぼる、アヘンの甘ったるいにおい。指図に従わずにぐずぐずしてると、容赦なく頰に飛んでくるフレンチーのごつい手のひら。

あそこに戻るわけにはいかない。もうひと押しで脱出できそうなところまできておいて。

ジェーンは手のひらに爪が食いこむほど、体の脇できつく両手を握りしめた。「置いてきぼりにしようったって無駄よ。ついてくだけだから」

パトリックは列車に達すると、左足を金属製のステップに載せた。

「絶対ついていくわよ。あなたはわたしの父親なんだから」

「違うって言ってるだろ」

「そのサドルベリーってところへだってついてくわ。それで――」

「ソールズベリーだ。言っとくが、でっかい海を泳いで渡らなきゃならないんだぞ」

「やるわよ。どうにかして渡ってみせる。あきらめさせようったって無駄よ、絶対に――」

涙声になり、押し黙る。

「くそっ」パトリックは頭を垂れ、足元の波打つ金属板を見つめた。「どうしてそう聞きわけがないんだ?」

「連れてって」ジェーンはささやいた。ほかにどう言えばいいのかわからない。どう説得すればいいのかわからなかった。「お願い。このままここに残ったら、いつか母さんみたいになりそうで怖いの。あそこに……いたくない」

彼は両肩を丸めたままじっと立ちつくしていた。刻一刻と時間が過ぎる。「ちくしょう!」やにわに振り向くと、プラットフォームに飛び降りた。しみだらけの大きな手でジェーンの腰をつかんで楽々と持ちあげ、列車に乗せる。「チビ助だな。いくらも重さがないじゃないか」

これって、折れてくれたってこと？　ジェーンは信じられない思いだった。「軽くたって関係ないわ。年のわりにはチビだけど、力はあるんだから」

「そう願いたいもんだ。ぐずぐずついてこられちゃ迷惑だからな。おれは父親じゃない。みんなと同じようにパトリックと呼ぶんだ」

「パトリック」ジェーンは素直に繰り返した。

「それから、自分の食いぶちは自分で稼ぐんだぞ」

「わかった」鉄製の手すりにしがみつきながら、全身を貫く安堵《あんど》の思いに目がくらむほどだった。「絶対にがっかりさせたりしない。この恩は忘れないわ。どんなことでもやって――」

「ここで待ってろ。車掌と話をつけてくるから」パトリックはくるりと背を向けた。「くそっ、どうせもう一枚チケットを買えって言われるんだろう。何年もかけてこの鉄道を建設したおれが、金を払わされるなんて――」

「チケットは二枚よ」

はたと足を止め、彼は振り返った。怪訝《けげん》そうな声で静かに訊き返す。「二枚？」

ジェーンは意を決して言った。「リー・スンよ」いつのまにか彼女の後ろについてきていた小柄で痩せ細った少年のほうに、片手を打ち振る。少年は駅舎の陰で様子をうかがっていた。「彼も一緒に行くわ」合図と見るや、中国人少年は脚を引きずりながら近づいてきた。ナップザックを背負い、擦り切れてぼろぼろになったカーペット地の旅行鞄《かばん》を手にしている。「友達なの。絶対、迷惑はかけないわ」

「迷惑をかけないだと？　その体でよく言うぜ」

「料理が上手なの」ジェーンは早口で説明した。「あなただって知ってるはずよ。前に一度、フレンチーの店で彼の作ったシチューを食べたことがあるはずだもの。それにとっても頭がいいの。読み書きや計算を教えてくれるし、ハーブのことも詳しくて——」

「だめだ」パトリックがにべもなく断じた。「そんなガキまで面倒見きれるか。やつには帰ってもらえ」

「彼も一緒じゃないとだめよ」またもやパトリックの機嫌が悪くなってきた。どうしよう、もしも気が変わってわたしのことも置いていくって言いだしたら？　それでも、リー・スンを残していくわけにはいかなかった。せっぱつまった口調で続ける。「リー・スンは十七歳、もう立派な大人よ。いろいろと助けになるはずだし——」パトリックの表情はいっこうに緩まない。「あなたに面倒はかけない。彼の世話はわたしがするわ」

　パトリックは不審の目を向けた。

「約束する。だから彼の分もチケットを買って」さらに小声で訴えた。「お願いよ」

「おれがそんなに金持ちだと思うのか？」

「彼を置いてはいけないの。フレンチーにひどい目に遭わされるんだもの」

　リー・スンはふたりの傍らに立ち、ジェーンとパトリックの顔に交互に目をやった。「おれも行っていいのか？」

　ジェーンが請うような目をパトリックに向ける。

「くそっ」パトリックはきびすを返し、運転室で機関士と話している制服姿の車掌に向かってずんずん歩いていった。「オマハまでだぞ。それ以上は金輪際認めないからな」

ジェーンの口からふっと短く息が漏れた。「わかったわ。さあ、列車に乗って、リー・スン」

「オマハって？」

「ずっと遠くよ、たぶん」ジェーンもよくわからないままに答えた。「そこに着くまでには、彼を説得してあなたを一緒に連れていかせる方法を見つけるわ。大丈夫、それほど手強そうじゃないし」

リー・スンは苦笑いを浮かべた。「でも、アイルランド人だろ？　アイルランド人ってのはおれらの民族を毛嫌いしてる」

「かならず方法を見つけるわよ。しばらくは彼の目の届かないところにいて」

客車の扉を開けたとたん、足の下で床が震動しはじめ、ジェーンはぎくりと身をこわばらせた。なんて奇妙な感触。これまで、鉄道作業員たちを追うフレンチーに引きずられるようにして、母と一緒にあちこちのテント設営地を点々としてきたけれど、列車に乗るのははじめてだった。

リー・スンは訳知り顔でうなずいて、彼女の目を見つめた。「すげえパワーだ。〝鉄の馬〟って呼ばれるだけのことはあるな」

ジェーンが首を振った。「っていうより、いつだったかあなたが話してくれた竜のほうがぴったり。炎と煙を吐いて、尾っぽを振りまわすやつ」先頭に立って通路を進む。「でもすぐに慣れるわ、きっと」

リー・スンはうなずくと、頭上の棚の上にナップザックを載せ、旅行鞄をジェーンの傍らに置いた。「竜を手なずけられればの話だけどな」

「大丈夫よ」ジェーンは腰を下ろし、膝の上で手を組んだ。車内にはむっとする葉巻のにおいと、前方のストーブの脇の燃料入れに詰めこまれた、伐採されたばかりの薪《まき》と石炭のにおいが入り混じっていた。これが新しい生活。これからはこの車体の揺れとにおいと、物音に慣れていかなければ。「なにもかもうまくいくわ、リー・スン。きっとわたしたち――」

カーペット地の鞄からもの悲しげな鳴き声が漏れ聞こえた。

「やだ。眠っててくれないと困るのに」ジェーンは窓の外をうかがい、パトリックがまだ車掌と話をしているのを確かめた。鞄を開けるなり、茶と白の鼻先が突きでてきた。やわらかな毛に覆われた、痩せっぽちビーグルの子犬の頭をそっと撫でてやる。「だめよ、いまは。騒いじゃだめ」

「だから、野良犬なんか連れてくるなって言ったのに」

ジェーンは顔を上げ、彼を睨みつけた。「サムはまだ生まれてひと月半よ。フレンチーにまかせておいたら、母犬や兄弟犬と同じように飢え死にしちゃうに決まってるわ。連れてこないわけにいかなかったのよ」

血色の悪いリー・スンの顔がわずかにほころび、あきらめたようにうなずいた。「おまえの性格ならそうだろうな。でも、親父さんは喜ばないと思うぜ」

「彼はまだ……知らないの」ジェーンはすばやく鞄を閉じ、リー・スンのほうへ押しやった。

「この子を連れて客車のいちばん前へ行ってて。わたしが呼びにいくまで」

リー・スンは肩をすくめ、鞄を受け取った。「どうせ、おれもこいつも列車からおっぽりだされるに決まってる」

「そんなことはさせないわ。絶対にさせない。番犬は必要なはずよ、その……」口ごもり、最終目的地の地名を思い出そうとする。「ソールズベリーって町でだって」

「どうやって説得する？」

「食らいついてあきらめなければいいだけ」ジェーンは口元を引き締めた。「どんなことだって、心から願えば最後にはかならず叶うわ。相手が闘い疲れるまであきらめなければいいのよ」

「そのオマハとやらに着くまでに、親父さんが音を上げてくれるのを願うよ」リー・スンは足を引きずりながら、客車の前方に向かった。

ジェーンの父親は車掌との話を終え、大股でプラットフォームを戻ってくるところだった。その表情からして、明らかに機嫌が悪そうだ。

父さん。彼のことをそう呼ばないように気をつけなくちゃ。ジェーンはせつない思いで考えた。父親であることを認めようとしないのに、父さんなんて呼んだら怒らせるだけ。誠心誠意働いて彼の役に立つことを証明できたら、いつかきっとそう呼ばせてくれるに違いない。

鋭い汽笛が鳴り響き、ジェーンは飛びあがった。あわてて木製の座席にしがみつくと、列車がくんと前に動きだした。

パトリックの口汚い叫び声が聞こえた。残り数ヤードを大急ぎで駆けると、彼はどうにかステップに飛び乗った。

窓の外では、冷えきった空気を蒸気が白く染めている。掘っ建て小屋と風雨にさらされたぼろテントしかないプロモントリー・ポイントをあとにして、黒い竜はゆっくりと走りはじめた。

飛ぶように過ぎる風景を目にするうち、ジェーンの心に恐怖が押し寄せ、どうにも離れなくなった。これまで慣れ親しんだなにもかもが、いま目の前で消え失せようとしている。

「戻りたくなったか？」

見上げると、父さん――いや、パトリックが脇に立ち、期待のこもったまなざしを向けていた。「次の駅で送り返してやってもいいんだぞ」

「いいえ」

「最後のチャンスだ」

プロモントリー・ポイントはまるで最初から存在しなかったように、完全に見えなくなった。と同時に、ふいに恐れも消え去った。「戻らないわ」故郷というものを正確に知っているわけではないけれど、フレンチーの店がそれでないことは確信していた。町から町へ渡り歩く鉄道敷設員が父親だというなら、煙を吐きだしうなりを上げるこの竜こそが、これからはわたしの故郷になるのだろう。だとしたら、竜のことをとことん知りつくさなくてはならない。そう、それこそがわたしのすべきこと。父親が鉄道を愛しているのなら、わたしにとってもまた、鉄道が体の一部にならなくては。

硬い座席の背にこわごわともたれかかると、こわばった筋肉を無理やりやわらげようとした。「戻る気はないわ。ただちょっと怖くなっただけ。もう大丈夫よ」

パトリックはなにやら小声でつぶやくと、隣りの席に腰を下ろした。

ジェーンは目を伏せ、線路を転がる車輪のゴトゴトという鈍い音に耳を澄ませた。そのうちにゆっくりとだが、その金属音にも巨大な心臓の鼓動のようなリズムがあることがわかってきた。蒸気を吐きだす鋭い音の合間に刻まれる、どこか心落ち着かせるようなリズム。思ったほど竜は、乱暴者じゃないのかもしれない。そのうち、彼女に心を開き、抱えこんだ秘密をあれこれと話してくれるかもしれない。

1

アフリカ、クルーガーヴィル　一八七六年四月三日

イアンの目にその姿は、いまにも飛びかかろうとする美しい虎のように映った。

リュエルは寸分の隙もない構えで、柄の部分が骨でできたナイフを右手に握りしめ、はやる心を押し殺すような笑みに口元をゆがめていた。ランタンの明かりのもと、上半身あらわになった筋肉を黄金色ともブロンズ色ともつかぬ色に輝かせ、青い瞳に獰猛《どうもう》な光を湛《たた》えている。彼は鉈《マチエーテ》を手にする大男のムラート（白人と黒人の一代混血児）のまわりをぐるぐるとまわった。

もうもうとバーを覆いつくす煙の奥に睨みあうふたりの男の姿を垣間見たとき、イアン・マクラレンは衝撃に身を貫かれた。これほど荒々しいリュエルの姿は想像していなかった。もっとも、ここ数年の彼に関する報告内容を考えればそれなりに覚悟すべきだっただろう。そもそも昔からおどおどしたところなどひとつもない子供だったのだ。たしかに目の前にいる弟は、臆病とか従順などという言葉からはかけ離れた存在だった。

虎よ、虎！　光りて燃え、ひそやかに忍び寄る虎よ……。

古い詩の一節が頭に浮かび、リュエルの姿を目にするなり抱いた印象がいよいよ鮮明になった。かつて少年は、いまにも爆発しそうなエネルギーを内包してつねに燃えていた。だが、

目前の彼は、触れれば火傷《やけど》をしそうなほどの熱い生命力を惜し気もなく溢れさせている。いつだったかマーガレットが堕天使のごとき美しさだと喩《たと》えた、完璧に整ったその顔は、時とともに研ぎ澄まされごつさを増したものの、圧倒的な魅力は少しも衰えていない。ひとつに束ねた茶色い髪に、黄褐色を帯びた金色の筋が幾本も走り、それが虎らしい風貌をさらに強めていた。

ムラートが突然、マチェーテを振りまわした。

リュエルはいともたやすくそれをかわし、低い笑い声を漏らした。「ようやくか。退屈でうんざりしてたとこだぜ、バラク」

「そんなとこに突っ立ってないでよ」ミラと名乗った女が、イアンの腕をつかんだ。「助けてくれるって言うから連れてきたのに。このままじゃバラクに殺されちゃうじゃないか」

「そのようだな」イアンは曖昧《あいまい》に返事した。ほんの数時間前に彼がこの町に到着した際、ミラは金の採掘用キャンプの売春婦のひとりだと自己紹介してきた。だが、リュエルとの関係がそれだけでないことは見ていればわかる。驚くことではなかった。よこしまな雰囲気を漂わせる端正な風貌と、なにごとも意に介さない異教的な振舞いに惹きつけられて、女たちは昔から次々にリュエルのベッドを訪れていた。それよりも、この女の予言が現実になりそうだというのに自分が少しもあわてていないことが不思議だった。バラクという男は七フィートにも達しようかという大男だ。その雄牛のような筋肉を前にすると、六フィート弱のリュエルなどほんの子供に見える。けれどイアンは、幼いころいじめっ子たちを相手にしたときと同様、弟が難なく相手を蹴散らすに違いないと確信していた。「しばらく様子を見たほうがいい。この手のことに口出しされるのは好きじゃないんだ、リュエルは」

巨体のムラートがまたしてもマチェーテを突きだした。リュエルの上半身が猫のように弓なりにのけぞったかと思うと、間一髪その腹部を刃先がかすめた。

「やるじゃないか」リュエルが笑った。「だが、まだまだだ。ぶざまで見てられないぜ」

バラクが大きく吠《ほ》え、ふたたびマチェーテを突く。

が、すでにリュエルの姿はそこになかった。

目にも留まらぬ速さで左に飛びのき、その瞬間、バラクの脇腹にさっと赤い筋が走った。

「マチェーテの扱いも、駆け引きもなっちゃいない。なんなら教えてやってもかまわないがな」コブラを狙うマングースのようなすばやさで男の周囲をまわる。「いや、そりゃ無駄ってものか。もうすぐ死ぬやつ相手にそんなことをしても意味がない」

イアンはぎくっと身をこわばらせた。そうだった。これは、目のまわりの青痣《あおあざ》や拳のすり傷程度で終わりを告げる子供の喧嘩《けんか》とはわけが違う。女を振り返った。「執政官を呼んでやめさせるんだ」

女は怪訝そうな目を向けた。「執政官?」

「警察だよ」

「ここにはそんなものいやしないよ。あんたが止めてって言ってるだろ。バラクはリュエルの鉱業権付きの土地を狙ってんだ。リュエルを怒らせて喧嘩に持ちこむために騙《だま》したのさ。

殺すのが目的よ」

イアンは低く悪態をつき、客でごった返すバーを見まわした。少年時代、グレンクラレンでリュエルの取っ組みあいを前にしたときと同じだ。目の前の格闘に割って入るすべなど自分が持ちあわせているはずもない。かといって、このいかがわしい小屋でテーブルを前に座っている薄汚い格好の男たちから助けを得られるはずもなかった。鉱員たちは闘志むきだしのふたりの男をおもしろそうに、というよりは明らかに悪意を含んだ興味津々のまなざしで見つめていた。

とにかく、なにか手を打たなくてはならない。正当防衛とはいえリュエルに人殺しをさせるわけにはいかなかった。

バラクがふたたびマチェーテを突き、リュエルが身を翻してかわした。と、バラクの上腕にさっと長く切り傷が走り、血がにじんだ。

「ほんとにどんくさいやつだな、おまえは」リュエルがすかさずけしかける。

イアンはその言葉ににじんだ気持ちの変化を聞き逃さなかった。リュエルはバラクをからかっている。だが、じょじょに苛立ってもきていた。もうまもなく攻撃に転じるはず。そうなる前にどうにかしなくては――

そのとき、バラクの刃先がついにリュエルをとらえた。

ほんの十分の一秒、リュエルの反応が遅れたがために、マチェーテの先が彼のあばらをかすめたのだ。

「そうこなくちゃ」意外にもリュエルは満足げにうなずいた。「相手が過信気味になったところを突けばいいんだ。思ったほど馬鹿じゃなさそうだな」

「この嘘つき。なにもしちゃくれないじゃないか」傍らの女はイアンの腕から手を離した。「わかんない男だね。彼はあたしを助けてくれたんだ。その彼を見殺しにするっていうのかい？　そんなとこに突っ立ったままバラクが——」言い終えないまま、睨みあうふたりの男に向かって突進していく。

「やめろ！」イアンは傍らのテーブルからウィスキーのボトルを奪い取った。すかさず上がる鉱員の抗議の声に小さく答える。「申し訳ない。ちょっと借りるよ」

またしてもリュエルは笑っていた。が、その表情がいくらかこわばっているのをイアンは見て取った。バラクの一撃が刺激になり、もはや事態はいっきにクライマックスに向かいつつあった。

「バラク！」ミラが大男の背中に飛びかかり、しなやかな腕を太い首に巻きつけた。

リュエルは呆気《あっけ》にとられ、動きを止めた。すぐにふたたび笑い声を上げる。「離してやれ、ミラ。それじゃなくてもやつは追いつめられてるんだから」

バラクは全身ずぶ濡れの熊のように体を震わせてミラの腕を振り払い、彼女を床にはじき飛ばした。

マチェーテを高く掲げ、襲いかかろうとする。

「やめろ！」リュエルの顔から笑みが消え失せた。「こっちだ。彼女じゃない。欲しいのはおれだろう」すばやく一歩踏みこむと、短剣の先端がバラクの首の後ろに赤い線を描いた。

「さあ、こっちだ、うすのろめ」

バラクは舌打ちし、くるりとリュエルに向きなおって足を踏みだした。

リュエルは両足を前後に動かしてバランスを取った。青い瞳が獰猛な光を放ち、鼻孔がかすかに膨らんでいる。「来い。こそ泥のくせに――」

イアンが前に進みでて、静かに言った。「やめろ、リュエル」

リュエルの顔が凍りついた。「イアン?」瞬間、バラクから目をそらし、大きく見開いた。

「なんでここに――」

バラクが床を蹴《け》ると同時にマチェーテがリュエルの肩を切り裂いた。刃先は正確に心臓を狙っていた。間一髪リュエルが脇に飛びのかなかったら、彼の胸はまっぷたつに裂けるところだったろう。

床にうずくまる女の鋭い悲鳴が響きわたった。リュエルの顔が苦痛にゆがむ。考える間もなくイアンは行動していた。

飛びだすやウィスキーボトルを高々と掲げ、バラクの頭めがけてあらんかぎりの力で振りおろす。

ガラスが砕け、酒が飛び散った。

大男は低くうめき、よろめいたかと思うと、次の瞬間床にくずおれた。

リュエルの体もふらついていた。両膝ががくりと折れる。

あわててイアンが駆け寄り、すんでのところでその体を受け止めた。

「どうして……」それきり言葉が続かず、痛みに顔をしかめた。「くそっ、イアン、こんなところでなにを……」

「しーっ」イアンは手を持ち替えると、まるで子供でも抱えるように軽々とリュエルの体を抱えあげた。「おまえを連れ戻しにきたんだ」


リュエルは目を開けた。自分のぼろ家に寝かされていることはすぐにわかった。数えきれないほどの夜を、ここに横たわり、天井の割れ目から星を眺めることで過ごしてきたのだ。熱と痛みに朦朧《もうろう》としているとはいえ、見間違えるはずはなかった。

「目が覚めたのか?」

粗末なベッドの傍らに座る男に目を移した。

長く伸びたわし鼻、大きな口、ハシバミ色にきらめく瞳。ユーモアと知性がなければ地味のひと言で片づけられてしまうような顔に、それらが収まっている。イアンの顔だ。

「すぐによくなる。ひどい熱だったが、だいぶ回復してきている」

イアンのスコットランド訛りが心地よく耳に響き、一瞬、胸の奥がちくりとうずいた。このおれがホームシック? 馬鹿な。きっと熱のせいに決まってる。グレンクラレンへの感傷的な望郷の念など、飛びだしてから六週間後には消え失せていた。「ここでなにをしてる?」

「言ったはずだ」イアンは、ベッド脇に置かれた水の入ったボウルに布を浸した。「おまえを連れ戻しにきた」

「もう少しで、棺《ひつぎ》に入って連れ帰られるところだったぞ。いつも言ってただろう、おれの喧嘩に口出しはするなって」

「すまん。つい放っておけなくなってな。かっかしてたが、本気であいつを殺す気はなかったんだろう？」

「そう思うか？」

イアンは布を絞ると、リュエルの額に載せてやった。「殺人は死に至る罪だ。そんな重荷をわざわざ背負わないほうが、人生はずっと生きやすい。水を飲むか？」

リュエルはうなずき、イアンがスツール脇の手桶《ておけ》から鉄製のひしゃくに水を満たす様子を眺めた。イアンはすでに三十代半ばに達しているはずだ。しかし、その姿には、時の経過によってもたらされるはずの変化はいささかも認められなかった。たくましくもしなやかな体や、いとも軽々とリュエルを抱えあげる腕っぷしの強さは健在だ。それに、きちんと整えられた黒髪も、丁寧で落ち着いた物腰や話し方も。

イアンはひしゃくをリュエルの口元に運び、彼が貪《むさぼ》るように飲むあいだ、じっと動かさずにいた。「そこのストーブの上の鍋《なべ》にシチューがあるぞ。三十分ほど前にミラが作って持ってきてくれた。まだ温かいはずだ」

リュエルは首を振った。

「それじゃ、あとで食べるといい」イアンはひしゃくを手桶に戻し、リュエルの額をやさしくぬぐってやった。「あのミラという女は、いやに親切に尽くしてくれるな」

「こういう薄汚い町じゃ、信用できると思った人間にはとことん食らいつくもんなんだ」

「ベッドに引きこんだからじゃないのか？　おまえのためにあのマチェーテを奪い取ろうとしたんだぞ」

リュエルは心からおかしそうに笑った。「おれにその種の才能があることは認めるよ。でも、いくら自惚《うぬぼ》れの強いおれでもそこまでは考えられないね。女がおれのベッドを熱望するがゆえにマチェーテで叩き切られる危険までも冒すなんて」わざと話題を変える。「しかし、回復するまでは彼女が面倒を見てくれるはずだ。あんたがいる必要はない」

「ほんとになにも食べないつもりか？　なにか口にすれば力がつく。できれば二週間のうちに出発したいんだ」

「おれは帰らない」

「なにを言ってる？　ここになにがあると言うんだ？　ミラに聞いたが、あのバラクという男、すっかり回復しておまえの鉱業権付きの土地を引き継いだそうだぞ」

「くそっ」

「気持ちはわかる」イアンは顔をしかめた。「だが、わたしとしては、やつがそっちの件に夢中でいてくれたほうがありがたい。それなら、わたしへの復讐など考えないだろうからな」

「そういうことは、頭を突っこむ前に考えるもんだ、普通は」

「もっともだな」イアンは弱々しく微笑んだ。「おまえがそんな体じゃ、子供のころのようにかわりに闘ってもらうわけにもいかない」

「あんたには冷酷さってやつが足りなかったんだよ。町一番の強者にだってなれる体を持ってながら、決して相手の急所を攻めることをしない。絶対に相手の——」

イアンが遮って言う。「どうせ動けるようになったらすぐ、バラクを追いかけて土地を取り戻そうとするんだろう?」

リュエルは短く思案した。「いや」

「そいつはまた賢明だな」イアンは小首をかしげ、リュエルの表情をうかがった。「だが、おまえらしくない。確かおまえの信条は、〝目には目を、歯には歯を〟だったと思ったが」

「けど最近じゃ、些細な問題についちゃ運命の手に復讐をゆだねることもあるんだ」

「というと?」

「ここの鉱業権は一週間前で契約切れだ」いかにも満足げに顔をほころばせる。「あのうすのろめ、痛い思いまでしてようやく鉱業権を騙し取ったってのに、手に入ったのはせいぜいがポーチ一杯の砂金だ。骨折り損のくたびれ儲《もう》けってわけだ」

「なるほど」イアンはひと呼吸ついた。「それじゃ、おまえの金鉱の夢はまたしても失敗に終わったのか? ジェイレンバーグと同じように?」

リュエルの顔がこわばった。「ジェイレンバーグのなにを知ってる?」

「あそこで鉱業権を手に入れて半年間滞在し、その後立ち去った」イアンはふたたび布を水に浸してから絞った。「それにしても、あちこち動いたものだな。オーストラリア、カリフォルニア、南アフリカ——」

「なんでもお見通しってわけか？」

「そうでもない。若い男を雇っておまえを探させたんだが、やつときたらしょっちゅう見失うばかりで、ようやくここクルーガーヴィルで追いついたってわけだ」リュエルの額に布を載せながら、かぶりを振った。「おまえももう子供じゃない。この先いつまでも虹を追いかけてはいられないぞ」

「虹なんて追いかけちゃいないさ」リュエルはかすかに頬を緩めた。「おれが追いかけてるのは、虹の果てにある山盛りの金だ。虹そのものじゃない」

「金か」イアンは渋面を作った。「おまえはいつも言っていた。いまに金鉱を見つけてスコットランド一の金持ちになるんだと」

「かならずなってみせるさ」

「わずか十五でグレンクラレンを飛びだして以来、まだ見つかっていないというのに？」

「どうしてわかる？」

イアンは満足な家具もないあばら屋を見まわしてから、天井の割れ目を見上げた。「金鉱を見つけといてこのありさまなら、あのアンガス・マクドナルドをも上回る守銭奴になりさがったとしか思えないからな」

リュエルが大きく破顔した。「美しいマギー・マクドナルド嬢はどうしてる？　結婚したのか？」

イアンは首を振った。「マーガレットには世話をしなければならない病気の親父さんがいる。そのあいだは結婚は無理だ」

「まだぐずぐずしてるのか？　そんな調子じゃ、よぼよぼになるまで結婚できないぞ」

「神がよきに計らってくれる」イアンは話題を変えた。「シニダーってのはなんのことだ？」

リュエルはぎくりとし、イアンの顔に視線を移した。「シニダー？」

「心に引っかかってるんじゃないのか？　熱にうなされてしきりに繰り返してた」

「ほかにはなにか？」

「いや、ひと言……シニダーとだけ」

リュエルは緊張を解いた。「なんでもない。前に一度訪れたことのある場所だ」

「ずいぶんあちこち訪れてきたからな。そろそろ家に戻って腰を据えてもいいころだろう」

短く間を置いた。「親父が死んだ」

「知ってる。手紙をもらったじゃないか」

「返事はなかったぞ」

「書く意味がなかったからさ。何年も前に親父はおれにとって意味を持たなくなっていた。グレンクラレンも同じだ」

「わたしもか？」

「あんたはグレンクラレンそのものだった」

「否定はしないよ」イアンは微笑んだ。「わたしはあの古い土地のすべてを愛している。池も石も、虫食いのタペストリーもね」

「それじゃ、さっさと戻るといい」

イアンは首を振った。「おまえと一緒でなければ戻るつもりはない」床に目を落とし、ぎこちなく言葉を継ぐ。「親父が生きているあいだおまえを探しにこなかったのは、愛してなかったからじゃないんだ。わたしにだってわかっていた。親父のほうが間違っていて、おまえにつらくあたっていたことぐらい。ただ……どうしていいかわからなかった。ずっと後悔していたんだ――」

「自分を責めてるのか？」リュエルはかぶりを振った。「あんたがいつも、おれと親父の板ばさみになって苦しんでたことは知ってたよ。どうしようもないことだったのに」

「それでもなんとかしたかった」

一瞬、リュエルの胸に温かいものがこみあげた。愛か？　そんな甘っちょろい感情など何年も昔に燃えつきたはずなのに。愛は危険このうえない感情だ。そんな苦境に身を投じるぐらいなら、感情のうわっ面でごまかして生きていくほうがずっと安全だ。彼はわざと言った。

「だからあんたは、お人好しなんて言われるんだ」

「そうかもしれないな」イアンはやさしく微笑んだ。「でもお人好しだろうがなんだろうが、グレンクラレンでのおまえの居場所を取り戻してみせるつもりだよ」

リュエルは腹立たしさと無力感の入り混じった気持ちで、イアンを見つめた。どうやら彼は、いまこそ本来あるべき姿に戻そうと決意を固めているらしい。兄の頑固さはよくわかっている。いったん決めたことはとことんやり遂げないと気がすまない。「なぜ帰らなきゃならないんだ？　あそこにはおれの欲しいものはなにもない」言ってはみたが、イアンの顔に浮かぶ頑なな決意は少しも動じる気配はない。そのときはじめて、面倒な事態になりかねないことを察知した。くそっ、これから数カ月でやらなきゃならないことがごまんとあるというのに、イアンに追いかけまわされて、ことあるごとに邪魔されてはたまらない。「あんたにここにいてほしくないんだ」

「それは、あいにくだな」

「邪魔なんだよ」

「船に乗りこむまでの話だ。出発してしまえば、邪魔になるようなことはしない」

「おれはグレンクラレンには帰らない。体調が戻ったらカサンポールに行くつもりだ」

「例のシニダーじゃなく？」

「カサンポールってのはシニダーへ行く途中にある」

イアンは眉根を寄せた。「カサンポールなんて聞いたことがないな」

「インドだよ。カサンポールってのは、サーヴィトサール一族が治める藩王国でもっともでかい町なんだ」

イアンは首を振った。「そんな体で異教の国なんかに行くより、グレンクラレンで休んだほうがずっといいだろう」

「カサンポールへ行く」

イアンはじっと彼に目を据え、あきらめたようにため息を漏らした。「金はあるのか?」

「鉱業権を手にしたおかげで、三カ月でそれなりの金ができた。ミラに多少の金を渡してやっても、じゅうぶん残る」

「そいつはありがたい。それなら、わたしの分もなんとかしてもらえるな。残念ながらグレンクラレンは、おまえがいたころと同じだ。土地はあるが金はない。わたしも一緒に行って、おまえがこの馬鹿げた旅に飽きるのを待つことにするよ」

「飽きなかったら?」

「さらに待つまでのことさ」

「イアン、カサンポールじゃ大事な用事があるんだ。相手してる時間など——」

「時間は神が与えてくれる」イアンは立ちあがり、ストーブに歩み寄った。「カサンポールでの仕事については、おいおい説明してもらうよ。それよりいまはシチューだ。おしゃべりはやめて食べるんだ。さっきも言ったが、旅に出るならそれなりの体力をつけなきゃならないからな」

インド、カサンポール　一八七六年五月六日

「ごきげんよう、ミス・バーナビー。こんな夜道を、異国の女性がエスコートもなしに歩いちゃいけないとは教わらなかったのかな」

人当たりのよい穏やかな口調でありながら、その言葉からはひそやかな脅しのにおいがにじみでていた。ジェーンの心臓が跳ねあがった。にわかに足取りを早めながら後ろを振り返る。ほんの数ヤード後方に、アブダル王子とパクタールの姿があった。パクタールは若く美しい若者で、王子が彼女を問いつめにやってくるときには決まって付き添ってくる。なんて間抜けなの！　ずっと気をつけてきたはずなのに、今夜にかぎってはつけられていることに気づきもしなかったなんて。

ジェーンは間髪入れずに駆けだし、ひとけのない暗い通りを疾走した。

だが遅かった。ふたりはすぐそばまで迫っていた。角に達する前にたくましい手に肩をつかまれ、無理やり振り向かされた。

アブダルが目の前に立っていた。ハンサムな若いパートナーは背後にまわり、ジェーンの腕を後ろ手にがっちりつかんでいる。肩からナップザックが転げ落ちた。

「話しかけたとたんに逃げだすとは、なんと失敬な」アブダルがランタンを地面に下ろした。

「少々懲《こ》らしめる必要がありそうだな、パクタール」

パクタールが両腕をひねりあげ、ジェーンは下唇を噛んで、ぐっと痛みをこらえた。白いターバンからのぞくアブダル王子のつるりとした童顔が、たちまちせりあがってきた涙ににじんだ。

「つい先日の話しあいじゃ、それはそれはつれない態度であしらわれたからね。今度はもっとプライベートな話しあいの場をもうけるべきだと考えたわけだ。で、カールタウクはどこだ？」

「知らないわ、カールタ――」さらに高く腕を持ちあげられ、思わず口をつぐんだ。

「パクタールは苛立っているようだ。宮殿にいれば安穏としていられるのに、ここ三日、おまえのあとを追ってつまらん夜を過ごさなければならなかった。しかもその努力がひとつも実を結ばないというんだからなおさらだ」

ブーツのなかに隠し持った短剣。あれを取りだせたら。「それじゃ、わたしがなんの役にも立たないってわかったでしょう？」

「いや、わかったことといえば、おまえが異国人のわりにはこの町のマーケットを知りつくしていて、じつにすばしっこいということだけだ。彼はどこにいる？」

「知らないわ。言ったでしょ――」うっと息を呑んだ。腕がいっそう高くねじりあげられる。ランタンの炎が揺らぎ、かすんで見えた。このままじゃ、いまに気絶してしまう。痛みで意識が朦朧とした。だめよ！　これまで一度だって気を失ったことはないのに、人生で最初に屈するのがこのろくでなしだなんて冗談じゃない。

「やれ」アブダルが背後の男に命じた。

激烈な痛みに、一瞬、頭のなかが真っ白になった。

「なぜそう意地を張る？」アブダルが訊いた。「いずれ言うことになる。しょせんは弱く愚かな女だ。そう長くもつわけがない」

頭がくらくらしながらも、その言葉に納得できない思いがこみあげた。たしかにバンガローからつけられていることに気づかなかったなんて愚かかもしれない。だけどわたしは弱くなんかない。

「こんな痛い思いまでして、なぜやつをかばう？　どういう関係だ？」パクタールが耳元でささやき、両手に力をこめた。「やつのおかげでじゅうぶん楽しめたんだろう？　そろそろ殿下にお返ししたらどうだ？」

「カールタウクなんて知らないったら」

「恋人か？」パクタールがなおもささやく。「そこまでかばうんだからよほどいい思いをしてるんだろうと、殿下はおっしゃっている。だが、もう潮時だ。殿下が彼を必要としてるんだ」

アブダルの形のいい手が伸びてきたかと思うと、綿のシャツの上からジェーンの胸をつかんだ。「おまえもそれほど醜いわけじゃない。ほかに喜ばせてくれる男が見つかるだろう。なんなら、わたしの寝室に呼んでやってもかまわないぞ」

その子供っぽい間抜け面に唾を吐いてやったらどうなるだろう。

王子はしげしげと彼女の顔を眺めた。「うむ。そう悪くない。頬骨は高すぎるが、口元はなかなかかわいらしい。問題は体だな、パクタール」ゆったりしたシャツのボタンをはずし、身頃を大きく開いて胸をあらわにする。「ほう、男もののようなぶざまな服の下にこんな宝が隠されていたとは。がりがりの体から、これほど豊かで美しい胸は想像できなかった」裸の胸に手を押しあて、メロンかなにかを扱うように重みを確かめた。「ミラッドを思い出すよ、パクタール」

「離し……て」ジェーンは奥歯を嚙みしめてうめいた。

「こいつは上玉だ」パクタールは彼女の肩ごしに身を乗りだし、胸をもてあそぶアブダルの手をのぞき見た。「この明かりじゃわかりにくいですが、乳首はバラ色に近い。ミラッドのはさしずめ巨大な紫の葡萄《ぶどう》って感じでしょう」

ジェーンは身をよじった。

「じっとしてろ！」パクタールは痣ができるほどきつく彼女の腕を握った。「殿下が触ってくださるとおっしゃるんだ。慎んでお受けしろ！」

「異国の女をベッドに迎えるのははじめてだ。さぞや楽しませてくれるだろう。むろん、この胸くそ悪いズボンとシャツは捨ててこい。芳しい香水としかるべき女性らしい服をあてがってやる」アブダルはにやりとし、ジェーンの太い三つ編みを手早くほどいた。背中のなかほどまで無造作に垂れた髪に、指を走らせる。「深みのある赤毛か。編んであったときには茶色に近いように見えたが。おもしろいものだ」胸に手を戻し、やさしげに声をひそめた。

「わたしの寝室で裸で縛りつけられたおまえの姿を見てみたくなった。どうだ、悪くない考えだろう？　おまえを宮殿に連れ帰り、わたしへの服従を教えたところで、誰も気づくまい」

カールタウクから聞かされたいまわしい話の数々が頭をよぎり、背筋がぞくりとした。

「あなたに従わなきゃならない筋合いはないわ。わたしが帰らなきゃ家族が不審に思うし、あなたのお父上である藩王《マハラジャ》が許すわけないでしょう」

アブダルは眉を吊りあげた。「父上は口を出しはしない。彼にとって、女などなんの価値もないからな」

その点に関しては同意せざるをえなかった。マハラジャはマハラジャで、息子に負けず劣らず傲慢《ごうまん》で、自分の利益のことしか頭にない人間なのだ。ジェーンはあわてて言った。「でも、鉄道なら話は別。価値は大ありでしょ。言っとくけど、パトリックはわたしの助けがないと鉄道を完成させられないのよ」

「たしかにそういう話は聞いている。なんなら、考えなおしてやってもかまわないぞ」ジェーンの目をとらえて付け加えた。「ただし、恋人のカールタウクを渡してくれればだ」

アブダルに触られた痛みと嫌悪感があいまって、胸のあたりがむかついてきた。「カールタウクなんて知らない」

アブダルがパクタールにうなずいてみせた。と、またしてもジェーンは歯を食いしばらなくてはならなかった。全身を痛みが貫き、叫び声が漏れでそうになる。

「わたしの忍耐も限界に近づきつつある。えらく待たされたんだ。今夜こそはどうあってもカールタウクを渡してもらうぞ。さあ、本当のことを言うんだ」

痛みと恐怖を締めだし、必死に頭を働かせる。このまま否定しつづけても意味はないだろう。この男は欲しい物を手に入れるまで拷問しつづけるに決まってる。「いいわ。なにが知りたいの？」

「ようやくその気になったか。カールタウクを知ってると認めるんだな？」

ジェーンは短く首を縦に振った。

アブダルが後方の男にうなずくと、ふいにジェーンは自由になった。「いい子だ。協力してくれれば、それなりの礼はする。好きで痛い目に遭わせているわけではない」

嘘ばっかり。フレンチーの店じゃ、痛みや支配によってしか女に対する優位性を証明できない男たちを大勢目にしてきた。その手の男はひと目見ればわかる。

「おまえはここ三晩、続けて町にやってきた。カールタウクと会ってたんだな？」

「そうよ」

ジェーンが地面に落としたナップザックに一瞥《いちべつ》をくれた。「やつに食料を届けに？」

彼女がふたたびうなずく。

「それはまたけっこう。カールタウクが飢えて苦しんでいるとあっては、わたしも困る」手を伸ばし、ジェーンの喉をそっとつかんだ。「それじゃそろそろ教えてもらおうか、彼の居所を。ふたたび彼に寵遇を授けてやりたいと思っているものでね」

「川沿いの店に隠れてるわ」

「どの家だ？」

「黄色いぼろ家。薄汚れた縞模様の日よけがあるわ」

「カサンポールの半分の店があてはまるじゃないか」アブダルは顔をしかめた。「おまえが案内しろ」

「そんなことしなくてもわかるわよ。それに、訊かれたことにはちゃんと答えたはずよ」

「だが、それが真実だという保証がどこにある？　その点を確かめてからでないと帰すわけにはいかない。ランタンを持て、パクタール。わたしは彼女をエスコートしていくことにしよう」

パクタールはジェーンの腕を離し、前方にまわってアブダルの隣りに立つと、地面に置かれたランタンを拾いあげた。

にわかに湧きあがった希望を悟られないように、ジェーンは急いで目を伏せた。パクタールがいなくなってくれたおかげで、後方に逃げる余地が生まれた。いまを置いてチャンスはない。

わざとらしく目を落とし、鼻にかかった声で訴える。「お願い、バンガローに帰して。質問には答えたし――」頭を下げて身構えるや、アブダルに突進した。

頭頂部が彼の口にめりこんだ。

アブダルは悲鳴をあげ、ジェーンの喉から手を離して、血のにじむ下唇を押さえた。

もはや逃げるしかない。丸石を敷きつめた曲がりくねった道をいっさんに駆けだした。

「捕まえろ!」

後方からけたたましい足音と、アブダルの憎々しげに毒づく声が聞こえてきた。

角を左に曲がったとたん、闇にうずくまっていた乞食につまずきそうになった。

間一髪体勢を立てなおし、物欲しげな乞食の手を振り払って走りつづける。

乞食は卑猥《ひわい》な言葉を投げつけてきたかと思うと、突如、金切り声を発した。ジェーンは危険を承知でちらりと後方をうかがった。乞食はパクタールとアブダルに踏みつけられ、体をふたつ折りにして腹を押さえている。ふたりはあっという間に距離を詰めてきていた。

恐怖で息が詰まり、一瞬、どっちへ走るべきか思い出せなくなった。左だ。右へ行ったら川に突きあたってしまう。左へ走ってマーケットのなかに逃げこむしかない。カールタウクを匿《かくま》うことにした日の翌日、午前中いっぱいを注ぎこんで巨大なマーケットの隅々まで歩き、あらゆる店や角を頭に入れておいてある。さほど遅い時間じゃないから、マーケットはまだ買い物客でごった返しているはずだ。店のあいだにまぎれこんで、アブダルがあきらめるまで隠れていればいい。

角を曲がり、大きな広場を埋めつくす人込みに飛びこんだ。

マーケット。

日よけの張りでたいくつもの屋台の店先に、銅製のランタンが吊りさがっている。筒状に巻かれたカーペットを背中に背負ったラクダが一頭、のっそりした足取りで群衆のなかを歩いていた。

喧騒《けんそう》の世界。乞食の哀れな物乞いの声に、客を呼びこむ商人たちの叫び声。

後方で、アブダルの悪態をつく声が聞こえた。が、すでにジェーンは人込みをかきわけ、店と店のあいだに走りこんでいた。革商人の店を通り過ぎる。ピンクのターバンを巻いた耳の掃除人が、低い椅子に座った客の耳の穴に小さな銀のスプーンを突っこんでいるのが目に入った。金商人の店も、けたたましいオウムを小枝細工の籠《かご》に入れて吊るした店も続けざまに走り過ぎる。ちらりと後ろをうかがうや、またもや心臓が縮みあがった。人びとがアブダルの存在に気づき、続々と彼のために道を開けてやっている。

だが次の瞬間、恐怖が安堵《あんど》に取ってかわった。銅製の鍋や皿を積んだ小ぶりの雌象が、主人に連れられて、西側の通路をやってきたのだ。アブダルの象嫌いはつとに知られている。あの通路へ逃げこめば、彼は追ってこられないはず。野菜の店に群がる客にまぎれると、隣りの店先を左に曲がり、象を追い越して、魚屋の店の後ろに飛びこんだ。小さくうずくまり、さらに奥の暗闇へと進む。

むっとするほどの悪臭が鼻をついた。魚、象の糞《ふん》、生ゴミのにおい。それに魚屋の隣りの店から漂ってくる強烈な東洋風の香水の香りが混じりあって、吐き気がこみあげてくる。懸命に息を詰め、店のあいだの細い隙間から目を凝らしてあたりをうかがった。幾人もの下半身だけがかろうじて見てとれた。アブダルとパクタールはどんな格好をしていた？　いくら思い出そうとしてみても、浮かんでくるのはにやついたアブダルの子供っぽい顔と、パクタールの整った口元に浮かんだ、美しくも悪意を帯びた笑みだけだ。思い出すだけで心臓がばくばくと音をたてはじめ、マーケットの喧騒をも突き抜けて彼らの耳にまで届くのではないかと思うほどだった。

「なぜふたりしてこんな窮屈な格好でいなくちゃならないのか、その理由を説明してくれないか?」

ぎくりとし、左側の暗闇に目を走らせた。

二、三ヤード先でリー・スンが片脚を折りたたみ、もう一方の痛んだ脚を前に伸ばして座っていた。

「なにしてるの、こんなとこで?」

「おまえがこの悪臭ぷんぷんの店の後ろに駆けこむのが見えたから、おれも付き合ったほうがいいかと思ってさ」

「城門のところで待っててって、言ったじゃない」

「通りの端で待ってたんだ。そのほうがおまえがマーケットに入ってくるのがよく見えると思ってさ。それに門のところじゃ目立ちすぎる。カサンポールじゃ中国人はあまりよく思われてないんだぜ。この大事な弁髪を引っぱられて——」

「しっ」ジェーンが通りに目を戻して声をひそめた。「アブダルよ」

リー・スンは身を硬くした。「確かか?」

ジェーンはうなずき、細い隙間から通り過ぎる人の流れに目を凝《こ》らした。「三日前に作業現場にやってきたあの男と一緒よ。バンガローを出るときからずっとつけてきたらしいの。でも大丈夫よ。ここに飛びこむとこを見つかってたら、いまごろとっくに捕まってるもの」しかめっ面になり、体を起こす。「でも、食べ物の入ったナップザックをなくしちゃったわ」リー・スンの視線が、ぼさぼさに乱れた彼女の髪と、ボタンのはずれたシャツから見え隠れする色白の胸をとらえた。「それだけか？」

またあの表情だ。リー・スンがこの表情を見せたときは、よほど慎重に応じないかぎり、彼の保護本能を刺激することになる。「ううん」ジェーンはにやりとしてみせた。「腹が立ったから、アブダルの口めがけて頭突きを食らわせて、胡桃《くるみ》みたいにかち割ってやったわ。それで風のように逃げてきたってわけ」シャツのボタンを手早くとめてから、デニムのズボンのポケットに手を突っこみ、小型の鑿《のみ》を取りだした。「これをカールタウクに持っていってあげて。昨日マーケットで買ったの。食べ物よりもこのほうが喜んでくれるわ。明日までには新しいナップザックを手に入れるから」

リー・スンはかぶりを振った。「しばらくはバンガローか作業現場に留まってるほうがいい。アブダルに疑われてるとなっちゃ危険だからな。こっちはまだパンとチーズがいくらか残ってる。これからはおれのほうから必要なものを取りにいくよ」

「そうね。それじゃひと晩おきに、資材置き場のレールの山の陰に、ナップザックを置いておく」ジェーンは再度ポケットに手を差し入れ、小さな真鍮《しんちゅう》製のキーリングから鍵をひとつ引き抜いた。「資材置き場の門には鍵をかけておくようにするわ。そのほうがあなたも安全だから。くれぐれも気をつけてね」

「そっちこそ」リー・スンは鍵を受け取ると不自由そうに立ちあがり、よたよたと彼女に近づいた。「後ろを向けよ」

「なんで?」

「髪を編んでやる。こういうだらしない格好は嫌いなんだ」

「こんなとこで?」

「これ以上、注目されたくないだろ? おれみたいに艶《つや》のある黒髪ならいざしらず、こんなけばけばしい髪、ただでさえ人目を引くんだから」

「けばけばしくなんかないわ」

「それじゃ、醜い髪だ。髪ってのは黒いもんなのに、赤ときてるんだから。神はきっと中国人を創ったとこで疲れきって、パレットを扱う手元が狂っちゃったんだな。それにしても黄色や赤いやつまで創るなんて、分別がなさすぎるっていうか……」彼の指はてきぱきと動き、またたく間に鮮やかな赤毛をふだんどおりの太い三つ編みに編みあげた。

この数年というもの、リー・スンは何度この作業をしてくれただろう。慣れ親しんだ彼の仕草にジェーンの心は落ち着きを取り戻していった。心臓の鼓動が収まり、じょじょに恐怖も遠ざかっていく。

「このところ調子はどうだ?」リー・スンが訊いた。「もう熱はないのか?」

「二週間以上、快調よ」

「でも、おれが渡した薬、まだ飲んでるだろうな？」

「わたしは子供じゃないわよ、リー・スン。体調管理が大切なことぐらいわかってるわ。病気したおかげで、ほぼまるまる一カ月仕事ができなかったんだから」

「それに死にかけた。そのつまらない事実を忘れちゃ困るよ」リー・スンは短く押し黙った。「あの男を匿うなんて馬鹿のやることだ。あいつは迷い犬じゃない」

「彼のことが好きなくせに」

リー・スンはちょっと考えこむ表情を見せた。「おかしな男だからさ。でもカールタウクを好きになるのは危険なことだぜ」

「わたしは好きよ」

「放っておけない気がするってことだろ？　だけど実際は、やつにだって防御手段がないわけじゃない。やつの前に立ちふさがってみろよ。いかれた機関車みたいにおまえを踏みつけていくさ」

たぶん彼の言っていることは正しいのだろう。それでも、ジェーンはカールタウクをアブダルの手に渡す気にはなれなかった。「彼は親切にしてくれたのよ。わたしが追いつめられてたときに」

「自分のためにしたようなもんだ。腹ぺこで、おまえのおかげで食料にありつけた」三つ編みを編み終えると、デニムのズボンから紐《ひも》の切れはしを取りだし、端をとめた。「パトリックに見つかったらただじゃすまないぞ」

ジェーンはびくりとした。「彼には絶対に見つからないようにするわよ」

「アブダルが彼を巻きこむことに決めたら、そうはいかない」

「そんなことにはならないわ。カールタウクが言ってたもの。アブダルは自分が彼を探してることを父親に知られたくないんだって」ジェーンは三つ編みの髪を後ろにはねあげた。

「それにパトリックはなにも訊いちゃこないわ。鉄道の敷設で目がまわるほど忙しいのよ」

「忙しすぎるから、酒を飲んだり女を買ったり、おまえに作業をまかせたりしてるってわけか?」

その非難めいた言葉を、ジェーンはあえて否定しようとはしなかった。「カサンポールを離れれば、きっとよくなるわ」

「ヨークシアのときも、そう言ってたじゃないか」リー・スンは彼女を自分のほうに向かせると、ブラウスのボタンをとめてやった。「日に日におまえは痩せて疲れが増してるってのに、パトリックのほうは怠惰《たいだ》に輪がかかってきてる。その状況をわかってもいないし、気にかけてもいない」

「気にかけてるわよ」ジェーンは彼の手を振り払った。「ただ、どうしたらいいのかわからないだけ。暑さのせいよ」

「ああ、この暑さじゃ彼も喉が渇くわな」

その事実もまた、ジェーンは否定できなかった。このところのパトリックは午後のうちから飲みはじめ、酔いつぶれて真夜中にベッドに倒れこむまで延々と飲みつづけている。たしかに、お酒の量が増えているのはこの国で味わう苦境のせいなのだろう。イングランドで体験した困難など、それにくらべればちっぽけなものだ。息苦しくなるほどの暑さに未熟な労働者、きわめつけは、法外な要求と気まぐれな脅しでジェーンらを破産の瀬戸際まで追いこんだマハラジャだ。「その話はもう終わりよ」用心深く通路に目を走らせてから立ちあがった。「バンガローに戻って少し眠らないと。明日はシコール渓谷の橋に線路を敷くんだから」

「そして作業場の周辺を探しても、パトリックの姿はどこにも見えない」

「彼はいるわよ。約束したんだから――」リー・スンの落ち着き払ったまなざしにとらえられてはたと口をつぐむと、乱暴に言い放った。「もし彼がいなくたって、かまやしないわ。べつに大変な作業じゃなし。気に入ってるのよ、この仕事」

「おまえがせっせと仕事をし、彼が信用を勝ち得るってわけか?」

「彼にはわたしが必要なの」

「だから与えるものがなくなるまで、与えつづける?」ジェーンが反論しかけたのを見て、片手を挙げた。「なにもおれが文句を言うことじゃないな。おれだってパトリックと同じ厄介者だ」

「なにを言うの? あなたはいつだって誰よりも一生懸命働いてるじゃない」ジェーンはそろそろと暗闇を出て、通路へ向かいかけた。

「もしバンガローの前でアブダルが待ち伏せしてたらどうする?」

「裏口から入るわ」肩ごしに振り返り、リー・スンに向かってやさしく微笑みかけた。「わたしのことは心配しないでいいから、カールタウクの安全に気を配ってあげて。カサンポールから脱出する方法をかならず見つけるからって、伝えておいてね」

「やつは落ち着いたもんさ」リー・スンはジェーンから受け取った鑿に目を落とした。「ときどき思うよ。時間の流れにも気づいてないんじゃないかってさ」

彼の言うことはわかる気がした。どこかうつけた表情のカールタウクを、ジェーンも目にしたことがあった。「アブダルが探してるとなったら、いつまでもこの町にいるわけにはいかないわ。わたしたちでなんとか彼を連れだしてあげないと」なにごとかを思いついたような顔つきになる。「あなた、マーケットで待ってなかったっていうのは、ザブリーの店から戻ったところだったからね？」

リー・スンは平然と彼女の顔を見返した。「なぜそう思う？」

「そうなの？」

彼は肩をすくめた。「男にはいろいろと用事があってね」

「アブダルは、あなたとわたしが一緒にいるのを作業場で見てるわ。町中をうろついてるところを見つかったら危険よ」

「大丈夫。やつをカールタウクのところへ案内するようなへまはしないよ」

「そういうことじゃなくて、あなた自身の身が危険だって――」

「おまえの気にすることじゃない」

ああ、まただ。突如彼は鎧戸《よろいど》を下ろし、自分の殻に閉じこもってしまった。もどかしさと苛立ちがこみあげてくる。リー・スンは仏陀のようにものわかった年輩者に見えることもあれば、たんに傷つきやすく扱いにくい高慢な若者になることもあった。彼のことが心配だった。同情ではじまったはずの関係が彼を罠に引きずりこんでしまうことだって考えられないわけじゃない。だが、そのことを彼に告げることはできなかった。「これだけは約束して。慎重に行動するって」

リー・スンは表情を緩めた。「わかった、そうするよ」

これがいまのところ彼から引きだせる唯一の譲歩だろう。だけど、この先も危険が続くようなら、ザブリーのことはなんとかしなくてはならない。「きっとよ」答えを待たずに屋台の後ろから出ると、左右に用心深く目を走らせ、すばやくマーケットのなかを進んでいった。

2

サーヴィトサール宮殿　インド、カサンポール　一八七六年五月三十日

「こんなもの、はじめて見た」彫刻を施したチーク材のテーブルに置かれた、高さ四フィートもの像を目にし、イアンは顔をゆがめた。「なんだ、これは？」

「華麗な芸術作品だよ」リュエルはそう言うと、サリー姿の女性が振りかざした短剣からしたたる黄金の血の滴に、うやうやしく手を触れた。テーブルをぐるりとまわって四方八方から像を眺めやる。「この表情を見てみろ。どうやったら、こんな悪意に満ちた表情を――」

「異教の偶像など、これ以上眺める気にはなれんな。それにしてもこんなものを応接間に置くとは、アブダル王子というのはよほど変わった男なんだろう。おまえもおまえだぞ、そんなふうに――」ふと言いよどみ、顔をしかめた。「なるほど、金か。おまえなら、金のマントでも着ていればサタンだろうと美しいと思うんだろう」

リュエルは振り返って微笑んだ。「マントぐらいじゃ話にならないが、この女みたいに全身金ピカってことなら、そう思うかもな」像に目を戻す。「作者は誰だろう？」

「どうせ何世紀も前に死んだ、ねじれた魂の持ち主だろう」イアンは眉をひそめた。「そうそう、この趣味の悪い像のことはアブダル王子の前で話題にするなよ。聞いた話では、ここ

の異教徒たちは自分たちの神や女神のこととなると、いささか神経質になるそうだ。ワニの餌《えさ》なんかにされたくないからな」

「心配するな。その屈強な信念と頑なほどの道徳精神にかかっちゃ、ワニのほうが喉を詰まらせるさ」さらに像をよく見ようと、しゃがみこむ。「そこへいくと、おれなんかはひと呑みだ。罪ってのは、美徳よりもつねに舌に甘いって言うからな」

「つまらないことを言うんじゃない。おまえは自分で言うほど邪悪な人間でも――」

「いや、邪悪そのものだ」リュエルは嘲《あざけ》るような笑みを浮かべた。「あんただってわかってるはずだ、これまでのおれのすさんだ生活ぶりを見ればな。雄猫ほどの道徳心も持ちあわせてないし、身につけたいとも思わない。あんたもこんなやつなんか放って、さっさと愛するスコットランドやマギーのもとへ帰ったほうがいいぜ」

「マーガレットだ」イアンが即座に正した。「彼女はマギーと呼ばれることを嫌っている。知ってるだろう?」

「マーガレット」リュエルはまじめくさった調子で言いなおした。「帰ったほうがいい。そのマーガレットや、靄《もや》の立ちこめる涼しい丘や、健全な生活へ。ここはあんたのいるような場所じゃないぞ、イアン」

「おまえのいる場所でもない。この異教徒の国は、文明に慣れ親しんだ人間が住むような場所じゃない」

「過去十二年おれが住んだ場所にくらべたら、洗練されてるほうだ。ツワニガーのゴールドキャンプなんか見せてやりたかったよ」言ってすぐ首を振った。「いや、よしたほうがいいな。あそこじゃワニも人間も一緒くただ。徳の高いあんたには、あそこで生き延びるのは無理だ」

「おまえは生き抜いたじゃないか」

「理由はただひとつ。ワニの王になりあがったからだ」白い歯をむきだした。「それに歯の使い方を身につけた」

「それを聞いて、ますます連れて帰る気になった。東洋の野蛮さがおまえにいい影響を与えるとは思えない」

「どこにでもある場所にすぎないさ」リュエルは真顔に戻り、イアンの不機嫌そうな顔をつくづくと眺めた。彼にとってグレンクラレン以外での生活が心地いいわけがないのに、カサンポールに到着してからというもの、驚くほどの忍耐を示し、助けにもなってくれている。リュエルは静かに言った。「でも約束するよ。あんたが苦労して謁見のチャンスを手に入れてくれたんだ。軽々しい口をきいて殿下の機嫌を損ねるような真似はしない」

「なにが目的か知らないが、それをやすやすと手に入れられるほど甘くはないぞ。だが、少なくとも謁見ぐらいさせてからでないと、おまえのことだ、あきらめないだろうからな」

「そのとおり。絶対にあきらめない」

「わたしの努力などなんの役にも立ちはしない。大佐の話じゃ、アブダル王子は父親であるマハラジャとは仲が悪くて、めったに会わないそうだ」

リュエルの顔からからかうような表情が消え失せた。「だとしても、努力してくれたことには感謝してるよ。馬鹿げた企てだと思われてることはわかってるけどな」

「感謝？」イアンは目を見開いた。不器量でいかつい顔に、にわかに笑みが広がった。「気をつけろよ、リュエル。感謝は美しい感情のひとつだ。美徳に通じるものがある」

「心配ご無用だ」リュエルは像に目を戻した。この像にはどこか落ち着かない気持ちにさせられる。いや、問題は像そのものじゃない。この宮殿の部屋のなかでもっとも目を引く位置に置かれているという事実。所有者にとっていかに重要な存在であるかを見せつけるようなその姿だ。思わず彼は言った。「あんたはやるだけのことはやってくれた。ここからはおれがなんとかする。ホテルに戻って待ってたらどうだ？」

「わたしが必要になるかもしれない」

「おれはあんたよりもずっと長く、この手の世界を渡ってきたんだ。やり方ならじゅうぶんに――」

「どうかな」

「ワニの餌になんかならないって約束するから」

イアンは黙っていた。

「わかった、わかったよ。好きにしてくれ。でも、話をするのはおれだからな。アブダルを手なずける方法は考えてあるんだ」

「わたしのほうが年長だ。わたしから話すのが筋ってものだろう」

くそっ、彼は本気だ。七年の歳の差などなんの意味もなさないことをわかっちゃいない。グレンクランでのイアンの人生は穏やかな道を一歩一歩踏みしめて歩くようなもの。かたやこちらは、モンスーンのまっただなかで渦に振りまわされながらなんとか生き延びてきたのだ。

「あんたが筋の通らないことをやれるわけがない」手を伸ばし、人さし指で像の短剣部分をそっとさすった。「だが、おれが筋の通ったことをやるわけにもいかない。まあ、好きにしてくれ。ちょっと気まぐれで言ってみただけなんだから」

「わたしの身を案じて言ってくれたんだろう」イアンのいかめしい表情が緩んだ。「また一歩前進だな」

「案じてなんか――」リュエルは頭をのけぞらせ、笑いだした。「おれの頭に後光が射すまで、あきらめない気か？　何度言えばわかるんだ、おれは――」

「ごきげんよう、紳士諸君。どうやらわたしの像を気に入ってもらえたようだな。みごとなものだろう？」

イアンとリュエルはそろって振り返った。膝まである濃紺のシルクのジャケットに白のシルクのパンツ、それに白のターバンといういでたちのインド人が立っていた。細身で背が高く、優雅な物腰のその男は、しなやかな足取りでモザイクの床を近づいてきた。「その女神はわたしの誇りでね。なににも替えられない存在なんだ」ふたりの前で足を止めた。「アブダル・サーヴィトサールだ」

王子の顔はぽっちゃりと丸く皺《しわ》もなく、少年の顔といってもいいほどだった。大きな黒い瞳はそこだけぽっかりと穴が開いたようで、まるで傷ひとつないオニキスのように見える。

「殿下」イアンが軽く会釈した。「このたびは拝謁をたまわり、ありがたく存じます。わたくしはイアン・マクラレン。グレンクラレンの伯爵でございます。そしてこちらは弟のリュエル」

「イングランド人か？」

「いえ、スコットランドです」

アブダルは軽く手を打ち振った。「どちらも同じではないか」

「スコットランド人にとっては同じではありません」リュエルが穏やかな口調で反論した。

アブダルが振り向くや、リュエルはぎくりと身構えた。子供っぽい顔立ちにもかかわらず、その顔は金の女神像を目にしたときのような落ち着きのなさを呼び起こした。

しばしリュエルに視線を留めたあと、王子はイアンに目を戻した。「兄弟とは思えないがな。少しも似ていない」

「異母兄弟でございますので」とイアンが答えた。

アブダルの目が、像の短剣に載せられたリュエルの手をとらえた。「彼女に触るな。異国人が女神に触れることは聖所侵犯にあたる」

リュエルはあわてて手を引っこめた。「申し訳ありません。金を前にすると、ついその感触を確かめたい衝動に駆られてしまいまして」

アブダルの視線がふいに熱を帯びた。「金が好きなのか？」

「好きどころか、夢中です」

アブダルがうなずいた。「どうやら似たもの同士のようだな。わたしも金に恋している」

部屋を横切り、美しい彫刻の施された孔雀《くじゃく》椅子の青緑色のクッションの上に腰を下ろした。

「ピカリング大佐がうちの秘書官に語ったところによれば、なにやら頼みごとがあるとか。あまり時間がない。さっさと申してみよ」

「おそれながら、お父上のマハラジャに謁見をたまわりたいと思っております」イアンが申しでた。「ここ二週間ほどカサンポールに滞在し、なにかと手を尽くしてまいりました」

「父上は最近じゃほとんど人に会わない。新しいおもちゃの鉄道に夢中だ」アブダルの口元が皮肉っぽくゆがんだ。「それにしても意外だな。いまだに願いが叶わないとは。父上はかねてから英国人は真の兄弟だと考えている。わたしをオックスフォード大学に進学させたほどでね。英国女王が父上とこのカサンポールをみずからの傀儡《かいらい》にしようと企んでいることなど、さっぱり気づいていない」

「わたくしどもはたんにビジネス上のご提案を申しあげたいだけで、インドやイングランドの政治とはいっさい関係ございません」イアンが説明する。「ほんの十分ほどお時間をいただければじゅうぶんなのです」

「じゅうぶんどころか、まず不可能だな」アブダルは立ちあがった。「役に立てなくて悪いが」

失望感がリュエルの心を押しつぶしそうになった。が、次の瞬間、アブダルの顔をよぎったかすかな表情を彼は見逃さなかった。たちまち希望が頭をもたげる。これは完全なる却下ではなく脅しにすぎない。ポーカーで培った勘がそう告げていた。「役に立てないのか、立つ気がないのか、どちらでございますか？」静かに訊いた。

「無礼な男だな。次男の分際でどういうつもりだ？」

「お許しください、殿下。手にしてないものを失うことを恐れるな、というのがわたしがつね日ごろ抱いている哲学でして」リュエルはひと息ついた。「それに、見返りも用意せずに人に頼みごとをするな、ということも」

「なるほど。で、なにを用意するつもりだ、見返りとして？」

「なんなりと」

「おまえたち相手にわたしがなにを望むというんだ？」アブダルは蔑《さげす》むような笑みを浮かべ、美しい調度品の数々を指し示した。「見てみるがいい。このわたしがなにかを必要としているように見えるか？　この小指にはめた宝石ひとつで、おまえたちのグレンクラレンを買うことだってできるのだぞ」

「それはそうでございましょう」リュエルはテーブルに身を乗りだした。「ですが、なにかを欲しがることがかならずしも必要に裏付けられるとはかぎりません。失礼ながら、なぜ殿下はわたくしどもへの接見をご承知なさいました？」

「ピカリング大佐の顔を立てたまでだ」

リュエルはかぶりを振った。「そうでしょうか。殿下が英国人にそれほど好意を抱いてらっしゃるとは思えませんが」

「ならば、ほかにどんな理由があるというんだ？」

「それをお聞かせ願いたいと申しあげているのです」

アブダルはおもむろに口元を緩めた。「どうやら話しあいの余地がありそうだな。おまえたちに手に入れてもらいたいものがある」

「なるほど。なにをお望みで？」

「男だ」アブダルはテーブルの上の像のほうにうなずいてみせた。「ジョン・カールタウクという金細工師だ」

「彼がこれを？」リュエルは女神像に目を戻した。「みごとな腕ですね」

「天才だよ。六年前父上がトルコから連れてきて、王室の寵遇を授けてきた。数々の美しい作品を生みだして、宮殿に輝きを添えた」アブダルの口元が引き締まった。「ところがその後、あの恩知らずの野良犬はわれわれの厚意を足蹴にして、宮殿から逃走した」

「逃走？」リュエルの眉が引きあがった。「それはまたおかしなことで。それほど待遇に恵まれた芸術家が、なぜ逃げる必要があったのです？」

アブダルは目をそらし、すぐには答えようとはしなかった。「わたしは英語が得意でなくてね。別れの挨拶もなしに出ていった、と言いたかっただけだ」

おれよりもよほど流暢《りゅうちょう》な英語を話すくせに。要するに、王子の本心は最初に口にした言葉どおりということだ。「理由も告げずにですか?」

「偉大な芸術家というのはたいがい情緒不安定で、気分屋だ」アブダルは肩をすくめた。

「しかし、わたしは彼を許し、ふたたび迎え入れたいと思っている」

「なんと寛大な」

皮肉めいた口調を、アブダルは無視した。「そういうことだ。だが彼に戻るよう説得するにも、居所を突きとめないことには話にならん」

「おそらくはもうカサンポールにはいないでしょう」イアンが口をはさんだ。

「いや、まだこの町にいる。最近、彼の作品らしきものを見かけた」

「どちらで?」

「父上が完成させようとしている鉄道のことは聞いておるだろう? カサンポールから、ナリンスにある夏用の宮殿までつながる予定だ」

「知らぬはずがありません」イアンが熱のない口調で応じた。「町じゅうの人間があそこで働いているようなものですから」

「父上は新しいおもちゃのことになると子供みたいでね。パトリック・ライリーという鉄道敷設のエンジニアをわざわざイングランドから呼び寄せ、話すことといえば鉄道のことばかり。エンジンや汽笛やベルベット敷きの座席のことしか頭になくて――」深々とため息を漏らす。「わたしはまるで気に入らないんだがね。悪趣味もいいところだ。とにかく、父上はご自分専用の車両の扉を金で作り、そこに美しい彫刻を施したいと考えた。ぜひともそれを用意しろとライリーに命じた」

「いくらなんでも法外な」

「マハラジャに法外なことなどありはしない」アブダルはつんと顎を突きだしてみせた。

「なんであれ欲するものを下々《しもじも》の者に要求するのは、われわれの当然の権利なのだ」

「で、そのライリーはお父上の要求どおりのものを用意できたと?」

「最終的にはな。もし用意できなければいっさいの支払いをせず、別のエンジニアを呼び寄せると父上が脅した」

「さぞかし発奮材料になったことでしょう」リュエルがそっけなく言う。

「あの扉はジョン・カールタウクが作ったものだ」

「確かですか?」

「彼の作品はよく知っている」アブダルは唇を引き結んだ。「あの扉は、えも言われぬほどいまわしい」

「えも言われぬほどいまわしい?」リュエルが繰り返した。「じつに矛盾した表現ですな」

アブダルは肩をすくめた。「言っただろうが。英語は不得意だと」

「解決方法はいたって簡単。その芸術家の居所をライリーに尋ねればいいのでは?」

「わたしを愚か者扱いする気か? もちろん尋ねてはみたが、彼はカールタウクなど知らないと答えおった。被後見人が町で見つけてきた職人にすぎないと。だがその娘に訊いてみてもなにも答えようとしない。地元の金細工師で、扉を完成後ただちにカルカッタに旅立ったの一点張りだ」

「娘？　女ですか？」

アブダルはぞんざいにうなずくと、一転して毒気を含んだ声になった。「ライリーは被後見人だと言うが、あのあばずれは愛人に決まっている。名前はジェーン・バーナビー。礼儀も口のきき方もなっていない生意気な女だ。ザブリーの店にしょっちゅう出入りしてる。あそこで異国人や低いカーストの労働者相手に体を売って――」

「彼女を買収したらどうです？」リュエルが遮って提案した。

「売春婦や嘘つきにやる金はない」

「それは残念です。有効な手段なのに」

「そのかわり彼女を監視していたんだが、ここ二週間、カールタウクに会っている気配がない」

「彼女の話は本当で、やつはカルカッタに発ったのでしょう」

「そんなはずはない！　カサンポールはわたしのものだ。何人《なんぴと》たりともわたしの目の届かないところで息することさえできないのだ」

「しかし実際のところ、カールタウクは殿下の知らないところで、身を隠し、素晴らしい扉を制作したわけでしょう？」

アブダルのオリーブ色の頬がかすかに紅潮した。「こちらが我慢していればいい気になりおって。おまえの助けなど借りるものか」

イアンがすばやく取りなした。「わたくしどもにどうしろとおっしゃるので?」

「言っただろうが。カールタウクを見つけてここへ連れてこい。彼の母親はスコットランド人だという話だから、父上と同様、スコットランド人には甘い。おまえたちのことなら信用するだろう」

「で、手掛かりは?」

「女だ。バーナビーなる女は、ライリーばかりかカールタウクともベッドをともにしているに決まっておる。でなければ、これほどの危険を冒すものか」アブダルは肩をすくめた。

「ま、わからないでもないがな。ライリーはもはや若くはないが、カールタウクは男盛りだ」

リュエルはアブダルの顔に目を据えた。「彼女の冒している危険というのは?」

「言うまでもない。ごまかしによって父上の機嫌を損ねることだ。ほかになにがある?」

「それで、カールタウクを連れてくれば、お父上への謁見を整えてくださると?」

「そうだ」

「わたしどもが欲しがっているものが手に入るよう、お口添えいただけると?」

「なにが欲しい?」

リュエルはかぶりを振った。「そのことをこの場でお話しするつもりはございません」

「それも言わずに約束させようというのか?」返事を待たずにアブダルは続けた。「まあ、いいだろう。たいした問題じゃない。カールタウクを連れてくればなんなりと好きなものをくれてやる」くるりと背を向け、大股で部屋を横切った。戸口で振り返り、口元に奇妙な笑みを浮かべる。「いずれ、おまえにカールタウクのモデルを頼むことにしよう」

「は?」

「顔の造形はなかなか美しい。ギリシャ人の愛する太陽神を思い起こさせる。カールタウクが戻ってきたら、その顔をもとに金のマスクを作らせ、書斎の壁に飾ってやる」

「ご遠慮申しあげます」

「いまに説得してみせるさ。いずれ、そのことはまた話しあおう」彼の背後で扉が閉まった。

「傲慢な男だ」イアンが吐き捨てた。

「ああ」リュエルはうわの空で応じながら、彫刻の施された扉をじっと見つめた。「だが、やつのおかげでシニダーが手に入るかもしれない」

「このカールタウクという男を探すつもりか?」

「いや」戸口に向かって歩を進めた。「見つけだすんだ」

イアンは渋面を作り、彼のあとに続いた。「アブダルと取引するのはどうも気が進まないがな。カールタウクだって、宮殿を去るからにはそれなりの理由があったんだろう」

「そりゃそうだろうが、おれは彼を見つけだすだけだ」

「ほかのことは目に入らないというわけか」

「そういうことだ」

「彼を見つけても、アブダルには引き渡さないだろうな」

「そんなことはわからない。見つけだしてから考えるよ」

「いや、わかるとも」イアンは静かに断じた。「女を監視してあとをつけるのか？」

「そうなるだろうな」

「だがアブダルが言ってたじゃないか。彼女はここ二週間、カールタウクに会っていないと」

「ということは、欲求不満がつのって、一刻も早くやつのベッドにもぐりこみたいと思ってるはずだ」

「彼を危険に追いこむことになってもか？　そんな馬鹿なことがあるか」

リュエルは口元を皮肉っぽくゆがめ、卑猥な言葉をぽつりと口にした。

イアンが即座に首を振った。「肉体的な喜びはそれほど重要なものじゃない」

「あんたにとってはそうだろう」リュエルは嘲るように小さくうなずいた。「だがジェーン・バーナビーやおれみたいに放埒《ほうらつ》で快楽好きな人間の場合、その快楽を思うとつかのま熱に浮かされたようになる。多少の危険を冒しても手に入れたいと思うもんだ」

「彼女に関するアブダルの話が本当だとはかぎらないぞ」

「いや、本当だよ。いささか悪女に仕立てあげすぎてた感はあるが。どれほど好色な女だろうと、ベッドパートナーを選ぶとなったら多少の好みは優先するさ。いまにわかる」

イアンは肩をすくめ、ちらりと像を振り返った。「あんな奇怪なものをありがたく敬うような男だ。いくらでも嘘はつくぞ」

「そうかもしれない」イアンの視線を追いつつ、不敵な笑みを浮かべた。「だが、アブダルの言ったことは間違っちゃいない。殿下とおれには共通点が多い。彼の女神はおれの好みじゃないが、以前取引したことがあってね。扱い方は心得てる」

「女神ってどの？」

「カーリーさ」

「そんなもの、わたしは知らないね。そういう異教の話にはいっさい関心がない」

「彼女はシバの妃だ」リュエルは足早にロビーを横切ると、ターバン姿のふたりの従僕の前を通り過ぎ、宮殿の正面玄関から外へ歩きでた。一瞬、階段の上で足を止めた。むっとするような湿った熱気に息を奪われる。宮殿の向こう、ヘビのように曲がりくねって流れる濁ったザストゥー川を眺めやった。痩せ細って裸同然の格好の乞食が、ヤシの葉を日傘がわりにして川岸にうずくまり、ルピーを投げてくれる通行人には祝福の言葉を、無視して通り過ぎる人間には呪いの言葉を投げかけていた。

カサンポール。なんという惨《みじ》めな土地。猛烈な暑さに悪臭。病がはびこり、地を這《は》い二本足で歩くヘビまでいる。

イアンが追いついてきたのを知ると、門の外に待たせてある人力車に向かって百段の石段を下りはじめた。「だが、カーリーの定義はそれだけじゃない。アブダルがもっとも気に入ってるのは、破壊の女神という点だ」

ジェーン・バーナビーは予想していた女とは大違いだった。

リュエルは岩によりかかると、フェルトハットを引きおろして日射しから目を護《まも》り、眼下の渓谷に線路を敷設すべく立ち働く作業員たちを観察した。アブダルの説明を聞いたかぎりでは、ふくよかな体つきの口やかましい女を想像していた。だが、実際のジェーン・バーナビーはそれとはかけ離れていた。小柄で痩せっぽち。ぶかぶかのデニムのズボンに大きめのブルーのシャンブレーのシャツという姿は、少女という言葉が似合う気がする。足元はいつも同じ、茶色のスエードのブーツだ。黄褐色の麦わら帽子で容赦ない日射しから頭を護りつつ、線路を行ったり来たりし、ときおり立ち止まっては完成具合を確かめたり、のんべんだらりと枕木を打ちこんでいる作業員を厳しくいさめていた。今日の彼女の足取りや仕草からはエネルギーや活力が感じられるが、かならずしもいつもそうだとはかぎらない。一日の作業が終わって作業員たちが帰宅し、誰の目も気にしないですむ、そんなときになると、雌の愛馬ベデリアの鞍《くら》にもたれかかり、ぐったりと肩を落とす彼女の姿をリュエルはたびたび目にしていた。やがて力を振り絞って馬にまたがったかと思うと、カサンポールを目指して長い帰路につく。

ジェーンは足を止め、屈強な体つきのひとりのインド人をじっと注視していた。地面に鋼を打ちこんでいる男の働きぶりは、お世辞にも勤勉とはいえなかった。肩をいからせ、顎を引き締める彼女の様子を目にして、リュエルはにやりとした。苛立ちと断固たる決意の表れ。いまやリュエルは彼女の仕草や動作のひとつひとつの意味まで理解できた。これほど短期間に女の心を読み取ることができるなど、彼にしてはめずらしい。当初は退屈するだろうと予想していた監視作業も、好奇心をそそられ、つい夢中になることも少なくなかった。

ジェーンは大股でインド人に近づいていくと、彼の前で立ち止まった。言葉の内容までは聞こえないものの、男の渋面から察するところ、よほど痛烈な言葉を浴びせられたことは間違いない。彼女はくるりと背を向けると、さっさと立ち去った。男はその後ろ姿を、醜くゆがんだ顔でじっと見つめている。だが持ち場を離れようとはしなかった。もっとも、道の脇で目を光らせている筋肉隆々の監督員ロビンソンの存在がものを言ったわけではない。ジェーン・バーナビーの左足のブーツのなかにナイフが隠されていることを、彼は知っているのだ。

そしてリュエルもまた、それを知っていた。

やがてインド人は巨大な金槌《かなづち》を拾いあげると、さっきまでよりはいくぶん熱のこもった仕草で大釘を打ちこみはじめた。

「いやに熱が入るな」

振り返ると、イアンが木立に馬をつなぎ、丘を登ってくるところだった。「そりゃそうだろう。彼女はカールタウクにつながる唯一貴重な手掛かりだ」

「かれこれ四日も監視しつづけているというのに、彼女ときたらガレー船の奴隷のように働きづめだ」イアンはリュエルの傍らにしゃがんだ。「やっぱりアブダルが嘘をついてたんじゃないか？　彼女がカールタウクの愛人のわけがない。見てみろ。まだほんの子供じゃないか」

「見た目は往々にしてあてにならない。覚えてるだろう？　以前おれがシンガポールで買った娼婦の話。無邪気な天使のような顔をしながら、妊婦デリラまがいのとびきり淫《みだ》らな才能を備えてた」眼下の女に目を戻す。「それで、ピカリング大佐からライリーについてなにか聞きだせたか？」

「たいした情報じゃない。ライリーは無学だが人が好く、そうとうな飲んだくれだそうだ。ヨークシアではかなりの評判を得ていたらしい。ドーヴァーとソールズベリー間に鉄道を完成させたあと、今回の仕事にありついたという話だ」

「で、女は？」

イアンは肩をすくめた。「彼女のことは誰も目にしてないんだ。ライリーと一緒にクラブへ顔を出すこともない。ライリーは完全に彼女を独り占めしているらしい」

「それで関係は？」

イアンは気まずそうな顔つきになった。「噂《うわさ》はいろいろあるんだが……誰も確かなことはわかってない」眼下の渓谷で働くジェーンに目を移す。「どれも愚かなたわごとだよ。彼女はライリーの被後見人だ」

「あんたがそう思いたいだけだろう？」

イアンは小首をかしげ、リュエルの顔をうかがった。「おまえはそうじゃないんだな。なぜだ？」

言われてみてはじめて、リュエルはその事実に自分でも驚いた。実際、ジェーン・バーナビーには、アブダルの説明どおりの存在でいてほしかった。それは、彼女に妙な魅力を感じつつあるからだ。かといって欲望を抱いてるってわけじゃない、一転、苛立たしい気持ちで考えた。こんな痩せぎすで色気のかけらもない女に、欲情するはずがない。べつに同情してるわけでもない。くたくたになりながらも決意と忍耐を保ちつづけるその姿には、同情などはねつける強さがある。だが、たしかにおれは彼女に心を奪われつつある。

そう確信したとたん、にわかに警戒心が頭をもたげた。いや、強烈な日射しのせいで脳がいかれちまったに違いない。誰に対してだろうと心を動かさなかったこのおれが、女に、それもカールタウクを手に入れるために利用しようとしてる女に心を奪われるはずがない。

「おれはあんたと違って人間性など信用してない。人間の人格なんて生活によって左右されるんだ。ジェーン・バーナビーの場合はおれと似たりよったりの荒れた生活だと思うね」

「しかしわたしは――」リュエルと目が合い、イアンは肩をすくめた。「おまえは何時間もここで日にあたりっぱなしだ。あとはわたしが引き受けよう」

「だめだ」すかさず返ってきた鋭い口調に、イアンの眉が引きあがった。リュエルはあわてて声音を抑えた。「いや、おれは暑さには慣れてるんだ。あんたのほうこそ、一時間もいたら日射病になるぞ」

「そうかもしれないな。わたしにはとても耐えられそうにない」イアンの声が哀愁を帯びた。「グレンクラレンじゃこれほどの暑さはありえないからな。覚えてるかい？　丘に立ちのぼる朝靄《あさもや》のすがすがしさを」

「いや、覚えてない」

イアンは微笑んだ。「それじゃ今度帰ったら、あらためて感動するぞ」言いながら立ちあがる。「ここで役立てないなら、せめて今夜のバンガローの監視はわたしが引き受けよう」

「さあ、どうかな」

「まったく。いつまであの子の監視を続けるつもりだ？　シニダーのときと同じ目つきだ。取り憑《つ》かれてるぞ」

「彼女は子供じゃない」またしても声を荒らげてしまい、ばつが悪そうに作り笑いを浮かべた。「どうしても役に立ちたいって言うなら、将校クラブに顔出して、マハラジャが鉄道以外になにか夢中になってるものがないか、ピカリングに探りを入れてみてくれないか？」

イアンはうなずくと、ハンカチを取りだして額の汗をぬぐった。「そうすることにしよう。従者に扇で風を送ってもらいながらベランダで冷たいものを一杯やるなんて、天国に思える」きびすを返して丘を下っていった。「ホテルで会おう」

「ああ」リュエルはうわの空で答え、ふたたび眼下に目を戻した。ジェーンは水を運ぶ男の傍らに立ち、男から水の入ったひしゃくを受け取るところだった。頭をのけぞらせて喉に流しこむ。しなやかな曲線を描く喉元、それに日射しに目を細めた瞬間、日に焼けた頬に影を落とす黒々とした睫毛《まつげ》が、ここからもはっきり見える。

リュエルは期待を抱きつつ、じっと待った。おそらく、彼女は飲み終わったあと、頬や首筋に水をはねかけるだろう。そして濡れた手のひらを三つ編みに束ねた髪の下に差しこんで、うなじを撫でる。

ジェーンはひしゃくを男に返した。男は微笑んでふたたび水を満たし、差しだした彼女の両手に注いでやった。

リュエルは岩にそっくり返り、頰から額、ついで喉からうなじへと水をかける彼女の姿を眺めやった。自分の予想どおりに彼女が行動したからというだけで、これほど満足感を抱くとは馬鹿げたことに違いなかった。が、満足感はいつまでも離れようとせず、それどころか増幅していく。

次に彼女は、新たに敷設した線路のところへ戻り、つなぎ目を確かめ、レール間の距離がきっかり四フィート八・五インチになっているか測定するはずだ。

はたしてジェーンはきびすを返すと、新しく敷いた線路のほうへきびきびとした足取りで戻っていった。

リュエルはほくそ笑み、帽子を後頭部のほうへと押しあげた。そうだ。おれは彼女のすべてを知りつくしている。ジェーン・バーナビーほど知り得た人間は、これまでの人生にいなかった気さえする。彼女の仕草、彼女の反応、彼女の考えのひとつひとつまで手に取るようにわかる。

そのことに快感を覚えている自分に気づき、ふと顔をこわばらせた。これじゃまるで、手に入れたばかりの馬の足並みを試したり、愛人の隠れた才能をはじめて導きだすときの快感と変わらないじゃないか。

所有する快感。

なにを馬鹿な。誰かを所有したいなどと考えたこともない。すべての情熱は、シニダーで手に入れるべきものに向けられているはず。そう、たんに退屈だったから、少女の次の行動を予測しておもしろがっていただけだ。それに、彼女がカールタウクのもとへ導いてくれるとしたら、その考え方を知っておいて損はないというものだろう。

「作業のスピードを上げないとまずいな」パトリックは長い脚をダイニングテーブルの下に伸ばし、ウィスキーの入ったグラスを口元に運んだ。「今日の午後、マハラジャが訪ねてきた。モンスーン・シーズンが来る前に完成させろとほざきやがった」

「そんなの無理に決まってるわ」ジェーンは皿に載ったライスとチキンをぼんやりと眺めた。疲れすぎて食欲はないが、食べなければならないことはわかっていた。少しでも食べて体力をつけなくては。フォークを拾いあげ、ライスからやっつけにかかる。「二週間もすれば雨が降りだすでしょうけど、作業のほうは、ようやくシコール渓谷に橋を架け終わったところなのよ」

「それなら、あと二五マイルも敷きゃ、ナリンスから引いてきた線路とつながるさ。一日六マイルとして――」

「六マイルなんて無理よ。せいぜいが二マイルってとこ」

パトリックは低く悪態をついた。「せっついてやらせりゃいいだろ」

ジェーンはフォークを握りしめた。「やれるだけのことはやってるわ。だけど彼らときたら、わたしの言うことなんかまるで耳を貸さないんだから」力なく微笑んだ。「たかが女の言うことなんて聞く必要ないと思ってるのよ」

「ヨークシアのときはうまくやってたじゃないか」

「あのときは、たいていあなたが現場にいてくれたからよ。あなたの命令の伝達役だとでも思ってたんでしょ」テーブルごしにパトリックの視線をとらえて言う。「ここでだって、あなたが毎日顔を出してくれたら違うと思うのよ」

「冗談じゃない。この途方もない暑さじゃ頭痛がしてくる。ロビンソンにでも助けてもらえ」

「ロビンソンはたんなる監督員よ。一時間だけでもいいから顔を出してくれないかしら。そしたらさっさとカサンポールへ戻っていいから」

しばし沈黙が落ち、パトリックの赤ら顔に温かな笑みが広がった。「おまえの言うとおりだ。これからは毎日現場に通うことにしよう。仕事が終わるまでな」ジェーンの顔をしげしげと見つめる。「疲れた顔をしてるぞ。明日は休んで一日寝てたらどうだ?」

「ひと晩眠れば大丈夫よ」ジェーンはライスをもうひと口頬ばった。「でも明日あなたが一緒に来てくれたら、すごく助かるんだけど」

パトリックは顔をしかめた。「まったく口うるさい女だな。行くと言ったろうが」

「悪かったわ」ようやくジェーンはライスを食べ終えた。「ひと口も食べてないのね」

「こんなに暑くちゃ食べる気にもならん」テーブルの上のボトルからグラスに注ぎ足す。

「それに、たとえ腹が減ってたところで、こんなまずい飯食えたもんじゃない。なぜリー・スンをナリンスなんかにやっちまったんだ？　あれ以来、ろくな飯を食ってない」

ジェーンは急いで手元の皿に目を落とした。「スーラのお料理だって悪くないわ。駅での作業を順調に進めるために、誰かがナリンスに行く必要があったのよ」

「中国人の命令になんか、誰が耳を貸すか」ふてぶてしく言い放っておきながら、ジェーンの表情をうかがった。「聞くわけがないぞ」

「女と同じってわけね。だけどあなたが雇った下請け業者が万一ごまかそうとしても、彼が目を光らせていれば安心よ。なにかあったら報告してくれるもの」立ちあがり、お皿を重ねはじめた。「少しは食べないとだめよ。また明日の朝、二日酔いよ」

「あとで食うさ」パトリックはふたたびグラスをあおった。どうせお皿は手つかずのまま残されるに決まっている。「王子の友達とやらがマハラジャに付き添ってきたぞ」

ジェーンは凍りついた。「パクタール？」

パトリックがうなずいた。「なかなかよさそうな男じゃないか。おまえによろしくと言ってた」

「あらそう」努めて平静な声を装う。「ほかにはなにか言ってなかった？」

「いや」パトリックはしかめっ面になった。「しゃべるのはもっぱらマハラジャだ。わしの機関車はどこにあるのかとか、線路はいつ完成するんだとか」

「機関車は二、三日じゅうに届くって伝えたの？」

「あのおんぼろ船が機関車もろとも川底に沈まなきゃの話だ」パトリックは陰鬱《いんうつ》な声を出した。「無事着いたらおなぐさみってとこだ。なにせ今回の仕事じゃ、なにひとつうまくいってやしねえんだから」一転して明るい口調になる。「少なくとも、機関車は気に入ってもらえるはずだ。真鍮をしこたま使う予定なんだ。目がくらくらするほどな」

ジェーンがさっと振り返った。「そんなお金がどこにあるの？　エンジンだってかろうじて買える状態なのよ」

「苦労してあちこち切りつめたのさ」パトリックは彼女と目を合わさずにウィスキーを飲んだ。「マハラジャはぴかぴかぎらぎらしたものが大好きときてる。彼の機嫌を損ねるわけにゃいかんだろう」

「そりゃそうだけど」ジェーンは立ちあがり、いぶかしげに彼を見つめた。「切りつめたってどういうこと？」

パトリックは曖昧に手を打ち振った。「いくつか部品を削っただけのことだよ。なにも問題はありゃしない」

「ほんとね？」

「しつこいぞ」不機嫌な声音になった。「おれは十四のときから鉄道で飯を食ってきたんだ、ジェーン。自分のやってることぐらい、ちゃんとわかってる」

「わたしはただ――」

「こう暑くちゃかなわねえ」パトリックは椅子を押しさげて立ちあがり、グラスとボトルを手に取った。「ベランダにでも行くか。あそこならいくらかましだろう」

それに、あそこなら耳にしたくない厄介な質問に追いかけられることもない。ジェーンはベランダに続くドアへ向かうパトリックの姿をじっと観察した。足取りは若干おぼつかないものの、よろめくほどではない。ということは、マハラジャやパクタールと話をしたときもさほど酔ってはいなかったということだ。

パクタール。わざわざ顔を出して言葉を残したのは、アブダルはまだあきらめていないという警告の意味と取って間違いないだろう。過去二週間、ジェーンはキャンプ地を離れないよう細心の注意を払ってきた。そろそろアブダルの苛立ちも我慢の限界にきているということか。満足げに笑みを漏らし、ダイニングルームの隣りの台所へお皿を運んでいく。

背の高いサリー姿の女性が、チキンを細かくちぎってサムのボウルに入れてやっていた。ジェーンの姿を見るや体を起こし、気まずそうに微笑んだ。「犬を入れちゃいけないことはわかってます。もうこれっきりにしますから」

「いいのよ、スーラ。でもパトリックには見つからないようにしてね」

スーラはうなずいた。「お食事はお口に合いましたか、お嬢さま?」

「ええ、とても」ジェーンは曖昧な笑みを浮かべ、調理台の上にお皿を置いた。かがみこんで、艶やかな犬の頭をそっと叩いてやる。なおもパクタールのことが引っかかっていた。もしかしたら、こんなふうに悦に入ってる場合じゃないのかもしれない。今回の彼の訪問は、アブダルがいよいよしびれを切らして動きだすという意味の可能性もある。こうなる前にザブリーのもとを訪れて、カールタウクを町から脱出させる手はずを整えてくれるよう頼むはずだったのに、忙しさにかまけてすっかり忘れていた。今夜こそは彼女のところへ行かなくては。

いや、今夜は無理だ。疲れきっていて足を引きずるのがせいぜいだ。だいたい、なぜカールタウクのことなんか心配しているんだろう？　リー・スンの言うとおり、カールタウクとわたしはおたがいに利用しあうだけの仲なのに。そうは思ってみても気になるものはしかたがなかった。無力な人間が虐待されると考えるだけで耐えられない。もっとも、カールタウクが無力だという考えはいささか皮肉な気がした。だけど、アブダルの権力がものを言うこのカサンポールじゃ、たとえカールタウクといえども――

ああ、だめだわ。体も頭も疲れきっているいまは、いくら考えても迷路のように堂々めぐりするだけ。今夜はもう汗を流して眠るしかない。そしてアブダルのことも、彼の父親のことも、カールタウクや明日から待ち受ける途方もない量の仕事のことも、すべて考えないようにするの。

リビングルームを通って寝室へ向かう途中、ひとりベランダで鼻歌を歌うパトリックの声が聞こえてきた。瞬間、強烈な憤りに体が震えそうになった。彼ときたら、すべての問題をわたしに押しつけておいて、自分はどんな心配ごともウィスキーでまぎらわせて極楽気分だ。

「ジェーン？」パトリックの声。

足を止めたものの、振り返ろうとはしなかった。「なに？」

「ほんとに明日は一日、ゆっくり寝てろよ」彼の声はやさしく、慈愛にさえ満ちていた。「おまえがもう一度倒れるようなことになったら大変だからな。おまえがいなかったら、おれはどうなる？」

ついさっきまでの憤怒が嘘のように消え去った。彼はわたしのことを心配してくれている。それにわたしを必要としてるんだ。「大丈夫よ。ちょっと疲れただけだから」

「ゆっくり休めよ」

言うのは簡単だが、仕事が終わらないかぎりはまず無理な話だった。「ええ、そうするわ」ふたたび足早に寝室へ向かう。疲れによる無気力感も憂鬱も、パトリックに対してにわかに湧きあがった温かな思いのせいで、いくらかやわらいだ気がした。リー・スンの言うとおり、たしかにパトリックはわたしを利用しているのかもしれない。でも彼は、フレンチーの店からふたりを救いだし、自由と、雨風をしのぐ屋根を与えてくれた。そのことだけを考えても、つねに感謝の念を忘れるべきじゃないのだ。

蚊よけの網を垂らした狭いベッドの傍らで、テーブルの上のオイルランプに火を灯すと、だぶだぶのシャツのボタンをはずしはじめた。さっきよりも気分はよくなっていた。今日一日の汗と埃《ほこり》を流し終えれば、さらにすっきりするはずだ。アブダルがふたたび危険な存在になろうというときに、ザブリーに会いに行くのを遅らせているわけにはいかない。お風呂に入れば元気も回復するだろう。そうすれば、町まで行ってザブリーと話をするぐらい、なんとかなるに違いない。

「なんだ、この場所は?」イアンがひそひそ声を漏らし、通りの向こうにそびえる二階建ての大きな芝土の家をのぞいた。

リュエルは、ほんの少し前にジェーン・バーナビーの姿を呑みこんだ玄関にじっと目を凝らした。「ザブリーの店だよ。売春宿のカサンポール版ってとこだ。まともな女が訪れるような場所じゃないことは間違いない」

「ザブリー……おお、そうだ。アブダルが言っていたな、確か」イアンは眉をひそめた。

「だが、アブダルの言うとおりとはかぎらんぞ」

「いや、確かだ」

「どうしてわかる?」

「先週、ここでふた晩過ごした」

「わたしに黙ってそんなことを?」

「売春宿を訪れるのに誰かに相談する習慣がないもんでね」

「カールタウクについてなにかわかったのか?」

「いや。売春婦相手に片っ端から訊いてまわるわけにはいかなかったからな」

「それじゃ、なんのためにここへ来た?」

「豊かな鉱脈を求めて掘り返す前には、まずは土地を調べろってね」リュエルが説明する。

「それに、その調査もまんざら楽しくないわけじゃなかった。ザブリーってのは、カーマストラの熱心な学習者でね」

「なんだ、それは？」

「ヒンドゥー教の八十八の体位だよ」

「異教徒らしい放蕩《ほうとう》ぶりだ」イアンは押し黙ったものの、すぐに好奇心に抗《あらが》えなくなった。「で、何通り試した？」

リュエルは低く笑った。「六通りだ。ふた晩しか通ってないのに、それ以上は無理だろう」真顔に戻り、家に視線を戻す。「われらがミス・バーナビーはカーマストラにどの程度精通してるんだか。彼女に関しちゃ、どうやらあんたの読み違いらしいな」

「そうともかぎらないさ。たぶんカールタウクがここに隠れてるんだろう」

「それもありえる」リュエルはにやりとした。「だが、可能性は低い」

「どうして？」

「アブダルは彼女がここに出入りしてることを知っていた。彼のことだ、実際になかまで探しまわっただろう。それに、こう考えたほうが妥当じゃないか。彼女は恋人を思い焦がれるあまり、その欲望のはけ口を求めて、みずからの体をここの客に差しだしたと。ザブリーの話じゃ、将校クラスのしかるべき家の気取った女房が、ときどきここに来るそうだ。そういうときは奇抜な仮面と薄暗い部屋を用意するらしい。かくのごとく、誰にも気晴らしの時間は必要ということさ」リュエルは努めて明るい声を出した。というのも、あの薄暗い部屋でジェーン・バーナビーが裸で横たわっていると想像するだけで湧きあがる憤りと満足感と、はたまた失望感の入り混じった混乱した心情を悟られたくなかった。満足感というのはわかる。予想どおり彼女は食い物にしても当然の女だったからだ。それに憤りは、内心否定しつづけてきた所有の意識から生じたものだろう。だが失望感となると……。くそっ、おれはなにをやってる？　魂の探求か？　冗談じゃない。彼は通りを渡りはじめた。

「どこへ行く気だ？」

「決まってるだろ、仕事だよ」リュエルは肩ごしに不敵な笑みを向けた。「監視にも待機にも飽きあきした。あの女に個人的な興味も湧いてきたもんでね」

「ザブリーに頼んで彼女に相手をさせるというのか？」

「名前は言わない。言う必要はないさ。今夜、この店にはおそらく白人の女はひとりだけだろう」

「待て。わたしも一緒に行く」

「おれのために操《みさお》を破るつもりか？」からかうように訊いた。「やめておけよ。おれがマギーに恨まれる」

「マーガレットだ」イアンが訂正した。「それに肉欲を貪るつもりはない」

「冗談だよ」リュエルはおもしろそうに兄を眺めやった。「彼女が十六の小娘のときから婚約してるんだろ？　そんなに長く待たされてもまだ、彼女に操を立てつづける気か？」

「もちろんだとも」

「もちろんって言葉はそういうときに使うもんじゃないぜ。ほんとにあんたは生まれながらの聖職者だよ」にやりとする。「ザブリーの店に聖職者じゃ、目立ってしかたがない。あんたはここで待っててくれ」

「あんたの顔は見たくないんだよ」ザブリーは部屋の向かいに立つジェーンをにらみつけた。「いつだって面倒ばかり持ちこんでくるんだから」

「助けてくれたお礼として、それ相応のルピーは渡してきたはずよ」

「そういやそうか」ザブリーは表情をやわらげると、くるりと背を向け、鏡台に映った自分の姿を眺めた。「それに、殿下を困らせるのは愉快だしね。座ってなよ。あたしは夜の支度をしなくちゃならないから」

ジェーンはサテンのクッションが置かれた長椅子に腰を下ろした。「屋敷じゅう探しまわったあの日以来、アブダルは顔を出した？」

ザブリーはかぶりを振った。「彼には言っといたからさ。あんたは客の相手をしにきてるだけだって」ずる賢そうな笑みを浮かべる。「それが唯一、面目を潰さずに楽しめる方法なんだって。なかなかいい台詞《せりふ》だと思わない？」

「ええ、最高」ジェーンは部屋を横切り、テーブル脇の椅子に座りなおした。「話があるの」

「リー・スンのこと？」ザブリーは警戒するように背筋を伸ばした。「彼がなにか不服があるとでも？」

「その逆よ。ちょっと頻繁すぎると思って」

「あたしのサービスがいいからね」ザブリーは得意満面に微笑むと、鏡台の上のコール墨の入った壺に刷毛《はけ》を浸した。「そんなことを言うために、わざわざ来たの？」

「彼に言ってほしいのよ。そんなにしょっちゅう来られちゃ困るって。いま、彼がここへ来るのは危険だわ」

「わかったわ」ザブリーは慎重な手つきで左目の周囲にラインを引いた。「でも料金は変わらないよ」

ジェーンはうなずいた。「そんなこと期待しちゃいないわ。それよりも、なにかいい言い訳を考えて断ってちょうだい。彼を傷つけたくないの」

ザブリーはもう一方の目のまわりにもラインを描いた。「彼ったら、いっぱしの恋人気取りだもんね。いまはなに言ったって信じやしないわ」満足げな笑顔で見上げる。「ちょっとサービスしすぎたかもね。で、話はそれだけ？」

ジェーンは首を振った。「カールタウクのこと」

ザブリーの顔から笑みが引いた。「危険すぎるよ」

「パクタールと殿下はあれ以来顔を出してないって言ったじゃない」

「だからって見張ってないとはかぎらないよ」ザブリーは唇を朱色に塗った。「本気でカサンポールから逃がしてやりたいなら、別の方法を考えるんだね。あたしはお断りだよ。殿下の怒りを買うような危険な真似はしたくない」

「アブダルの鼻を明かすのは愉快だって言ってたはずじゃない」

「それは些細なことでの話よ。でも殿下は日に日に力をつけてきてるんだ。いまに、彼の機嫌を損ねたらえらい目に遭うことになるよ」

「決して危険なことじゃ――」

「お話し中、失礼します」ジェーンをこの部屋に案内してくれた、あどけない目をした少女が戸口に立っていた。「お客さまがお見えなんです、ザブリー。あなたが――」

「忙しいのよ、レナール。誰かほかの娘をあてがってちょうだい」

「でも、あの方が見えたら教えるようにって」

ザブリーはすばやく少女を顧みた。「あのスコットランド人？」

少女がうなずいた。「今日は少し気分を変えて、白人の女性を楽しみたいのだとか」

「あら、そう」ザブリーの口元がかすかに緩んだ。「どうやら考えなおさなきゃならないみたいね」化粧室の奥の扉のほうへ顎をしゃくる。「隣りの部屋に案内して待たせておいてちょうだい。すぐに行くからと伝えて」少女が立ち去ると、ジェーンに向きなおった。「悪いけど帰って。お客が来たから」

「わたしだってお客だわ。彼は待たせておけばいいでしょ」

ザブリーは微笑み、銀の柄の付いたブラシを手に取って長い黒髪を梳《す》きはじめた。「待たせたくないのよ。彼は……ちょっと変わっててさ。刺激的なんだ。あたしを抑えつけるほどの知識や経験を持った西洋人なんてはじめてよ。ときどきわれを忘れちゃうんじゃないかって思うぐらい」

「あなたも英国人の血が混ざってるんでしょ。半分は西洋人ってことじゃない」

ザブリーの朱色の唇が引き締まった。「ここに女を買いにくる英国将校の連中は、そんなふうに思っちゃいないわ。褐色の肌の異国人ってだけ。そそられるから試してやれってなもんよ」立ちあがり、サフラン色のガウンのたっぷりとしたひだを整えた。「でも一度相手したら最後、彼らのほうが夢中になるわ」

「憎んでるの、その人たちのこと？」

「そりゃ好きじゃないけど、この国の連中だっておんなじよ。でも、どうでもいいの、そんなこと。いまに男なんて必要なくなるほど、うんと金持ちになるんだ」鏡のなかのジェーンに向かって、嘲るような笑顔を向ける。「あたしたちはおたがい見捨てられた者同士ってことよ。あんたときたら、男物の服を着てくるかと思ったら、立ってられないほど疲れきってたり。もっとずっと楽な生き方があるってのにね。鉄道なんて馬鹿な仕事はやめて、ここへ来なよ。楽な儲け方を教えてあげるから」

ジェーンはかぶりを振った。

「あんたならそこそこ稼げるさ」値踏みするようにジェーンを眺めた。「若いし、醜いってわけじゃない。英国人のなかには、ときどき異国の女に飽きて故郷の女としっぽりやりたいって男もいるんだから」

「そのスコットランド人みたいに？」

ザブリーは不機嫌そうに顔をゆがめた。「彼はあたしをじらそうとして言っただけよ。本当に別の女を送りこんだらがっかりするに決まってるさ」立ちあがり、爪を赤褐色に染めた指先で、胸を覆う透きとおった布をそっと撫でた。「で、返事は?」

「遠慮しとく」

ザブリーは肩をすくめた。「まあいいさ。いまに気が変わるに決まってる。女がひとりで誰の保護もなく生きてくとなったら、ひとつしか方法はないんだからね」

確信に満ちたその口調が、ジェーンの心に閃光《せんこう》のごとく恐怖を呼び起こした。「断るって言ったのよ! わたしはひとりじゃないし、たとえそうだとしても他人の助けなんか必要ない。自分のことぐらい自分で守れるわ。わたしは売春婦じゃない。売春婦なんかに絶対ならない」

ザブリーは挑むようにぐいと胸を反らした。「あんたもしょせん同じってことね。あたしらを軽蔑してる」

ジェーンは深く息を吸い、気持ちを落ち着けようとした。ザブリーの言葉に対する自分の反応に内心驚いてもいた。「そんなこと言ってないわ」

「言わなくたってわかるさ」

「あなたを傷つけるつもりも、とがめるつもりもなかったのよ。わたしの母親は売春婦で、ここよりもずっとひどい場所で働いてた。誰だって自分で生き方を選ばなきゃならないけど、でも……」言いよどんだあげくに、ひと息に言い放った。「体を売るぐらいなら死んだほうがましよ」

ザブリーは目を細めて彼女の顔を見つめた。「怖がってるんだね。どうして?」

「怖がってなんかいない」疑うような目を向けられ、たどたどしく説明した。「こういう生活は自由を奪うわ。奴隷になるっていうことよ」

「それは見方によるさ。それなりの女だったら、奴隷になるのは男のほうだよ」ザブリーはこちらに振り返った。「さあ、そろそろ帰って」

「カールタウクのことは?」

一歩も譲らないとばかりのジェーンの表情を前に、ザブリーはにやりとした。「絶対にあきらめないってわけね。あたしとあんた、気が合わないとこも多いけど、唯一そういうところだけは共通してる」

「いざとなったら、せめてこの町で彼に隠れ家を世話してくれる?」

「あたしを絶対に危険な目に遭わせないっていうなら——」

突然、扉が開き、ザブリーがレナールと呼んだ少女が飛びこんできた。「パクタールが! ついさっき現れて、あなたに会わせろって」

「なんだって?」ザブリーはさっとジェーンを振り返った。「だから言わんこっちゃない!」

「つけられてなんかないわよ」ジェーンは立ちあがった。「パクタールの顔は知ってるもの。すぐにわかるわ。きっとこの家を見張ってたのよ」

「で、あんたが入ってくるのを目撃した? どっちだって同じじゃないよ。いずれにせよ、彼はここに来てるのよ」

　パクタールの悪意に満ちた表情と、腕をひねりあげられたときの強烈な痛みを思い出し、ジェーンは背筋が凍る思いがした。「どうすれば見つからずにここから出られる?」

「もう遅いわよ」ザブリーは彼女の手首をつかむと、扉のほうへ引きずっていった。「そこらじゅう探しまわるだろうけど、なんとかしてこの部屋には近づかせないようにするから」

「どうやって?」

「いつものやり方だよ。パクタールにしろアブダルにしろ、あんたを探しにきといて、かならずあたしとおねんねするのさ。彼が帰ったら呼びにくるよ」ザブリーは扉を開け、隣りあう部屋にジェーンを押しこむと、ばたんと扉を閉めた。

3

薄暗いランプの明かりのもとでも、あわてて部屋に飛びこんできたジェーンの艶やかな鳶《とび》色《いろ》の髪を見て取ることができた。

下腹部の筋肉がこわばったかと思うと、たちまち男性自身が頭をもたげてきた。落ち着くんだ。リュエルは自分に言い聞かせた。今日は欲望を満たすために来たわけじゃない。くそっ、冗談じゃない。この期に及んで、理性もへったくれもあるものか。

彼女が目の前にいる。

もうすぐ、彼女についてさらに深く知ることができる。

もうすぐ、この手ではじめて彼女に触れることができる。

背後で扉に鍵がかけられるのを、ジェーンは耳にした。部屋の向かいにあるもうひとつの扉でも、かちりと音が響いた。

これでもう、ここからは出られない。

恐怖で胸が締めつけられる思いがした。籠に入れられたようなこの頼りなさは、どこかで味わった気がする。そう、ほんの二、三週間前、人通りのない道でパクタールとアブダルにはさまれ、なすすべなく立ちつくしたときと同じだ。

闇に沈む部屋のなかで、傍らのテーブルに置かれたオイルランプが唯一明かりを生みだしていた。むっとするようなムスクと香のにおいが鼻孔を刺激する。

「やっと来たか。さあ、ここへ来て、よく見せてくれ」

びくんと飛びあがり、部屋の奥に目を向けた。男がひとり、ベッドに横たわっていた。

男は裸だった。横向きに寝転がってこちらを向いている姿が、ほのかな明かりに浮かんだ。頬に手を当て、舐《な》めるように彼女の体に視線を這わせている。「めずらしいな。ザブリーがおれの言うことを真に受けるなんて」

かすかに訛りが漂う口調。スコットランド人だ。ザブリーがこの部屋に案内しておくように命じた男。今日は気分を変えて白人を相手にしたいと言った男。「ザブリーはあとで来るわ。いまはちょっと手が放せなくて」

「で、きみがザブリーに言われておれの相手をしにきた？」男は指を差し伸べ、近くへ来るように合図した。「心配することはない。おれはかまわないぞ。ちょうど英国人の娘が欲しいとザブリーにも言ったところなんだ」

お客の機嫌を損ねて心配してるんじゃないかと思っているらしい。恐怖で金縛りにあっていなかったら、思いきり噴きだすところだ。「わたしは英国人じゃないし、心配してもいないわ。あなた、勘違いしてるのよ」

「いや、ちゃんとわかってるさ。きみがすぐにもこっちへ来て顔を見せてくれないと、少々苛立ってくるとね」

ジェーンはしぶしぶベッドの脇に立った。「ザブリーはそんなつもりじゃ――」なんてこと！　こんなに美しい男の人、はじめて見た。ライオンを思わせる黄金色の肌に黄褐色の髪。うしろでひとつに束ねているために、非のうちどころのない頭の形が際立って見える。瞳は青。猫のような緑でも黄色でもなく、鋭さを含んだ深い青で……。

男が片眉を引きあげた。「ザブリーはどれぐらい時間がかかる？」

言おうとしていた言葉がすっかり頭から抜け落ちてしまった。すばやく体勢を立てなおし、落ち着いて答える。「少しの辛抱よ」

男は低く笑い声をたてた。「辛抱が簡単な状況じゃないもんでね」自分の下半身を指し示して言う。「わかるだろう？」

示されるままに目を転じ、ジェーンははっと息を呑んだ。猛々しいほどに屹立《きつりつ》した男性自身が脈打って見える。あわてて男の顔に視線を戻した。「ザブリーはすぐに来るわ」

「こうなったのはザブリーのせいじゃない。部屋に入ってきたきみを見て、欲しくてたまらなくなった」

ジェーンは疑うような目で彼を見返した。

「おれも自分でびっくりしてるんだ。こんなふうに反応するとは思ってもみなかった。そんな男物の服をまとってちゃ、お世辞にも魅力的とは言えないからな」手を伸ばし、ジェーンの手首をつかんだ。「脱いでくれ」

彼につかまれた部分がちりちりとうずき、得体の知れない息苦しさに襲われた。「いやよ」

「脱がせてほしいと？」男は彼女をベッドへ引き倒し、自分の傍らに座らせた。ジェーンはその明るい瞳に見入られて身動きすらできなかった。それに、この香りはなに？　石鹸にスパイスに、なにかもっと深くて暗い感じの香りが香のにおいと混じりあっている。「いいとも。少年から女へ変身させるのも、なかなか興味深い」

「そういう意味じゃなくて――」

男はかまわずシャツのボタンをはずしはじめた。

とっさに後ろに飛びのいた。

たちまち伸ばされた片手で、両の手首をつかまれる。「しーっ、大丈夫だ」もう一方の手は早くも、シャツの上から胸を撫でている。「きみを見たいだけなんだ」にやりとし、シャツを押しあげている乳首の膨らみを見下ろした。「ほう、なかなかいい眺めだ」おもむろに手のひらで胸をさすった。

さざ波のように全身に熱が広がり、両脚のあいだがぞくっとした。どうしたっていうの？　なぜ抵抗しないの？　こんな手ぐらい振り払えないほどわたしはヤワじゃない。そう、パクタールのせいだ。ジェーンはふと思いついたもっともらしい言い訳に飛びついた。大騒ぎしてパクタールが飛びこんできたら困る。それにこの香のせいで、頭がくらくらして体に力が入らないのかもしれない。「こんなことしに……来たわけじゃないわ」

「そうかな」彼はさらにふたつ、ボタンをはずした。「それじゃ、なぜ来た？」

ジェーンはごくりと唾を呑んだ。「あなた、誤解してるのよ」

「さっきもそう言った。誤解してるのはきみのほうだ。おれはすべてを承知してる。ザブリーに訊いてみるといい」なおもボタンをはずしつづける。「おれたちは——」

「やめてったら！」

「脱がされるのはいやか？　それならそれでいい」男はボタンから手を離すと、彼女の両手を持ちあげた。「ほら、やめたよ」親指でゆっくりと確かめるように、彼女の手のひらをこすった。「たこだらけだ」手のひらを裏返し、じっと観察する。「たくましくて荒れている。手入れされた庭園で花を植えてた手とは違うな」

あわてて引っこめようとしたものの、さらにきつく握りしめられた。

「侮辱するつもりはない。好きなんだ、こういう手が。共通点が見つかったな。おれの手にもたこがある」手のひらでジェーンの手の甲をやさしくさする。「感じるだろう？　でこぼこしてるのが。おれは知っている。足元がふらつくほど懸命に働くことがどんなものか。疲労困憊《こんぱい》することも意気消沈することも知ってるし、どんなに一生懸命やろうとも決してゴールにたどり着けないもどかしさもわかってる。毎日毎日闘いつづけるのはたやすいことじゃない。そうだろう？」彼の声は慈しむような響きを伴い、その言葉はジェーンの感情の機微を心地よく刺激した。「だからこそ、チャンスがあるときは自分をいたわってあげなきゃならないんだ」

「自分をいたわる必要なんて──」

「しっ……」身を乗りだし、ジェーンの胸にかすめるように口を這わせた。「目で見るのもいいが、こっちのほうがずっといい。乳首がシャツを突きあげてるのを見るだけで興奮してくる。仮面じゃなくて男物の服を身につけて現れたのは、それが狙いか？」

彼の温かな息が乳首をなぞり、太腿のあいだのうずきが痛いほどに高まった。頭がぼうっとしてなにも考えられない……そう、これは香の香りのせい……。

ジェーンはなすすべもなく男の頭を見下ろした。明るいきらめきを放つ瞳はもはや見えないけれど、日に焼けて筋の走った髪はランプの明かりを受けて輝いている。まるで荒々しい欲望が来るべき爆発のときを待って、つかのまためらいを示しているような、奇妙な感覚に陥った。

男の温かな舌が、薄い綿のシャツを通して胸の先端に触れた。

ジェーンは低くうめき、背中を反らせた。衝撃が全身を駆けめぐる。

「そうだ」彼がささやいた。「おれを感じるんだ。きみにはおれが必要だ」

ええ、そう。たしかに必要だわ。朦朧としながらもジェーンは認めざるをえなかった。これまではいつだって男が女を必要とするのだと思っていた。母親やほかの女たちが漏らす、喜びに満ちたむずかるような声は、たんにふりをしているにすぎないのだと。けれどいま、自分は見も知らぬ男の温かな唇を体に受けながら、彼女たちと同じ叫び声を押し殺すのに必死になっている。ひょっとしたら、母をとらえて離さず、奴隷にまで貶《おとし》めたのは、アヘンのパイプではなくてこれと同じ快感だったのだろうか？

いいえ、違う！　わたしはこんなものにそそのかされない。わたしは売春婦でも奴隷でもない。「離して！」ジェーンは男の手を払いのけると、勢いよく立ちあがった。震える指でシャツのボタンをかける。「触らないで。わたしは売春婦じゃないのよ」

男は押しとどめようともしなければ、こちらを見つめている。優雅で、自分の裸体を隠そうともしなかった。ただじっと横たわり、こちらを見つめている。それでいて猫のようにいつでも飛びかかれる体勢のままで。「そうは思っちゃいない。ザブリーから聞いてるよ。大勢の英国人将校の妻がみずからの快楽のためにここへ来てるんだと」

「言ったはずよ。わたしは英国人なんかじゃないって」震える声をどうにか落ち着かせようとした。「誤解よ。わたしはあなたとベッドをともにするつもりなんかないの」

「そうは思えないな」男の視線が、シャツを通してくっきりと見えるジェーンの腫《は》れた乳首に留まった。「その気はありと見たが」

「だから誤解なのよ」険しい口調で繰り返した。「怯《おび》えていたものだから、つい油断しただけで」

「怯えていた？　おれのことか？」

「いいえ」ジェーンはベッドを離れ、戸口へ向かったものの、すぐに足を止めた。ザブリーが鍵を開けてくれないかぎりは出られない。「あなたのことじゃないわ」

男は起きあがり、床に足を下ろした。

ジェーンはびくりと身構えた。「近づかないで。ナイフを持ってるのよ」

「きみが？　そりゃまた物騒だな」男はベッドから立ちあがろうとはしなかった。「襲うつもりはない。いやがってるのはわかったから、楽しみはまた別の機会に取っておくさ。それよりも座らないか？」

　とっさにジェーンは男の下半身に目を向けた。

「ああ、これか。こいつはしょうがない。でも自制心はあるから安心してくれ」彼はかすかに微笑み、緊張しきったジェーンの顔を見つめた。「なぜ部屋から逃げようとしなかった？」

「ザブリーが両方の扉に鍵をかけたのよ」

「なかなかおもしろい趣向だな。客を興奮させるためか？」

「そうじゃないわ。顔を合わせたくない人が来たからよ」

　男はつと押し黙った。「誰だ、そいつは？」

　ジェーンは答えなかった。

「いや、気にしないでくれ。深い意味はない」男は立ちあがると、戸口脇のテーブルに歩み寄った。オイルランプから放たれる光の輪が、彼を包みこむ。目を向けまいとしたが無駄だった。男はジャングルに棲む動物のようにエキゾチックなその裸体を、恥じらいもなくさらけだしている。ひとつに束ねた茶色の髪には黄褐色の筋がいくつも走り、それが明かりに浴して燃え立つように見えた。アーチを描く背骨に引き締まったお尻、たくましい肩の筋肉。

ジェーンはそのときはじめて、彼の左肩に包帯が巻かれているのに気づいた。

男はテーブルからボトルを取りあげ、ゴブレットにワインを注いだ。「きみもどうだ？」

「けっこうよ」

「誰を恐れてる？　恋人か？」グラスを口元に運びながら言う。

今度もジェーンは沈黙で答えた。

テーブルに置かれたものに男の目が留まった。かすかに口元を緩めてそれを手に取る。

「本来ならきみが使うべきだったわけだな」

それは、茶色と黒と青緑色の孔雀の羽根でできた大仰な仮面だった。「美しいな。これをつけたきみを見てみたい」自分の目に当ててみる。「どうだ、やってくれないか？」

奇抜な仮面が顔の上半分を覆うと、漆黒の羽根の先端が両脇から突きだした。青い瞳がアーモンド形にくり抜かれた穴の奥できらめき、ぴったり張りついた仮面が美しい頬骨の形状を強調している。黄褐色の羽根の色合いが、胸から下半身へ三角形に生えそろった毛と似かよっているせいで、まるで別世界からやってきた邪悪でいてこのうえなく華麗な生き物のようだった。「間抜けな姿だな」

「馬鹿ばかしい」彼は仮面を放り投げると、いくぶんテーブルに身を乗りだし、からかうような視線を向けた。「で、誰がきみを追いかけてきてるって？　旦那か？　なるほどこういうことか。歳取った夫相手じゃ満たされないので、しかたなくここへ来てると」芝居がかった仕草で手の甲を額に当てる。「ところがなんと、夫が追いかけてきて――」

「いい加減なことを言わないで。夫なんていないわ。もしいたとしても、その人を裏切るようなことは絶対しない。誓いは守られるべきよ」

「同感だ。それじゃ、やっぱり恋人か」ワインをひと口含むと、体を起こしてベッドへ戻った。「彼の名前は？」

この部屋に入ってから、どれぐらい時間がたっただろう。空気が重苦しくて息をするのもままならないし、ただならぬ雰囲気までも漂いはじめている。いったい、いつになったらザブリーはやってくるの？

男はベッドに横たわり、ヘッドボードにゆったりとよりかかった。「話してくれ。しばらくはふたりともこの部屋から出られないんだ、せめてできるだけ楽しく暇つぶしをしないとな」

「あなたを楽しませる義務はないわ」

「ほう、またナイフをちらつかせる気か？」にやりとし、ゴブレットを口元に運ぶ。「だがおれは力もあるし、動きもすばやい。ほんの少し話をしてくれれば気がすむのに、なぜそんなに危険を冒したがる？」向かいの椅子を指し示した。「座れよ。おれの名前はリュエル・マクラレン」

「リュエル？　変わった名前ね」

「スコットランドじゃそうでもない。大昔からある名前だ。さあ、座れよ」彼は繰り返した。「今度はきみの番だ。名前は？」

ジェーンは部屋を横切ると、彼が示した椅子に用心深く腰を下ろした。「ジェーン」

「ジェーンか。名字は?」

答えは返ってこない。

「なるほど正解だ。こういう状況じゃ、名字は堅苦しすぎて場違いな感じがするもんだ。だが、おれはきみのことをもっと知りたい」考えこむように額に皺を刻む。「ジェーン……」ぱっと顔を輝かせるや、ぱちんと指を鳴らした。「ジェーン・バーナビー。パトリック・ライリー。鉄道」

ジェーンの目が見開かれた。

彼は含み笑いした。「おれがそこまでたどり着くとは思ってなかったか? 第一にきみのアクセントはイングランドでもスコットランドでもない。それにライリーは一度もきみを将校クラブに連れてこないが、カサンポールにアメリカ人はそう多くはない。ライリーとその〝被後見人〟のことがどれほど町じゅうで噂になってるか、知ったら驚くぞ」

ジェーンは表情を硬くした。「べつに驚きはしないわ」

「きみが避けてるってのは、ライリーのことか?」

「もちろん違うわよ」

「それじゃどうして――」

「なぜあなたはカサンポールにいるの、ミスター・マクラレン?」

「おっと、逆襲か。ようやくおれのことに関心を示してくれたな」ふたたびワインを口に含む。「マハラジャへの謁見の約束を取りつけたいんだ。これがなかなかうまくいかなくてね」

「おれの欲しいものを彼が持ってるからさ」彼はひと息ついた。「ひょっとしたら、きみが仲介してくれるかもしれないな。鉄道の建設状況を確かめに、ときどき彼が訪れると聞いてる」

「なぜ彼に?」

「来るたび、ご機嫌斜めよ」ジェーンは膝の上で両手を握りしめた。「わたしなんか、なんの役にも立たないわ」

「それは残念だ」彼は片脚を持ちあげ、足裏でマットレスの表面をこすった。「ほかに誰か探さないとならない」

その脚の動きに思わず目が引きつけられた。収縮するふくらはぎの筋肉。黄金色の肌と真っ白なシーツのコントラスト。ジェーンはあわてて目をそらし、さっき気づいた包帯に一瞥をくれた。「その肩、どうしたの?」

「うっかり気を散らした罰が当たったんだ。こんな目に遭うのは金輪際ごめんだ」ふいにベッド脇のテーブルにグラスを置くと、床に足を下ろした。「どうにも落ち着かない。こうなったら、ここから出るしかないな」

「ザブリーを待ってなきゃだめよ」

「待つのは嫌いなんだ」彼は薄暗い部屋の隅に置かれた椅子に近づき、白いリネンのシャツを拾いあげた。「鍵も嫌いでね」しゃべりながら手早くシャツの袖に腕を通す。「それに、復讐に燃えた恋人がおれを串刺しにしようと押し入ってくるなんて、考えただけでぞっとする。

こうなりゃ、ふたりしてこの家を抜けだすしかない」ベッドに腰掛け、ブーツの左足を履きにかかった。「しかし残念だな。今夜はこんなはずじゃなかったのに」

「抜けだすってどうやって？　扉には両方とも鍵がかかってるのよ」

「窓があるさ」

「だけど、ここは二階よ」

　彼は両足ともブーツを履き終えた。「そんなもの、どうにでもなる」

「地面に飛び降りて足の骨を折るなんてごめんよ」

「おやおや。いやに気弱なことだな」

「わたしは鉄道を造らなきゃならないの。足を引きずってたら、仕事にならないわ」

「鉄道ね」リュエルはにやりとし、立ちあがると窓際に歩いていった。「きみの鉄道のことを忘れてたよ。心配するな。致命的な怪我を負うようなことはないさ」窓の下枠に腰掛け、両足を窓から出してぶらぶらさせる。「見たところ、この部屋は裏手に面してる。すぐ下は裏通りだ」言いながら鼻をひくつかせた。「間違いない、裏通りだ。世界の終わりのにおいが漂ってくる」

　ジェーンは彼に歩み寄り、肩ごしにのぞき見た。たしかに細い路地が月明かりに浮かんで見えるものの、はるか下のほうだ。「気でも狂ったの？　いったいどうやって――」

　言い終わらぬ間に彼が飛び降り、膝を曲げて着地するや、くるりと一回転した。そしていとも軽く立ちあがると、窓の下に戻ってきた。「さあ、飛んで」

ジェーンは口をあんぐり開けて、彼を見下ろした。「どうやったらそんな真似ができるの?」

「なにも気にせずに、とにかく飛ぶんだ。おれが受け止める」

不審のまなざし。

「絶対に傷つかない。おれを信じろ」なおも彼女がためらっているのを見て取ると、じれったそうに説明した。「ガキのころロンドンに住んでいて、通りで軽業を披露して食ってたときもあったんだ」

ついさっき目撃した身の軽さなら、さもありなんという気もしてくる。それでもジェーンは躊躇《ちゅうちょ》していた。だが、一歩踏みだせば自由が手に入るというのに、ぐずぐずと座ってザブリーが来るのを、あるいはパクタールに見つかるのを待っているわけにはいかない。窓の下枠に腰掛け、リュエルがしたように両脚を揺らした。

「そうだ」リュエルが両腕を差し伸べた。「さあ、ここをめがけて飛び降りろ」

一秒ごとに地面が遠のいていく気がする。

「なにをぐずぐずしてる? 飛び降りるときに下枠を両手で押しやるようにしろ。そうすれば壁にぶつかることはない」

ジェーンは深く息を吸うと、目を伏せ、窓枠を思いきり押しやった。

永遠とも思えるあいだ、体が宙を突き抜けていく。

リュエルの腕がそれを押しとどめた。「つかまえた」

言うやいなやよろめき、悪態をついてどさりと地面に転がった。

「痛っ。くそっ」

ジェーンは呼吸を整えると寝返りを打って彼から離れ、どうにか膝をついて起きあがった。

「軽業師だったんじゃないの？」

「優秀な軽業師とは言わなかったはずだぞ。まだ十五だったから、たいした金も稼げなかった」苦しげな表情で膝をつく。「だから半年でやめて、今度は道端の口上師になったってわけさ」

ジェーンは彼をにらみつけた。「なによ、嘘つき。もう少しで首の骨を折るところだったじゃない！」

「でも折らなかった」リュエルはしかめっ面をした。「けど、おれのほうはどうだ。こんな得体の知れないものに足を突っこんじまって」

「どうしてそんな――」言い終えぬままに突然笑いだした。生ゴミや厩肥《きゅうひ》のなかでたがいに膝を突きあわせているなんて、はたから見たらなんて間抜けな光景だろう。肩の力がふっと抜けるような気がし、ジェーンは自分が彼の存在に怯えていたことをはじめて思い知らされた。これまで出会ったことのない華麗で謎めいた男。その彼が人間らしい側面を垣間見せたことで、どこかほっとする思いがした。

リュエルが小首をかしげ、その顔にゆっくりと笑みが広がった。「きみが笑うところをはじめて見た」

「べつに不思議でもなんでもないでしょ。まだ出会って三十分もたってないんだもの」

リュエルは立ちあがると、彼女に手を貸して立たせてやった。「きみはあまり笑わないような気がしてね」きびすを返し、建物の角を目指して裏通りを歩いていく。「恋人が現れる前にさっさと逃げるといい。かわりに痛い目に遭うのはもうこりごりだからな」

その言葉に、ジェーンは現実に引き戻される気がした。そうよ、パクタール。彼が追ってきてるんだった。一瞬にせよ、そのことをすっかり忘れていたなんて。全身に若さがみなぎる気がして、妙にわくわくして……おかしなぐらいすっかり安心しきっていた。

「恋人なんか追いかけてきてないって話したでしょ」急いでリュエルに追いつき、彼に続いて角を曲がろうとした。「ちっとも人の話を聞いてないじゃゃ——危ない！」

ナイフ！　きらめく刃が、建物の陰から無防備なリュエルの背中めがけて振りおろされた。考えている余裕はなかった。ジェーンはとっさに体を前に投げだすと、リュエルを脇に突き飛ばした。

短剣が上腕部を切り裂き、痛みで息が詰まった。道の端によろめきながら、犯人の姿を目の端でかろうじてとらえる。背が高く痩せ形で……ぐるぐる巻きにした白いターバン。パクタールだ。かすみつつある意識のなかで確信する。パクタールに間違いない。

リュエルが悪態をつく声がかすかに聞こえた。彼は男に飛びかかり、片手でナイフを握った手首をつかむや、もう一方で男の喉元を絞めつけた。

真っ暗だ。もうリュエルの顔すら見えない。

壁づたいにずるずると体が滑り落ちた。だめよ、ちゃんと立ってなくちゃ。リュエルを助けないと。ナイフが……パクタールが……。

と、ふわりと体が持ちあげられた。

目を開けると、リュエルのいかめしい顔が目の前にあった。「あなた……怪我は？」

「なぜおれが怪我をするんだ？」ぶっきらぼうな言い方。「ナイフを受けてもいないのに」

「だってパクタールが……どこに……」それきり言葉を呑んだ。彼女を襲った犯人が二、三フィート先の道端に横たわっていた。声にならない悲鳴をあげたままぽっくりと口を開け、見開いた目は眼窩《がんか》から飛びだし、まっすぐ空《くう》を見つめている。見たこともない男だった。

「パクタールじゃない。死んでるの？」

「ああ」リュエルは急ぎ足で通りを渡った。「だが遅すぎた。きみを守れなかった。運んでやるからじっとしてろ」

生暖かくぬるりとした感触が腕を這うのを感じた。「血が出てる」

「ああ、出血してるんだ。すぐに手当してやるが――」

「なんだ、どうした？　この娘になにをした？」別の声が聞こえた。リュエルと同じスコットランド訛り。声の主は建物の陰から出てくると、彼女を見下ろした。

アブラハム・リンカーン？　面長の素朴な顔がぬっと目の前に現れるなり、ジェーンはぼんやりと思った。いえ、きちんと髭《ひげ》を剃《そ》ってるし、新聞の写真で見た髭面じゃない。それにリンカーンは銃で撃たれて死んだんじゃなかった？

「なにもしちゃいないさ。おれのかわりに短剣を腕に受けちまったんだ」

「なんてこった。ここにもミラがいたか。おまえってやつは、誰彼かまわず自己犠牲精神を抱かせてしまうらしいな」

「おもしろがってくれてどうも。で、彼女が失血死するまで、そうやって笑ってるつもりか、イアン？」

イアンと呼ばれた男はたちまち真顔になった。「そんなに深刻な怪我なのか？　下ろして、わたしにも見せてくれ」

「彼女の話じゃ誰かに追われてるらしい。とにかくここから連れだすのが先だ。傷口より上部をハンカチで縛ってくれないか。少しは出血が収まるだろう」

「わかった」イアンはジェーンの顔に目を落とした。「申し訳ないが少し痛いかもしれない」少しどころではなかった。ジェーンは息を詰め、彼が慎重な手つきでハンカチを縛り終えるのをじっと待った。

「もっと強くだ」リュエルがせっついた。「手加減してる場合じゃない。まだ血が流れてでてるぞ」

イアンはさらに強くハンカチを縛った。下唇を嚙んで声を押し殺したつもりだったが、息を呑む音がリュエルには聞こえたらしい。彼はジェーンの顔に目を戻し、しゃがれ声でささやいた。「わかってる。でも出血を止めなきゃならないんだ。きみを死なせるわけにはいかない」イアンに声をかける。「さあ、彼女を連れてずらかるぞ」

「わたしが運ぼう」

「いや」リュエルの腕に力がこもった。「彼女はおれが運ぶ。あんたは後ろに目を光らせておいてくれ」


目を開けると、アブラハム・リンカーンがベッドの傍らに座っていた。

いいえ、違う。さっきも同じことを思ったばかりじゃない。

「すぐによくなるよ、お嬢さん。出血はひどかったが、軽い刺し傷程度ですんだ」彼はにっこりと微笑んだ。「自己紹介がまだだったね。わたしはイアン・マクラレン。グレンクラレンの伯爵。リュエルの兄だ」

ジェーンは自分の腕にちらりと目をやった。シャツは着たままだが袖は切られ、真っ白な包帯が上腕部をきっちりと覆っていた。ぐるりと部屋を見まわす。「ここは――」

「ナヤラホテル。リュエルの部屋だ。気を失ってしまったものだから、ここへ運ぶことにしたんだ。リュエルの話じゃ、きみのバンガローにも近いそうだからね」

「気を失ってなんかいないわ」

「おお、そうだった」イアンがまじめな顔で応じた。「すこぶるぐっすり眠ってたって意味だ」

「リュエルはどこ?」

「きみを抱えてたもので服に少し血が付いてね。においもひどいから、隣りの部屋で着替えるように追い払ったところだ。目を覚ましたきみが、彼を見て卒倒したら大変だからね」

まるで腕白少年のことを語るような口調。ザブリーの店で会ったあの男が、誰かの命令に従っておとなしく退席するとは想像もできなかった。ジェーンは窓の外に広がる暗闇に、ぼんやりと目を向けた。「いま、何時？」

「夜中の一時ごろだよ。さっきも言ったが、きみは少しばかり居眠りをしてたからね」

ジェーンは懸命に起きあがろうとした。「バンガローに戻らなきゃ」

「今夜はここに泊まるといい。おれはイアンと一緒に寝るから」リュエルが戸口に立っていた。着替えを終えたらしく、褐色の半ズボンに茶色のブーツ、それに糊の利いた白のリネンのシャツを身につけている。ザブリーの店で見せた、どこかしら優雅さの漂うしなやかな足取りで、ゆっくり近づいてきた。「ライリーにはここにいることを伝えておくよ」

「だめよ！」とっさに叫んだ。「心遣いはありがたいと思うわ。でも彼を心配させたくないの」

「それに、今夜どこにいたか彼に知られたくないか？」リュエルが穏やかに訊いた。「パクタールってのは誰だ、ジェーン？」

ジェーンは黙りこんだ。

「いいか。おれは今夜裏通りで人を殺したんだ」リュエルは肩をすくめた。「べつにそのことを気に病んでるわけじゃない。暗闇で待ち伏せする殺し屋なんて卑劣もいいところだからな。だが、もしなんらかの反撃があるとすれば、知っておく必要がある」

ジェーンはベッドカバーの上で拳を固めた。「反撃なんてないわ。たぶんあの男はパクタールの従者のひとりだと思うから」

「それじゃもう一度訊かないとならないな。パクタールというのは何者だ？」

「アブダル王子に仕えてる人」ジェーンは早口で語を継いだ。「でも心配ないわ。マハラジャがしゃしゃり出てくることはないから。今回のこと、アブダルは彼に知られるのをいやがってるの」

「今回のこととは？」

反撃を心配する彼の気持ちには納得がいったけれど、これ以上は話す義務はない。ジェーンはベッドカバーをはねのけた。「バンガローに戻らないと。夜明けには起きなきゃならないのよ」

「鉄道なら、一日二日きみがいなくたって問題ない。かなり出血したんだ。少しは休んで体を回復させることを考えろ」

「一日二日ですって？」頭のいかれた人間を見るような目を向けた。「あと二週間もしたらモンスーンがやってくるのよ。一時間たりとも無駄にはできないわ」

「ライリーがかわりに働いてくれる。そもそも彼の鉄道なんだろう？」

ジェーンはそれには答えず、どうにかベッドから這いだして立ちあがった。

とたんにめまいが襲った。部屋じゅうがまわって見える。

「まったく。いったいなにをしようっていうんだ？」リュエルは駆け寄ると、彼女の腕をつかんで支えた。「横になれ」

「大丈夫。だいぶよくなったわ」嘘ではなかった。まだ足元はふらつくけれど、部屋がまわって見えることはなくなった。「とにかくわたし――」

「おんぼろ鉄道のもとへ戻るって言うんだろ?」リュエルが引き取って言う。「勝手にしろ」

「女性の前でなんという口をきくんだ」イアンがたしなめた。「でも、お嬢さん。彼の言うことはもっともだ。休んでいなさい」

「本当に大丈夫よ」リュエルを避けるようにあとずさる。「心配してくださってありがとう」

「心配だと?」リュエルがいまいましげに吐き捨てた。「おれを狙って振りおろされたナイフの前に飛びだすような馬鹿女を、なぜ心配しなきゃならないんだ?」

「あなたを狙ったわけじゃないわ。わたしを狙おうとして失敗したのよ、きっと」ジェーンはかぶりを振った。「理由はわからないけど。とにかくあなたは今回のことには関係ないの」

「いや、大いに関わってる」リュエルは凄みを利かした声で言った。「きみに借りを作った。返さなけりゃならない」

「借りなんてなにもない」

ふとリュエルの顔がほころび、さっきまでの不機嫌さが嘘のように、笑みが広がった。

「中国人のあいだじゃ、男の命を救ったら、その命は救った人間のものになると信じられてるそうじゃないか」ベルベットのごとく深みのある声音に、誘いかけるような甘い口調。

「ということは、きみはおれを簡単に放りだすわけにはいかない」

ああ、神さま。彼はなんて美しくて魅力的なの？　まるで不思議の国へ向かう列車が真夜中に響かせる汽笛のようだ。「そのことわざは白人の男たちが勝手に作りあげた、いい加減なものなんですって。リー・スンが言ってたわ」

「リー・スン？　何者だ？」

「友達よ」

「おれはおれなりに東洋の哲学を解釈させてもらうよ」またもやこちらの胸が熱くなるような微笑みを投げかけてきた。「言うとおりにしてくれるね？」

この人、確信犯だわ。突然、ジェーンは察知した。その美しくたくましい肉体が女性たちの心をくすぐり、思いどおりに動かすほどの魅力を備えていることをじゅうぶん承知している。おそらく、今日ザブリーの店で起こったような出来事を数えきれないほど体験するうちに、いやがうえにも意識せざるをえなくなったのだろう。

「いいえ」リュエルの顔に驚いたような表情が走るのを見て、ジェーンは一瞬勝ち誇った気持ちになった。でも、これ以上彼の魅力に抗える自信はない。すぐにも話を打ち切らなくては。「腕の怪我のことを心配してくれてるのはありがたいけど、これ以上あなたを巻きこみたくはないの。迷惑はかけないから心配――」

「だめだ」リュエルがジェーンの前に立ちふさがり、行く手を阻んだ。いかめしい顔つきに戻っている。「ベッドに戻れ」相手の視線が少しも揺るがないのを見て取ると、あきらめて言った。「くそっ、わかったよ。その大切な鉄道のために、好きなだけあくせく働くといい。

ただし、ほんの数時間休んだところで問題ないだろう。少し眠ってから、夜明けとともに一緒に出かけよう」

「一緒に？」

「きみのところの鉄道はカサンポールじゅうの人間を雇ってるようなもんだ。おれが働いて悪いことはないだろう。こんな目に遭っちゃ、きみには用心棒が必要だ」

「そんなもの必要ないわよ。自分のことは自分で面倒見られる」

「少なくとも、働きすぎで死ぬことのないように見守ることはできるさ」

わたしを見守る？

その言葉はせつなくなるほどの甘美な快感をもたらした。馬鹿ね、なに考えてるの。見守ってくれる人間なんて必要ないに決まってる。「線路を敷く作業は、あなたが思ってるほど簡単じゃないわよ」

「二、三日なら問題ないさ」

ジェーンは趣味のいい家具の揃ったホテルの部屋を見まわした。「たぶん戦力としては役に立たないと思うけど」

「あばら家に住んでないからか？　イアンに訊いてみるといい。おれがクルーガーヴィルでどんなところに住んでたか。マハラジャに謁見を願いでようってときに、金を出し惜しみするわけにはいかないだろう？　保証するよ。おれは使える男だし、どんな過酷な労働にも音を上げない」

ジェーンは思い出した。この手に触れた、たこだらけの彼の手のひらの感触を。

「横になれ」リュエルが繰り返し迫った。「夜が明けたら起こしてやる。それから一緒に作業現場まで行けば問題ないだろう」

ジェーンはついにおとなしく引きさがると、ベッドに横たわり、ベッドカバーを体の上に引きあげた。もはや反論しようにも全身の力を振り絞らなくてはならないありさまだった。

いいわ。どうせ、まる一日杭《くい》を打ちつけてみれば、そんなお節介も吹き飛んでしまうはず。

「この包帯が隠れるぐらいの清潔なシャツが一枚必要ね。怪我を負ったことをみんなに知られるわけにはいかないもの」

「用意しよう」

「いいえ」イアンのほうにうなずいてみせる。「彼のシャツがいいわ。そのほうが大きいし、ゆったりと着られるから」

イアンが微笑んだ。「喜んで」

「それから、夜が明けたらかならず起こしてね」ジェーンは目を閉じた。

「ここにいることをライリーに知らせておこうか?」

「いいえ。彼は気にしてないから。彼が眠ってるあいだに出かけることはめずらしくないの」

「それはお盛んなことで」リュエルは辛辣《しんらつ》な言い方をした。「そういえばきみは――」

「もう行って」ジェーンが目を開けずに言う。「眠れないわ」

イアンが愉快げに低く笑った。「それじゃ、そろそろ失礼するとするか、リュエル。わたしの部屋に戻ってウィスキーでも一杯やるとしよう。じっとりした空気をひと晩じゅう吸わされたんだ。グレンクラレンに飛んで帰りたい気分だよ」

「毎晩、同じ台詞だな」

「おまえに故郷を思い出させるのも悪くないと思ってな。わたしはわたしなりに着々と地固めしてるってことだよ」

後ろ手に扉が閉まったあとも、ジェーンのまぶたは閉じたままだった。なんという奇妙な取りあわせだろう。水銀のように移り気な輝きを放つリュエルに、むきだしの花崗岩のように頑強で素朴なイアン。それでもふたりのあいだに、兄弟としての強い絆《きずな》を感じずにはいられなかった。

あの兄弟のことなんか考えたってしょうがないわ。スコットランドの貴族だろうと、エキゾチックで美しい人だろうと、わたしの人生になんの関係もない。とにかくいまは、少しでも眠って体力を取り戻さなくては。

「気に入ったよ、彼女」イアンはウィスキーを注いだグラスをリュエルに手渡した。「なかなか骨のある女性だ」

「気に入ったのは、自分と同じ石頭だからだろう？」

「たしかに、彼女がおまえの要求をはねつけたときは愉快だった。おまえにもいい薬になる」イアンは自分もグラスを手に取り、窓際に歩み寄った。「それにしても、彼女の身に迫った危険、ただごとではないな。アブダルの言うところのマハラジャの機嫌を損ねるどころじゃない」

「ああ」

「おまえはうすうす気づいていたんだな？」

「ワニの扱いには慣れてると言ったはずだろ」

しばしの沈黙のあと、イアンはふたたび切りだした。「ずいぶん長く店のなかにいたが、おまえはその――」

「われらが客人と肉体関係を持ったか、と訊きたいんだろう？」

「まあ、そういうことだ」

「寝ちゃいない」リュエルはウィスキーをひと口飲んだ。「いまのところはまだ」

「おまえはまだ、カールタウクは彼女の恋人だと？」

リュエルは睫毛を伏せて瞳を覆い隠した。「見解を変える理由がどこにある？　彼女はやつのために危険を冒してるんだぞ」

「ということは、あの殺し屋は彼女を狙ったと？」

「そう考えるのが自然だろう。おれが一緒と見るや、まずはより厄介なターゲットから片づけようと判断したんだ」

「だが確信はない。そういうことだな？」

「おれの心を読むのが巧みになってきたな。たしかに確信はない。今回のワニは凶暴なばかりか狡猾《こうかつ》さも備えてる」リュエルは肩をすくめた。「だが、そのほうが探りがいがあるってもんだ」

「彼女は今夜、命を落としかけたんだぞ」イアンは顔をゆがめた。「なにもかも状況は変わりつつあるんだ。カールタウクを手に入れるために彼女を利用するなんて考えは、あきらめたらどうだ？」

リュエルは答えなかった。

「リュエル？」

「なにも変わっちゃいない。夕方よりもずっと状況が好転したってこと以外はな。うまくすれば、情報を聞きだせるかもしれない」リュエルはせせら笑いを浮かべた。「そんな呆《あき》れた目で見るな。おれがどんな人間か、そろそろわかってきたはずだろう？」

「おまえはわたしを驚かせて喜んでるだけだ。彼女はおまえの命を救ってくれたんだぞ。その彼女の信頼を裏切る気か？」

「彼女はおれを信頼なんかしちゃいない。いや、誰のことも信じやしないさ、カールタウク以外はな」

「それが気に入らないんだな？」

「まさか。そんなこと関係あるか！」リュエルは派手な音をたててグラスをテーブルに置くと、勢いよく立ちあがった。「気に入らないのは、あんたのそういうところだ。なんのかんのと人の心を探るような真似をしやがって。もううんざりだ」大股で戸口へ向かう。

「どこへ行く？」

「新鮮な空気を吸ってくるよ。ここは息が詰まる」イアンをにらんだ。「言っとくがな。おれはあんたのこともグレンクラレンのことも知ったこっちゃないんだ。あの女のこともな。欲しいのはシニダーだけだ」

ばたんと扉が閉められた。

イアンはかすかに頬を緩め、グラスを口元に運んだ。

――虎よ、虎！　光りて燃え、ひそやかに忍び寄る虎よ……

いまこの瞬間、虎はたしかに光り燃えていた。あのバーの店内でバラクを挑発していたときでさえ、これほど荒々しい炎は放っていなかった。だが、悪い兆候とはかぎらない。ときに炎は、破壊だけでなく浄化ももたらすのだから。それによってシニダーという馬鹿げた夢が潰《つい》え、ふたりで故郷へ帰ることができればどれほど素晴らしいか。

故郷。

リュエルと一緒のときはつねにのろしのようにグレンクラレンの名を掲げているが、ひとたびひとりになると、できるだけ考えないようにしていた。考えだすと思慕がつのり、心が苦しくなるだけだ。

そのかわり、マーガレットのことを考えることにしていた。グレンクラレンは自分のものだが、マーガレットは正確にはそうとは言えない。それにあまりに長く待たされたせいか、苦しいほどに期待が高まるという時期はとうに過ぎ、いまはただ思い焦がれるような甘い期待感だけが心を支配している。冷静で活発なマーガレット。それでいて冬の焚き火のように温かな心の持ち主のマーガレット。

そうだ、マーガレットのことを考えることにしよう……。

「死んでるよ」ザブリーは死体の傍らに膝をつき、顔を上げてパクタールに告げた。「喉の痣《あざ》から見て、絞め殺されたんだね、きっと。これで計画に支障が？」

「べつに。リサードが死のうがなんの問題もない」パクタールは表情も変えずに、見開いたままの従者の目をのぞいた。「仕事さえ、ちゃんと果たしてくれてりゃな」

「ナイフに血が付いてるし、道にも点々と跡があるよ。目的はあのスコットランド人に怪我を負わせることだったわけでしょ？」

パクタールはうなずいた。「展開が遅いんで、殿下がいらいらしはじめてな。いっそのこと、スコットランド人とあの女が親しくなるように仕向けてやれ、ということになった」かすかに口元を緩め、歩道に転がった血糊の付いたナイフを見下ろした。「どうやら、思惑どおりと殿下に報告できそうだな」

ザブリーはにわかに生じた体の震えを抑えて、死体に目をやった。パクタールがこの男の死よりもアブダルの機嫌を優先したからといって、驚くことじゃない。はじめて会ったときから、扱い方しだいで自分の敵にも味方にもなりうる男だということはわかっていたはずだ。

彼女は立ちあがり、ランタンを拾うと、アーチ形の扉へ向かった。「それじゃ、あたしたちふたりとも、殿下に喜んでもらえるってことね。それにしても、彼女が店に来たって知らせなかったのに、なぜわかったの？　彼があとをつけてきて、白人の女を欲しがると？」

「確信はなかったが、やつがあの女を見張ってることは知っていた」パクタールはにやりとした。「それに、あのスコットランド人は忍耐のきく男じゃないからな。行動に出るのは時間の問題だと踏んでたのさ」

「そこで、あたしが罠を仕掛け、あんたが仕留めたってわけね」

「たしかに罠は仕掛けたが、やつはおまえの予想どおりには行動しなかったじゃないか。おまえの話じゃ、やつは女の言葉を信じずに、廊下につながる扉を試してみる。そして鍵がかってないことを知って、女を連れて裏通りをこっちの方向へ逃げてくるってことだった。だが、やつらが裏口から出たところを見た人間はいない。どうなってる？」

「はてね、知りっこないわ。あのスコットランド人のやることは予想がつかないもの」ベッドのなかで彼がいかに予想のつかない行動で喜ばせてくれたかを思い出し、ザブリーの心に一瞬、後悔の念がかすめた。すばやくその思いを払拭して言う。「目的は達成されたんだもの、どっちだって同じじゃないか」

「ああ。おまえには約束どおり礼ははずむ。で、あのアマはカールタウクのことはなにも言ってなかったんだな？」

「そう言っただろ。友達のリー・スンのことは心配してたけどね」嘘をつくときには、ほんの少しだけ真実をまぎれこませておくべきだと経験から学んでいた。それに、手に入れた情報をすべてアブダルに渡すことは得策でないということも。「ここに頻繁に来ることで、ライリーから文句を言われないかって気にしてたよ。ナリンスの作業をさぼりやがってってね」

パクタールは口元をゆがめた。「おまえもよくやるよ。あんな雑種犬なんかと」

雑種犬？　パクタールは自分の所属するカースト以外は汚らわしいもののように扱う。ひりつくほどの怒りをなだめつつザブリーは答えた。「そりゃ、食べてかなきゃならないからさ。それに、あんたや殿下ほどいい思いをさせてくれる男なんて、めったにいやしないよ。どう？　あたしのことは気に入ってくれた？」

「まああだな。殿下も言ってたぞ。眺めるには最高の女だとさ」

「ほんと？」

パクタールはにやついた。「それにこうも言ってた。カールタウクを仕留めたあかつきには、おまえの顔をもとに金のマスクを作ると」

「光栄だわ」

「そんなに光栄な思いがしたいなら、彼の妾《めかけ》になって宮殿に住めばいいさ。途方もなくでっかい宝石や目もくらむほどの金のアクセサリーが、わんさと手に入る」

とたんに心が湧き立った。「殿下がそれらしきことを？」

「いや。だが、おれは殿下に絶大なる影響力を持ってるんだ。おまえがどれほど優れたテクニックの持ち主か、彼に話して聞かせることはできる」

「あたしのためにそこまでやってくれると？」

「場合によってはな」パクタールは思わせぶりに間を置いた。「おまえの態度ひとつだ」

それこそがザブリーの待ち望んでいた答えだった。「もちろん、とことん喜ばせてみせるわよ」満面の笑みを向ける。「さあ、部屋に行きましょ。これまではほんの腕ならしにすぎなかったってことを証明してみせるからさ」

パクタールはかぶりを振った。「いや、ここでだ」

ザブリーは目を見開いた。通りを見まわし、数フィート先に転がる遺体を眺めやる。「冗談言わないでよ。ひどいにおいだし、あんたの部下が――」

「そのほうが興奮する。後ろを向いて、両手を壁につけ」

「ベッドのなかのほうがずっと快適じゃない。ひんやりしたシルクのシーツが肌に心地いいし」

「快適さなんて欲しかない」彼女の手からランタンを奪い取ると、わざわざ遺体の頭のそばに置いた。「転がったままこっちを見つめてるやつの前で、おまえを抱きたいんだ。生きるってことがどれほど素晴らしいか、やつに見せつけてやりたいのさ」鼻孔が膨らみ、瞳が妖《あや》しくきらめいている。「ま、おまえがいやだって言うなら別だが」

ザブリーはぐっと唾を呑んだ。後ろを向き、ごつごつした芝土の壁に両手のひらを押しつける。どうってことない、そう自分に言い聞かせる。これまでだって同じようにいかれた要望に応えてきたじゃないの。しかもずっと安いお金で。

スカートがまくりあげられたかと思うと、次の瞬間、彼が奥深く突いてきた。うめき声を漏らし、興奮した息づかいで野獣のように荒々しく攻めたててくる。

冗談じゃない。これじゃ、さかりのついたメス犬扱いも同然だ。残飯と生ゴミのにおいに胃がむかつき、わずか数フィート先からこちらを見つめている遺体が気になってしかたなかった。

あたしは雑種犬じゃない。いつかアブダルのおかげでお金と権力を手に入れたら、かならずそれを証明してみせてやる。


翌朝、リュエルと一緒にホテルを出たジェーンは、驚いて足を止めた。

彼女の愛馬ベデリアが、栗毛の雄馬の脇の横木につながれていた。

「どうやって連れてきたの？」

「眠れなかったもんでね。フロント係からライリー氏のバンガローの場所を聞きだし、ひとっ走りして連れに行ってきたのさ。それにしても厩舎にいるあの犬、役立たずだな。唯一の武器が舐め殺しっていうんじゃ、どうしようもない」

「ええ。番犬にしようにも、サムったら頭はあまりよくないくせに、愛想だけはよくって。厩舎に置いているのは、パトリックがバンガローのなかに入れてくれないからなの」ベデリアの鼻面を撫でながら、ぼんやりと説明した。「でも、この子がわたしの馬だって、どうしてわかったの？」

リュエルの顔にとらえようのない表情がかすめた。「むずかしいことじゃない。厩舎には二頭しかいなかったからな。もう一頭のほうが大きかったし、手入れも行き届いてなければ走りこんでもいないようだった。きみなら自分の馬をじゅうぶんに走らせてるはずだと思ってね。選択が間違ってなくて幸いだった」雌馬の傍らに立った。「そろそろ出かけたほうがいい。さあ、乗せてあげよう」

ジェーンはたじろいだものの、おとなしく彼に身をまかせ、馬の背にまたがった。こんなふうに礼儀正しく扱ってもらったことなんて、これまで記憶にない。くすぐったいような、嬉しいような妙な気分だった。「なぜ眠れなかったの？」

「刺激的な夜だったからさ」茶化すように微笑むと、馬を方向転換させ、速足で駆けだした。「そっちはさぞかしよく眠れたんだろうな」

「それはもう、ぐっすりよ」ジェーンは彼から目をそらした。「だから今朝はずっと気分がいいの。あなたに一緒に来てもらう必要なんかないわよ」

「その話は昨夜すんだはずだ」

「昨夜はわたしの話に耳を貸してくれなかったわ」

「今朝も同じだ。作業場までの距離はどれぐらいだ？」

「五マイルってところね。ナリンスから線路を敷きはじめて、カサンポールから二〇マイルのところまでやってきたの。そこで橋を建設中よ」

「橋？」

「一〇マイルほどの間隔を置いて、深い渓谷が二カ所あってね。そこに橋を架ける必要があるのよ。ザストゥー川は北から流れてきて、いったん二本の支流に分かれ、ふたたびカサンポールの一マイル手前で合流してるの。だから、線路を敷く前に橋を建設しなくちゃならないってわけ」

「で、完成したのか？」

「シコール渓谷のほうは完成したんだけど、ランピュール渓谷に橋を架ける前にあと七マイルほど線路を敷かなければならないわ」

それきりふたりとも黙って走りつづけた。やがてシコール渓谷に達する線路沿いの町まで、残り二、三マイルと迫った。

「道端の口上師ってなにをするの？」唐突にジェーンが訊いた。ぽかんとした様子のリュエルを見て、言い添える。「軽業師じゃ成功しなかったから、乗り換えたって言ってたじゃない」

「ああ、あれか。物語を売り歩く行商人のことさ。街角に立ち、同業者よりも少しでもおもしろおかしく物語を話して聞かせて、それを書き記した紙を売りさばくんだ」

「上手だったの？」

「最初は使いものにならなかったが、すぐに会得した。空きっ腹を抱えてりゃ、カラスの鳴き声をナイチンゲールの歌声に変えるぐらいなんでもない」

「お兄さまが伯爵なのに、お腹を空かせてただなんて」

リュエルの表情が曇った。「おれはイアンじゃないからさ」

明らかに彼はこの話題を避けたがっている。「ロンドンではほかにどんな仕事を?」

「ネズミ駆除」睫毛の下からいたずらっぽい目を向けてきた。「下水溝でのおれの得意技を説明しようか?」

ジェーンは顔をしかめた。「けっこうよ。ロンドンにそんな仕事があるなんて知らなかったわ。もっともあの街のこと自体、よく知らないんだけど。あそこはソールズベリーへ行く前に、ほんの数日滞在しただけだから。人が溢れてて、ごみごみした街だった」

「ああ、そのとおり。あそこで暮らすにはその混乱ぶりにどっぷり浸って、自分もそれに染まるしかないんだ。で、その後は一度も?」

「ええ、行ってない」

「どうして?」

「線路を敷かなきゃならなかったから」

「つねに仕事に追いまわされてきたってわけか」

「そうよ」ジェーンはあっさりと答えた。「つねに」

「あの仕事は女性の仕事じゃないと言う人たちもいる」

ジェーンが気色ばんだ。「その人たちは頭が悪いのよ。なぜいけないの? たくましく盛りあがった筋肉がないから? あの仕事に必要なのはたんなる肉体的な力じゃないわ。細心の配慮と、どこで山を爆破するか、どこで迂回するかをきちんと判断して割りだす能力よ。すべての枕木とレールが安全にきちんと敷かれてるか確かめる目よ。その点に関しちゃ、わたしは男には負けないわ。いえ、男以上よ」

「そうむきになるな。反論するつもりはない」リュエルはひと息ついた。「誰に教わったんだ、そういうことを？」

「自分で学んだのよ。ソールズベリーに着いてから、どこに行くにもパトリックのあとを追いかけて、耳と目ですべてを吸収したの」

「ソールズベリーに行く前はどこに住んでた？」

「ユタ州よ」ジェーンはすばやく話題を変えた。「そこのカーブの先が渓谷よ」手綱を引き、先に見える断崖を指さした。「ここからは馬を降りて、枕木の上を歩いていかなきゃならないの」

「きみが転んで顔でも打つようなことがなけりゃかまわないさ。墓石みたいな顔色をしてるぜ」

「わたしは倒れたりしない。言ったでしょ。今朝はすごく調子がいいんだって」ジェーは雌馬から降り立った。「不吉なことを考えると、そのとおりになるわよ」ベデリアの鞍をはずし、線路脇の木立のなかのベンガルボダイジュの木に馬をつなぎながらも、彼の執拗《しつよう》な視線が気になってしかたなかった。

「そういうことなら、きみが倒れるだなんて口が避けても言わないでおくよ」妙な口調に振り返ると、リュエルはまたしてもからかうような表情に浮かべていた。「で、ライリーはきみの働きぶりに感謝してるのか？」

「もちろんよ」

「だが、かわいがってる犬をバンガローに入れてくれるほどじゃない？」

「パトリックはね。動物っていうのはそれなりの役割を果たしてこそ飼う意味があると思ってるの」ジェーンは弁解するようにまくしたてた。「ペットを飼う人って、たいていそんなふうに考えるんじゃないかしら。あなた、一度も飼ったことがないんでしょ」

「はずれだ。一度だけある」

ジェーンは驚いて顧みた。「犬？」

「キツネだ」

「ずいぶん変わったペットね」

リュエルは肩をすくめた。「おれ自身、変わった少年だったものでね」

「名前はなんて？」

「付けてなかった」

「どうして？」

「友達だったからさ。名前なんて、無理やり押しつけるようなことはしたくなかった。それにおれとやつはいつだってふたりきり。わざわざ名前を付ける必要なんてなかった」

「変なの……」ジェーンは渓谷をまたがって走る線路の上を歩きはじめた。「半マイルも行けば、作業員たちがいるから安全だわ。これ以上一緒に来なくても大丈夫よ」

「おれを追い払おうとしても無駄だからな」リュエルは馬から降り、鞍をはずすと、少し離れたところの木につないだ。「アブダル以外にも危険はある。橋から落ちたらどうするつもりだ？」眼下の峡谷をちょろちょろと流れる黄みがかった茶色い水にちらと目をやり、枕木の上を歩きだした。「ま、この程度の水かさじゃ溺れはしないだろうが、落ちれば怪我を負う。それに、なぜ立ち去らなきゃならない？　せっかくここまで来たんだ。新しい技術を身につけるのも悪くはない」

「線路を敷くのに技術なんて必要ない」ジェーンがそっけなく言い放った。「背筋が強ければじゅうぶんよ」

「それなら自信がある」

裸でベッドに寝そべっていたリュエルの姿が、唐突に脳裏によみがえった。なめらかな腱《けん》にたくましい筋肉。「その点は認めてあげるけど」と歯切れの悪い口調になる。

「それなら雇ってくれるのか？」

「その傷はどうなの？　肩に傷を負った人間が役に立つわけないじゃない」

「そう言われると思ってた」リュエルは不満げにつぶやいた。「自分のことを棚に上げて人を責めるな、とね。この肩はほぼ完治してる。ただイアンがうるさいから、包帯を巻いてるだけだ」

ジェーンは彼の視線をとらえて訊いた。「なにを企んでるの？」

「信じてないのか？　きみの身に危険が及ばないよう見張っていたいってのを？」

彼の隠れた動機を探りだそうとでもするように、ジェーンは眉間に皺を刻んだ。「お兄さんと全然似てないのね」

「彼と違って骨の髄まで汚れきってる。イアンにきみと話をさせたらいいかもしれないな。彼ときたら、おれが崇高な魂の持ち主だと信じてるんだ」

「魂のことはわからないけど、あなたって見た目とは違う気がするわ」

「そりゃまた、鋭い洞察力だ。だが、見た目と中身が一致する人間などそうはいない。実際、さほど自分に害が及ばないときには、おれも人並み以上に正直になる」リュエルは静かに付け加えた。「借りを返したいんだ、ジェーン」

「でも、ここにいる理由はそれだけじゃないわね？」

からかうような表情がふっと消え失せた。「ああ、それだけじゃない。でも、それをきみに話すつもりはない。きみはありのままのおれを受け入れるしかない」

ありのままの彼。人の心を乱す、華麗なる謎の人物。「あなたを受け入れる必要なんてないわ」

「でも、受け入れてくれる」

はねつけるべきなのだろう。彼はこんなところにふさわしくないし、彼の存在で心乱されるのもごめんだ。それなのになぜか、追い払う言葉を口にするのがはばかられた。彼はこれまで知らなかった不思議なやり方で、ともに過ごした数時間にきらめきと彩りを添えてくれた。もう少し、ほんの少しだけやりたいようにさせたところで、どうってことはないはずだ。

「この暑さのなかで働くのは楽しくないわよ。一日やってみれば音を上げるわ」

「いや」リュエルはにやりとした。「絶対にあきらめないさ。そうすりゃ、そのうち楽しくなる」

4

たしかに彼はあきらめなかった。

一日じゅう彼から目を離せなかったのは怪我を負った肩が心配だったからだ、ジェーンはそう自分を納得させた。だが、実際はその肩が妨げになっている気配はみじんもなく、ハンマーを振りおろすたびに、背中や腹部の筋肉が機関車の歯車のようになめらかに律動した。リズミカルな動きで、くさび型の大釘が深く確実に地面に打ちこまれていく。作業時間が終わってもなお、彼は十時間前と同じ力強さと熱意で、巨大なハンマーを振りおろしていた。

「もうやめていいのよ」ジェーンは彼に歩み寄った。「ロビンソンの合図が聞こえなかったの？　ほかの人たちは五分も前に立ち去ったわ」

「聞こえたよ」リュエルはハンマーを振りあげ、さらに深く釘を打ちこんだ。「でもおれはほかのやつらとは違う。自分の能力を証明してみせなきゃならないんだ」ハンマーを脇に放り投げた。「明日も来てかまわないかな？」

ジェーンは当惑しきって彼を見つめた。「なぜそんなに働きたがるのかわからないわ」

「たまにはこういう仕事もいいもんだ。頭を使わずに五感を働かせるだけでいい」

リュエルはロビンソンからハンマーを受け取ってから、ものの五分もしないうちにシャツを脱ぎ捨ててしまっていた。黄金色の肌が汗と埃《ほこり》をまとってきらめき、苦しげな息づかいで激しく胸が上下している。ジェーンは手のひらがぞくりとうずくのを覚えた。手を伸ばし、盛りあがった筋肉が見た目どおりに硬いものなのか確かめたい。思わぬ衝動に自分でも驚き、あわてて両手を拳に固めてあとずさった。

リュエルは線路脇の地面からシャツを拾いあげ、腕を通した。「今夜、きみの家に夕食に招待してくれ」

「なによ、突然?」

「パトリック・ライリーに会ってみたい」線路沿いにシコール渓谷を渡りはじめる。「きみと一緒にいるところを見てみたいんだ」

なおも問いただそうとしたが、彼の表情を目にして思いとどまった。昨日も目にしたあの顔。なんであれ決して受け入れないとでも言いたげな表情を前に、しぶしぶ言った。「よかったら夕食でも一緒にいかが?」

「喜んで。ホテルへ戻って汗を流してから、八時にバンガローにうかがうよ」リュエルはいたずらっぽい目を向けてきた。「心配するな。お友達のライリーをかばう必要はない。彼に危害は加えないさ」

裏通りに転がっていた男の飛びだした目が、突然脳裏によみがえった。リュエル・マクラレンはわたしやパトリックを脅かすことはないかもしれない。でも、その気になればきわめて危険な人物にもなりうることは間違いない。

「彼になにもされてないんだから、当然だろう?」リュエルの視線に容赦なく射抜かれ、ジェーンは心の内を見透かされてるような薄気味の悪さを覚えた。「おれはいつだって、相手から与えられたものをそのまま返すだけだ」

「それじゃなにも心配することはないわね」ジェーンは作り笑いを浮かべた。「うちに来てわたしになんの危険もないことがわかれば、あなたも仕事に戻れるってわけね」彼に顔を向けた。「ところで、あなたの仕事ってなに?」

「目下のところは投資に関することだ」ジェーンの不審そうな表情を見て笑った。「商売人にしちゃ無骨すぎるって言いたいか? たしかにこの世界じゃいささか居心地の悪さを感じてるが、ずっと昔に学んだんだ。この仕事ならなにをしようと、権利使用料と称して王にピンハネされることがないと」

「ピンハネ?」

「つまり、それなりの金さえあれば誰でもみずから王になれるってことだ」

「それがあなたの最終的な目的なの?」

リュエルの目がきらめいた。「そうだな。王位継承が約束されてるなら、皇太子でいるのも悪くはない。誰だってそうだろう? 他人に支配されるよりはよっぽどいい」

ジェーンは首を振った。「わたしにはそんな人生、快適だとは思えないわ。だって、なんだか……馴染めそうにないもの」

「鉄道にしがみついて奴隷のように働くほうがいいと？」

「いつもこんなふうだとはかぎらないわ。たしかにここは大変だけど、もっと楽なときだってあるのよ」

「それにやりがいがある？」

ジェーンは意気込んでうなずいた。「そう、それよ」

「なぜそう思う？」

「説明しにくいんだけど」ジェーンはひとしきり考えこんだ。「列車は……自由そのものなの。列車に乗りさえすれば遠くへ行けるし、いやなことはすべて置き去りにできる」

「でも、列車が運んでくれる場所がもといた場所よりもいいとはかぎらない」

「行きたくないような場所なら、そこに着く前に降りればいいだけ。選ぶ自由があるわ」

「逃げる自由もある」リュエルは彼女の顔に目を据えた。「きみはなにから逃げようとしてるんだ、ジェーン？」

「わたしはすでに一度逃げてきたの。二度とあそこには戻らない」

「そのとき助けてくれたのがパトリック？」

ジェーンは微笑んだ。「そうよ。彼が助けてくれたのよ」

「もう少しウィスキーをどうだ、ミスター・マクラレン？」パトリックが訊いた。

「いや、もうじゅうぶんです」

「それじゃ、残りはわたしがもらうとするか」パトリックはボトルに残っていた最後のウィスキーを自分のグラスに注いだ。「このところ、ボトルに入ってる量がえらく目減りしてる。あのクラブの従業員がちょろまかしてるに決まってるんだ。この国の人間は信用できんぞ、マクラレン」

「体験上得た教訓というわけですか？」リュエルが丁寧な物言いをした。

「スーラ！」パトリックが声を張りあげた。「あの女はどこへ行った、ジェーン？　台所へ行ってもう一本ボトルを持ってくるように言ってこい」

「台所のキャビネットにあったお酒なら、昨夜持ってきた一本で終わりよ」

パトリックは顔をしかめた。「おおかたあの女が、こっそりマーケットに持ってって売り飛ばしてるんだろう。リー・スンが酒を管理してるときにゃ、こんなことは起こらなかったんだ。早く彼を呼び戻してくれよ、ジェーン」

ジェーンは急いで自分の皿に目を落とした。「リー・スンにはナリンスにいてもらわないと困るんだって説明したじゃない」

「いつだったか話に出た友達のことかい？」リュエルが尋ねた。

ちらりと目を上げると、リュエルの視線が突き刺さってきた。ジェーンは猛然と怒りがこみあげるのを覚えた。夕飯のあいだじゅうパトリックに執拗な質問を浴びせてたと思ったら、今度はわたしの番だとでもいうの？　「そうよ。リー・スンはわたしたちのために働いてくれてるの」

「中国人のわりにはいい男でな。ここらの信用ならんインド人なんかより、よっぽどましだ」パトリックは立ちあがり、怪しげな足取りでベランダに続く扉へ向かった。「すぐに戻るよ、マクラレン。確かベランダのテーブルに一本、置いてあったはずなんだ」

「ご親切にどうも」リュエルはパトリックの背中を見送った。

やにわにジェーンが彼に向きなおった。「なぜさっさと帰らないの？」

リュエルの眉が持ちあがる。「なにか気にさわることでもしたかい？」

「夕食のあいだじゅうそこに座って彼を観察して、質問責めに——」大きくため息をついた。「ずっとわたしたちふたりのことを見つめてたわ。すごく気になった」

「きみを見てると楽しくてね」リュエルは表情をやわらげた。「きみのことならなんでも知ってる気でいたけど、次々に知らない面が見えてくるもんだから」

「わたしのことなんかなにもわかってないくせに。パトリックのことだってなにも知らないのに勝手に判断するのはやめて」

「手厳しいな」リュエルの青い瞳がランプの明かりを受けてきらめいた。「おれは愛想よく、なにを訊かれても丁寧に答えてたつもりだ。ライリーもきっとそう思ってくれてる。もっとも、あれだけへべれけになっても考えるだけの力が残ってればの話だが。彼はいつもあんなふうに酔っぱらってるのか？　きみがかわりに働いて帰ってきたっていうのに」

「暑さのせいよ」

「なるほど」リュエルは立ちあがり、ナプキンをテーブルに置いた。「長居して嫌われちゃかなわないから、そろそろ失礼するよ」小さく頭を下げる。「夕食をご馳走さま。このスーラがいてくれるおかげで、日中は労働者で夜は召使いの生活から免れてるというわけか？」

ジェーンはテーブルの下で両手を握りしめた。「それじゃ、おやすみなさい」

リュエルは真顔に戻り、「ちゃんと休めよ」とつっけんどんに言った。「ひどく疲れた顔をしてる。彼のことなら放っておけばいい。明日、現場で会おう」

「明日も来る気？」

「もちろんだとも。久しぶりに楽しい体験をさせてもらってる」戸口へ歩を進めた。「新しいことを学ぶのはいつだって好奇心が刺激される。そういう意味じゃ、今夜の夕食もじつに楽しかった」

「今夜はどんな新しいことを学んだの？」ジェーンが警戒するように訊いた。

リュエルはちらっと振り返った。「きみがあの気のいい酔っぱらいにとことん忠実で、彼のためにくたくたになるまで喜んで働くってことさ」

「彼は酔っぱらいじゃないわよ。ただ――」

「暑さのせいだ」リュエルが引き取って言った。「自分の放埒ぶりを天候のせいにするやつらを、ここじゃ大勢見てきた。たしかに暑さのせいで喉は渇くし、モンスーンに襲われりゃ気分も落ちこむ。砂嵐のせいで頭も痛くなる。だが、正直言わせてもらうとパトリック・ライリーにはもはやなんの興味もない。彼について知りたいことはもう手に入れさせてもらった」

「なんなの、知りたいことって?」ジェーンは鋭く問いただした。

リュエルがじっと見返してくる。「きみたちの関係がなんにしろ、噂は間違ってるってことさ。彼はきみをベッドに引き入れちゃいない」

「どうだった?」一時間後、ホテルの部屋に戻ってきたリュエルにイアンが訊いた。「今日はなにか収穫があったか?」

「ああ、たんまりとな」リュエルは上着とシャツを脱ぐと、大股で部屋を横切り、洗面台に向かった。「パトリック・ライリーに会った」

「それで?」

「やつはカールタウクとは関係ない。酒以外とはいっさい関わりのない人間だ」

「それはまた、彼女も気の毒だな」

「同情されても彼女は喜ばないと思うがな」ボウルに水を注いで顔を洗う。「それにアブダルを敵にまわすぐらいのしたたかな女だ。同情する必要はない」

「そうは言っても気の毒だよ。彼女を見ていると、どこかマーガレットを思い出すんだ」

「われらが純粋で上品なマーガレットを? 売春宿に頻繁に出入りして、男物の服を着ていきがって歩いてる女とくらべられちゃ、彼女が怒るぞ」リュエルはタオルをつかみ、顔を拭いた。「ふたりは少しも似ちゃいない」

「おまえはマーガレットをよく知らないんだ」イアンは微笑んだ。「それに、あの娘のことも」

「いまにわかるさ。カールタウクのこともな」ベルトのバックルをはずしながら続ける。「彼女の言ってたリー・スンってやつは、どうやらナリンスにいるらしい。明日ひとっ走り行って、本当にそこにいるか確かめてきてくれないか?」

「彼がカールタウクに関係してるとでも?」

「たぶんな。彼の居所についちゃジェーンは嘘をついてる」ベルトを椅子に放り投げ、ズボンのボタンに手をかけた。「彼女は嘘をつくのがうまくない」

「それだけ正直な娘だということだ」

「ひと眠りしたいから、ひとりにしてくれないか?」

「明日もあの作業場で働くつもりか?」

「得るものがあるかぎりは」リュエルはズボンを脱ぎはじめた。「おやすみ、イアン」

「なんだかわたしだけ取り残された気分がしてるよ」イアンはのろのろと立ちあがり、戸口へ向かった。「手伝えることがあったら、なんでも言ってくれ」

「〝気の毒な娘〟を騙《だま》すのに手を貸すとでも?」リュエルがからかうように訊いた。

「おまえは彼女を騙したりしないさ。しょせんは悪人じゃないし、もうすでに彼女に心を許しはじめている。とはいっても、カールタウクの問題を早く片づけられれば、それだけ早くふたりそろって家に帰れることになるんだがね」

「おれは心を許してなんか――」言い終える前に、扉が閉まった。

五分後、リュエルはベッド脇のナイトテーブルに置かれたオイルランプを吹き消すと、仰向けに横たわり、じっと暗闇を見つめた。疲れているはずなのに、気持ちが高ぶって眠れない。それというのも、イアンの最後の言葉が心に引っかかっているからだった。

このおれがジェーン・バーナビーに心を許しはじめているだと？　冗談じゃない。厄介な事件に巻きこまれたせいで借りを作ってはしまったが、カールタウクを探しだすために彼女を利用するという気持ちに変わりはない。あとは目的を達したあとで決めればいいことだ。カールタウクをアブダルに引き渡すか、あるいはやつを殺して——

殺す？　いったいどこからそんな物騒な考えが？　ジョン・カールタウクのことは知りもしないのだ。殺す理由などあるはずがない。

だが、ジェーン・バーナビーが命の危険を冒すほど、あの男を気にかけていることは知っている。

おそらくは彼女が、カールタウクと愛人関係にあるだろうということも。

そう思ったとたん猛然と怒りが湧きあがり、自分のことながら衝撃を覚えた。

欲望か。それもほんの気まぐれな欲望ではなく、彼女を手に入れたいという、われを忘れるほどの圧倒的な思い。たしかにザブリーの店で体が反応する以前にも、彼女に対する好奇心や賞賛の気持ちを高まるにまかせておいた。それらの気持ちが、いまや屈折した複雑な形で、結びついてしまったのだ。

こうなったら、あらゆる感情をいったん排除して、冷静に考えるしかない。ジェーンに対する感情が、シニダーの獲得に支障をきたすようなことがあってはならない。ふたつの目的は完全に切り離したうえで、両方とも達成する方法を見つけるのだ。ザブリーの店で彼女がおれに興味を示していたことは確かだから、その点につけこめばなんとかなるだろう。おれのテクニックだってそれほど捨てたものじゃないし、カールタウクを忘れるほどの喜びを与えてやれれば――

ジェーンがカールタウクとベッドをともにし、彼に突かれるたびに、彼の体の下で身もだえしている……ふとそんな光景が頭に浮かび、腹立たしさで体が引き裂かれそうになった。リュエルは両手を体の脇で握りしめた。くそっ、いったいおれはどうしちまったんだ？　熱情など、ほんのいっとき夢中になっては忘れ去る愉快なゲームにすぎなかったはずだ。それなのにいま、まだ手にも入れていない女の体を顔のない見も知らぬ男に略奪されるという思いに、怒りで体が熱くなっている。

このままじゃ、その男を殺しかねない。

「イアンがピカリング大佐から聞いた話だと、マハラジャ専用の客車は一見の価値があるそうだな」ジェーンをベデリアに乗せてやりながら、リュエルはさりげなく訊いた。「見せてくれないか？」

ジェーンは驚いて彼のほうを見た。こちらはリュエルのように一日じゅう杭を打ちつけていたわけでもないのに、もはや疲労困憊で歩くのもままならない。それなのに彼は今朝働きだす前と同じように、エネルギーに満ちみちて見える。「いまから？　疲れてないの？」

「いくらかましになった」馬にまたがるリュエルの目がきらめいた。「最近誰だったかに教わったんだ。疲れにしろなんにしろ、考えなきゃ、そのうち相手は逃げ去るとね。客車を見せてもらえないか？　新しくできた駅ってのは、バンガローに戻る途中にあるんだろう？」

「ええ、駅に客車が二両あるの。マハラジャ専用と、彼の招待客専用」

「そのマハラジャ専用のほうに金の扉があるわけか」

ジェーンはさっと彼の顔に目を向けた。「あの扉のことを知ってるの？」

「難聴でもなきゃ、カサンポールじゅうで噂になってる扉のことを知らないわけがないさ。金の扉なんかそうやすやすと目にできるものじゃない」

「そりゃそうだけど」と生返事を返す。「少し待ってもらえない？　ちょうどいま機関車が川下に向かって移動中で、明日の午後には到着するって、昨夜連絡があったのよ。そしたら両方いっぺんに見られるわ」

「機関車には興味はない」リュエルは片眉を引きあげた。「それとも金のボイラーでも積んでるとか？」

ジェーンはくすりと笑った。「まさか。目を引くほど素晴らしいものはたくさん備えてるけどね。マハラジャがいらして、カサンポールじゅうの人間を招待してお披露目するのよ」

「そうと聞いちゃ、話は別だ。おれを彼に紹介してもらえないか？」

ジェーンはかぶりを振った。「彼の機嫌を損ねるような危険は冒せないわ。彼のことだもの、新しい機関車以外のことでわずらわされたくないと思うだろうから」

「残念だな。それじゃ、扉はいま見せてもらおう。そのほうがゆっくり見られるだろう？金となると、どんな形であれ目がないんだ」

「そういう人っているのよね。実際、ほかにもふたり――」顔を曇らせたかと思うと、やにわに馬の腹を蹴《け》った。雌馬が勢いよく駆けだした。「見たいなら急いでちょうだい。さっさとすませましょ」

駅舎の姿が行く手に見えてきたころには、太陽はほぼ沈みかけていた。名残り惜しげな最後の光線が磨きあげられた真鍮《しんちゅう》に反射して、二両の緋色《ひいろ》の客車を真っ赤に燃えあがらせていた。

「明らかにマハラジャは控えめな性格じゃないな」リュエルは駅舎の前で手綱を引き、馬から降り立った。「日射しが煌々《こうこう》と照りつけたら、さぞやみごとな光景だろう」

「ええ」ジェーンもベデリアから降り、彼に続いてプラットフォームを渡って客車に向かった。「言ったでしょ。彼はきらびやかなものが好きなのよ」

「で、例の有名な金の扉はどこにある？」

ジェーンは二番めの客車を指さした。

リュエルは足早に一両めの車両を通り過ぎると、二番めの客車に備えられた四段の昇降段をいっきに駆けあがった。「もうすぐ日が沈む。そしたらまともに見られなくなるからな」

扉脇のフックに吊りさがったランタンをはずして火を灯し、高々と掲げた。ひとしきり押し黙って扉に見入る。「素晴らしい」

「楽園の庭をモチーフにしてるの。扉そのものはブロンズ製なんだけど、その上にたっぷりと金めっきしてあるのよ」ジェーンはしかめっ面をした。「おかげで途方もないお金がかかったわ」

お金の面だけじゃなく、このいまいましい扉のおかげでどれだけ苦労させられたことか。そのせいで、このところは純粋に美を賞賛する目でこの扉を見ることができなかった。だがいまは、リュエルの目を通して鑑賞することができる。

扉の両側にはたわわに花を付けた木が二本、描かれていた。込み入った彫刻の施された熱帯性の花が枝をたわませ、はちきれんばかりの華やかさで扉の全面を覆っている。咲き乱れる花々の合間から、一匹の虎とガゼルが、サリー姿の女性の前で戯れているのが垣間見えた。女は獣たちを完全に無視して、手鏡のなかに映る自分の姿に見入っていた。

「みごとな腕前だな。誰が作った？」

「地元の職人よ」ジェーンは早口で訊いた。「もうじゅうぶん見たでしょ？」

「いや、まだだ」ふとリュエルの目が、左側の木の幹に引き寄せられた。「なんだ、これは？」はじけるように笑いだす。「なんてこった。ヘビじゃないか」

いやだわ。気がつきませんようにってずっと思ってたのに。「楽園にだって、ときにはヘビぐらいいるでしょ？」

「ああ、そういう話だ」リュエルはおもしろそうに顔をほころばせた。「でも、さすがにこれほど狡猾そうなやつはいないだろう」

　彼がヘビに夢中になっているのを見て、ジェーンは落ち着かない気持ちになってきた。気をそらせようと話しかけた。「虎はすごくよく描けてると思うんだけど」

「ああ、みごとだ」彼の視線は依然としてヘビに留まっている。「えも言われぬほどいまわしい」ぼそりとつぶやく。

「え?」

「いや、なんでもない」ようやく彼の視線がこちらに向き、ジェーンはほっと安堵《あんど》した。

「客車のなかを見てもかまわないか?」

「もちろんよ」ポケットからいくつもの鍵の付いたキーリングを取りだした。だが、扉の向こうにしまってあるものを思い浮かべ、はたと躊躇した。「特別見るほどのものはないわよ。もうたっぷり堪能したんじゃない?」

リュエルの視線が執拗に追ってくる。「なにか見せたくないものでもあるのか?」

「疲れてるし、お腹も空いてるのよ」ジェーンは苛立たしそうに手を打ち振った。「扉が見たかったんでしょ。目的は果たしたし、これ以上は時間の無駄よ」

「なぜそんなことを言う?」リュエルがなおも詰め寄った。

「もう。好きにすればいいわ」ジェーンは重厚な扉の鍵をはずし、開け放った。「気のすむまでどうぞ」

「ありがとう。そうさせてもらおう」リュエルは客車に足を踏み入れた。「来ないのか?」

「前に見てるから」彼はこちらを向いたまま動こうとしない。しかたなく進みでて傍らに立った。「急いでね」

「そうだった。腹が減ってるんだったな」リュエルはランタンを掲げ、客車のなかをすばやく見まわした。深紅のベルベットのクッションが備えられた長椅子、磨き抜かれたチーク材のテーブル、真珠層をはめこんだ窓台を覆う房付きのカーテンなどが、光のなかに浮かびあがる。彼はいっそう高くランタンを持ちあげ、壁に飾られた八枚の絵に目を留めた。低く長く口笛を吹いた。「こいつは、そそられるな」

「全部、マハラジャの趣味なのよ」ジェーンは急いで弁解した。「自分で宮殿から持ってきたんだから」

「愛人の館か。カーマスートラ……」

「カーマ？」

リュエルは間近にとくと絵を眺めた。「本当によく描けてる。以前ザブリーに見せてもらったことがあるんだ。本に載った同じような絵をね。でもそいつは感情を描きだすことよりも、刺激的であることに重きを置いたような絵だった。それがどうだ？　この男のやさしげな表情は？」ランタンをさらに絵に近づける。「それに女の尻のなめらかでふっくらしたこの形。まるで桃だ。角度さえ間違わなけりゃ、この体位はかなり気持ちよさそうな……」

ジェーンは自分が少しも絵を見ていないのに気づいた。リュエルの美しい頬骨に明かりが射す様子に目を奪われていた。感動するほどの光景でもないのに、体が熱を帯び、彼の発散する汗や石鹸を含んだ垢抜《あかぬ》けしない香りが息苦しいほど胸に迫ってくる。こんなふうに思うのも客車という密室のせいなのだろう。「もう帰りましょうよ」

リュエルが興味深げな視線を向けてきた。「恥ずかしいのか？　ザブリーの店に頻繁に出入りするような女性が、この程度の絵を見てショックを受けるとは思わなかったな」

「恥ずかしくなんかないわよ」紅潮した頬がその言葉を裏切っていることは自分でも承知していた。思わずぶっきらぼうな口調になる。「ショックでもなんでもないわ。ただ信じられないだけ。男の人がやさしさなんて示すわけないもの。現実はこの絵とは大違いよ」

リュエルは目を細めて彼女の顔を見た。「それじゃ、現実はどんななんだ？」

「激しくて無我夢中よ」露骨な言い方をした。

リュエルは低く笑った。「激しいというのは間違っちゃいない。きみは――」

「こんな話はもうおしまいよ」

「なぜ？　じつに興味をそそるディスカッションじゃないか。忌憚《きたん》のない意見を聞かせてくれ」

「からかってるのね」

「ばれちゃしょうがないな。つまりは、きみの経験不足ってことだ」

「違うわ」ジェーンはむきになって反論した。「わたしは生まれてから十二年間、売春宿で生活してたのよ。なにからなにまで――」唐突に押し黙り、さっさと戸口へ向かう。「こんな話、もううんざりよ」

「売春宿?」奇妙な含み声に、ジェーンは振り返った。リュエルの表情からはユーモアが消え失せ、いまにも飛びかかろうとする猫のように背を丸めて緊張感を漂わせていた。「ライリーに出会ったのはそこで?」

「そうよ」

「彼を誤解してたようだな。幼女にまで手を出すとは思ってなかった。あの飲んだくれ、いよいよ我慢がならなくなった」

「そういうことじゃなくて――とにかく、もうバンガローに戻らなきゃ」

「そりゃそうだ。遅れるわけにはいかないだろう」ものやわらかな口調の奥に痛烈な皮肉が見え隠れする。半開きになったまぶたの奥で、明るい色の瞳が不気味にきらめいた。「一瞬たりとも待たせたら、大事なパトリックが寂しがるからな」

「よして!」ジェーンは両手を握りしめた。「たしかにパトリックはいつもしらふってわけじゃない。でも人をからかったり傷つけたりはしないわ。あなたみたいに残酷な人間とは違うのよ」きびすを返し、勢いよく扉を開け放った。

「ジェーン!」リュエルは小さく悪態をつき、彼女を追いかけるや、腕をつかんだ。

ジェーンは必死にその手を振りほどこうとした。「離してったら」

即座にリュエルは言われたとおりにし、両手を高々と挙げた。「ほら、離した。頼むから話を聞いてくれないか?」

ジェーンは彼をにらみつけた。

「たしかにきみを傷つけようとした。いきなり鞭《むち》で打たれたみたいに衝撃を覚えて、思わずやり返しちまったんだ」

「あなたを叩いたりなんかしてないわ。さっぱり話がわからない」

「謝ろうとしてるんだ」リュエルは顔をゆがめた。「あんまりうまくいってないみたいだが。勘弁してくれ。なにせこれほど謙虚になったことが過去にあったか、思い出せないぐらいなんだ。たしかにおれたちは生き延びるために、やるべきことをやらざるをえない。きみを非難する権利なんておれにはない。許してほしい」

ジェーンは怒りが引いていくのを感じた。「変わった人ね、あなたって」

「それは認める」リュエルは一歩あとずさって、彼女に先に出ていくよう促した。「行ってくれ。いまはまだ少々気持ちを抑えきれないでいる。そばにいないほうがいい。明朝、また会おう」

「もう一度忠告したいんだけど無駄かしら？　鉄道の作業はあきらめたほうがいいって」ジエーンはためらいがちに訊いた。

「無駄だよ」リュエルは彼女の顔を見ずに前を通り過ぎると、プラットフォームに降り立った。「もう手遅れだ。このまま進めて、やり遂げるしかない」

「進めるってなにを？」

「これまではわかってるつもりだった。だがいまはもう自信がなくなった」

そしてすぐさま馬にまたがると、街へ向けて駆けだしていった。

「リー・スンはナリンスにいないぞ」イアンが報告した。「二カ月ほど前にジェーン・バーナビーと訪れて以来、一度も現れていないそうだ」

「となると次の問題は、なぜ彼女が嘘をついたかということだな」リュエルがつぶやいた。

「それに、その紳士はいまどこにいるか」

「それに、帰ってきたとたん、なぜおまえはたてつづけにウィスキーを三杯も飲みつづけているか」

「喉が渇いてたんだ」リュエルはふてぶてしい笑顔を作った。「それにこれはスコッチウィスキーにしちゃ、ましな味だ。そろそろあんたも認めろよ。グレンクラレンに関するものがなにからなにまで素晴らしいわけじゃないと」どさりと椅子の背に身をあずけた。「輝かしく美しいグレンクラレン。で、どうなんだ？　最近マギーから連絡はあったのか？」

「知ってるはずだろう。なにもない」

リュエルはグラスを口元に運んだ。「間違いないさ。彼女はいまも父親の看病をし、従順な娘を演じてる。おれの記憶が正しければ、マクドナルドのおかげでマギーの人生はめちゃくちゃだ。いつも思ってたよ。やつはマギーを自分のベッドに縛りつけて、奴隷のようにこき使うために仮病を装ってるんじゃないかってね」

「わたしもそう思っていた。彼はたいした資産もない男に娘をくれてやるわけにはいかないと思ってるんだろう」

「やつを崖から突き落としてやりたいと思ったことはないのか？」

「しょっちゅうだ」

「で？」

「許されざる罪だ。わたしたちは待てる」

「かわりにやってやろうか？」

　イアンの目が見開かれた。

「やろうか？」リュエルが繰り返した。

「冗談だろう？」

「そう思うか？」リュエル自身、たんにイアンを驚かせるためにこんなことを言いだしたのか、あるいは本気なのかわからなかった。気持ちが激昂して抑えがきかず、自分の娘を奴隷のように縛りつけるマクドナルドのほうが、兄の言う許されざる罪よりもよほどたちが悪い気がした。「なぜそう思う？」

「おまえのことはよく知っている」

「昔のおれとは違う」

「酒の上の戯《ざ》れ言《ごと》だ」イアンは落ち着かなげに肩を上下させた。「もうやめよう、馬鹿な話は」

「あんたがそれでいいならいいさ」リュエルはふたたびウィスキーを口にした。「気が変わったら言ってくれ」

「いったいどうしたんだ、今夜は?」

「どうしたってなにが?」

「ずいぶん荒れてるじゃないか」

「獣の本性ってやつだ」

イアンはかぶりを振った。「ひどく苛ついてる。なにかあったのか?」

「べつにおれは——」否定したところでイアンにはとうに見透かされている。ジェーンのひと言で生じた嫉妬や怒りや同情の念は彼女と別れたあともいっこうに鎮まらず、酒でも飲めば少しは気が晴れるような気がした。おれはいったい誰を絞め殺したいんだ? パトリックか、カールタウクか、彼女の幼少期を悪夢と変えた男たちか? くそっ、もううんざりだ。

リュエルはふたたびウィスキーを注いだ。「今夜、金の扉を見てきた」

「それで?」

「楽園の庭を描いたみごとな作品だった。アブダルの顔をしたヘビも描かれてる」

「なんだと? 本当か?」

「一見しただけじゃわからないが、間違いない」

「えも言われぬほどいまわしい、か」イアンが含み笑いをした。「このカールタウクという男、だんだん好きになってきたよ。なかなかのユーモアの持ち主だな」

じつのところリュエルも同じように感じていた。あのひどく狡猾な顔をしたヘビを見て以来、内心、その気持ちと葛藤しつづけていた。「あの手のユーモアを見逃したってことは、マハラジャはあまり息子のことをよく思っていないのかもしれないな」

「ピカリング大佐もそういう意見だよ、前にも言ったが」

「明日、機関車が駅に到着するそうだ。ジェーンの話だとマハラジャもそれを見届けにくるらしい。あんたも大佐と参加して、彼に紹介してもらえないか探りを入れてみてくれないか？」

「それは名案だ。カールタウクを探すのはあきらめたというわけか？」

「そうは言ってない。つねにあらゆる手段を試してみるべし、ってことだ」リュエルはグラスを手に戸口に向かった。「もっとも、今夜あの扉を見たかぎりじゃ、あんたとマハラジャの気が合うとはとても思えないがな」


「きみにとっては晴れの一日だな」

その声にジェーンは振り返った。イアン・マクラレンが少し先に立っている。その温かな笑顔を目にするや、いっきに気持ちが浮き立つ気がした。「こんにちは、マクラレン卿」

「イアンでけっこう」小さな駅舎に群がっておしゃべりに興じる群衆を長身で遮るように、彼は一歩、こちらへ歩み寄った。「こんなところに隠れてなにをしてる？　わたしはまたてっきり、プラットフォームの上でマハラジャからねぎらいの言葉でもかけてもらっていると思ってたが」

「機関車を船から移す作業を見届けなきゃならなかったから」言いながら、ちらりとパトリックのほうに目をやった。彼はプラットフォーム上でマハラジャの傍らに立ち、機関車の正面に取り付けられた真鍮製の排障器をしきりと指さしていた。「そういうことはパトリックのほうが得意なの。リュエルは一緒じゃないの？」

「彼はきみのかわりに現場で働いてるよ。今日はピカリング大佐と一緒なんだ」青みがかった灰色の髪の、軍服の胸にこれみよがしにずらりと勲章を並べた大柄な男のほうへうなずいてみせた。「彼と面識は？」

「いいえ、でもパトリックから話は聞いてるわ。マハラジャと親しいらしくて、いろいろと便宜を図ってくださってるって」

「じつはリュエルも今日、そのことを期待していたんだ。でも、そうはうまくいきそうにない」イアンは微笑んだ。「あの巨大な機関車をここまで運びあげるのはたやすい作業じゃなかっただろう。褒美をもらうのが筋というものだ。一緒にビュッフェのテーブルへ行こう。フルーツジュースでも飲むといい」

「いいの！」とっさにジェーンはあとずさった。「喉は渇いてないから」

「こんなに暑いのに？　そんなはずはないだろう」イアンは彼女の肘をやさしくつかんだ。

「一緒においで。わたしが――」

「いや」ジェーンは彼の腕を振り払った。「喉は渇いてないって言ったでしょう」困惑しきった目を向けられ、しかたなく説明した。「わかるでしょう？　あそこはわたしなんかが行くべき場所じゃないのよ。どうせおかしな生き物でも見るような目を向けられるだけ」ぐっと顎を持ちあげた。「べつにわたしは気にしないけど」

イアンは彼女のだぶだぶのシャツとデニムのズボンに目をやった。「清潔できちんとした身なりをしている。恐れながらわたしがエスコートさせてもらうよ」

「清潔なだけじゃだめなのよ。場違いなことは隠せやしないわ」ジェーンは身を翻した。「こんなところで油を売ってる場合じゃないの。仕事に戻らなくちゃ。それじゃ、ごきげんよう、マクラレン卿」

「イアンだ」またしても彼は正した。「シャツを貸し借りする仲なのに他人行儀な呼び方はふさわしくないよ」

ジェーンははっと彼の顔に目を戻した。「いけない、忘れてたわ。返そうと思ってたのに。ごめんなさい、マクラレン――」彼と目が合い、言いよどむ。「イアン。明日リュエルに渡すから受け取ってね」

「急ぐことはないよ」イアンはジェーンと歩調を合わせて駅舎を離れると、プラットフォームに入り乱れる人込みを巧みにかわして、さりげなく彼女をエスコートした。「今日は、作業現場には行かないのかい？」

ジェーンはかぶりを振った。「もう遅いわ。渓谷に着くころには日が沈んじゃうもの。資材置き場に行って、機関車と一緒にレールもちゃんと到着してるか確かめてくる」

「それじゃ、エスコート役を引き受けることにしよう」イアンは顔をしかめた。「こんなに人が多くちゃ、今日はもうマハラジャに紹介してもらうのは無理だからね。弟ほど腕っぷしは強くはないが、この巨体だ。敵を怖じ気づかせることぐらいはできる」

「ひとりで大丈夫よ。それに、リュエルの目的はわたしを守ることじゃないような気がしてるの。彼ってときどき、いまにも飛びかかろうとする猫みたいに見えることがあるわ」

「虎よ、虎！　光りて燃え……」イアンがつぶやいた。

「なんですって？」

「古いスコットランドの詩の一節だよ。リュエルにぴったりだと思わないかい？」

「そうね」ジェーンは微笑んだ。「スコットランドの詩？　スコットランドにも虎がいるなんて思わなかったわ」

「われわれ二本足動物の世界にもいろんな種類がいる。わが家の傑出した祖先アレクサンダー・マクラレンも、リュエルと同類だったらしい。彼ならリュエルの相手になったかもしれない」真顔でジェーンを振り返った。「でも、きみは間違ってるよ。リュエルは本当にきみを守りたいと思っている。ひょっとして自分では気づいてないかもしれないが」

「そうかしら？　彼は自分のしてることにじゅうぶん確信を持ってると思うけど」

「彼はつらい生活を送ってきた。それがときに足かせとなって、自分自身の姿をきちんと見定められなくなるんだ」

「でもあなたは、彼がどういう人間かわかってると？」

「ああ、そうだ。いつだって理解してきた」

「それじゃどういう人間なの、彼って？」

「巨人だよ」

「どういうこと？」

「英雄のひとりだ。この世界では、あらゆる世代にほんの少数の英雄が生まれるとわたしは考えている。自己犠牲によってとんでもない偉業を成し遂げることのできる人間。いかなる難局にも敢然と立ち向かう強さと大胆さを兼ね備えた人間。リュエルは英雄なんだ。だが、その運命を受け入れようとしない」

ジェーンはくすりと笑った。「で、あなたも英雄？」

「まさか。わたしはきわめて退屈な人間だ。ただこつこつと働いて自分の義務を果たし、ましな人生を送ろうとしているだけさ」

「それが退屈だなんて思わないわ、わたし」ジェーンがやさしく言った。

「きみは親切な人だ」イアンは顔をしかめた。「でも実際、わたしはつまらない男なんだ。マーガレットが目を留めてくれたのさえ不思議なくらいだ」

「マーガレット？」

「マーガレット・マクドナルド。婚約者だ」

「まあ、それじゃ彼女はお幸せね」

「幸せなのはわたしのほうだよ」にこやかな笑みが、垢抜けない彼の顔を魅力的に見せた。「きみだって彼女に会えばわかる。素晴らしい女性なんだ。リュエルにも言ったんだが、きみはどことなくマーガレットを思い出させる」

「わたしが?」ジェーンは驚いて彼を見返し、急いで首を振った。「まさか。わたしなんか似てるわけがないわ」

「どうして?」

「どうしてって……」駅舎のほうに手を打ち振ってみせる。「あなたが貴族ってことは、彼女だってあの人たちみたいなんでしょう?」

「あの人たちみたいって?」

「なんていうか――」ジェーンは短く考えこんだ。「襟元にレースが付いて、スカート部分が大きく膨らんだガウンとか……やわらかい手とか。彼女がわたしに似てるはずがないわ。わたしって変わってるもの」

イアンは急に笑いだした。「マーガレットはそんなふうじゃない。それに神はわれわれひとりひとりを異なるように創られたんだ。自分を恥じることはない」

「恥じてなんかいない。むしろいまの自分を誇りに思ってるの。あそこの女性たちにわたしの仕事ができるはずないし、たいていの男の人だって同じよ。ただ、歓迎されない場所に無理やり出向くのはごめんだわ」

「冷たくあしらわれて惨《みじ》めな思いをするから?」

ジェーンはぎこちなくうなずいた。「あなたのマーガレットだって彼女たちと同じよ」

「それは違う。リュエルに訊いてみるといい。リュエルはどこでものけ者扱いだったが、マーガレットはいつだって彼にきちんと向きあってきた」

「なぜリュエルがのけ者に――」いえ、これ以上リュエルのことなんか知ってたまるものですか。昨日も彼と別れて以来、落ち着かない夜を過ごすはめになったのだ。いまだって彼はじゅうぶんすぎるほどわたしの心を占領している。ジェーンはどうにか笑顔を作った。「それじゃ、わたしの勘違いね。マーガレットはあなたの言うとおりの人なんだわ、きっと」

資材置き場に達すると、ジェーンはキーリングを取りだした。「送ってくださってどうもありがとう。ここからはもう大丈夫よ。あなたもゲストの方たちのところへ戻りたいでしょうから」

「どういたしまして。〝みんな同じ〟彼らよりも、〝一風変わった〟きみのほうが、一緒にいてずっと楽しい」

嘲りの色がみじんも感じられない口調に、ジェーンは胸がぬくもる思いがした。リュエルとは大違いだ。彼と一緒にいると、あらゆる言葉に隠れた意味を探らざるをえない気がしてくる。「あなたって変わった好みの持ち主なのね」鍵を開けながら言う。

「資材置き場にはいつも鍵を掛けておくのかい？」

「ええ」

「どうして？　マハラジャのプロジェクトから盗みを働く人間がいるなんて、考えられないがな」

ジェーンはあわてて目をそらした。「イングランドでいつもそうしてたから、癖になってるのよ」

「なるほど」イアンは小さくお辞儀をした。「たしかにそのほうがいい。マーガレットもいつもそうしている」

ジェーンは曖昧《あいまい》な笑みを返すと、門を開け、急いでなかに滑りこんだ。

「おまえの言うとおりだ。彼女は嘘をつくのが下手だな」イアンが穏やかに言った。

リュエルはさっと目を向け、洗面台を離れて近づいてきた。「今日、駅舎でなにかあったのか？」

「べつに」

「イアン」

「彼女はひどく孤独を感じている」

「誰だってみな孤独だ」

「自分はほかの女性とは違うと思ってるんだ」

「たしかに違うさ」

「そうじゃなくて……彼女はひどく傷ついてるんだ」

「いったいなにがあったんだ？」

イアンはすぐには答えなかった。やがて気乗りしない様子で打ち明けた。「資材置き場だよ。彼女はいつもそこに鍵を掛けてるんだが、泥棒よけのためとは思えなくてな」

「つまり、カールタウク――」

「そうは言ってない。ただ、鍵のことを話すときの彼女の様子がどこかぎこちなく見えたんだ」渋い顔つきになった。「おまえには言いたくなかった。彼女を裏切るような気がしてね」

リュエルはいっとき思案に暮れた。「カールタウクがそこにいるわけはない。二、三日おきに資材置き場から作業現場までレールが運ばれるわけだから、あまりに危険だろう」

「そうだな」イアンは同意しつつ、ほっと胸を撫でおろした。「それじゃ、わたしの思いすごしだ」

「たぶんな。とはいえ、その資材置き場、二、三晩監視してみてくれ」

「どうも気が乗らないんだよ、リュエル」

「そうらしいな」リュエルがにやりとした。「魂が地獄へ堕ちるのが恐ろしいってか？」

イアンはかぶりを振った。「彼女を傷つけたくないんだ」

リュエルは笑いを収めて言った。「彼女を傷つけたりはしない。カールタウクを見つけだすだけだ」

「同じことだ」

リュエルはシャツを脱ぎ捨てた。「出てってくれないか。少しでも眠っておかないと」

イアンはため息をついて立ちあがった。「資材置き場は監視する。だが、わたしの考えが間違ってることを願うよ。おまえもそうだろう？」

「ああ、そうとも」

イアンはにこりとし、部屋をあとにした。

閉じられた扉を見つめ、リュエルは低く毒づいた。冗談じゃない。くだらない良心の呵《か》責《しゃく》ごときでカールタウクの捜索をあきらめたりするものか。ジェーンから目的のものを奪うのをあきらめたりするものか。もし冷静でいたなら、昨日あの客車のなかでだって、ためらうことなく欲望を解き放っていたはずだ。もはやいつまでもぐずぐずしてはいられない。彼女と一緒にいると欲望で頭がどうにかなりそうなのだ。

欲しいものを奪うのがなぜ悪い？　おれはイアンのような聖人とは違う。そう、いまはただ、時機を狙って待っているにすぎない。

「レールはどこ？」その夜、バンガローに戻ってきたパトリックにジェーンが詰め寄った。

「マハラジャはえらくご機嫌だったな」パトリックはのっそりとキャビネットに歩み寄り、酒をグラスに注いだ。「あの真鍮のランタンを、孔雀《くじゃく》のように見せびらかしてたよ」

「レールは機関車と一緒に運ばれてくるはずだったでしょ。どこにあるの？」

「銀行ともう一度融資のことで話がつくまで、輸送を延期したんだ」パトリックはぐっと酒をあおった。「今日はまた、えらく暑かったな」

「レールがないと困るのよ」

「すぐに手に入る。三日だ。なにもかもうまくいく」

「銀行はこれ以上お金を貸してくれないって、前に言ってたじゃないの」

パトリックは彼女をにらみつけた。「言っただろう、うまくいくと。さあ、とっとと台所へ行って、怠け者のスーラが夕食の支度をさぼってないか見てきてくれ」

なんとか質問を打ち切ろうとするパトリックを、今度ばかりは見逃すわけにはいかなかった。「一週間もすればランピュール渓谷に達するのよ。そしたらあのレールが必要になるわ」

「わかってるって」パトリックは安楽椅子にどすんと腰を下ろし、目を伏せた。「まかせておけ」

これ以上はどうしようもなかった。彼の言葉を信じるしかない。「すぐに夕食にするようスーラに言ってくるわ」

きびすを返し、部屋をあとにした。ときどき、すべてを投げだしたくなるときがある。パトリックやマハラジャとのあいだで延々と繰り返されるこうした言い争いには、もううんざりだ。そのうえ今度はリュエル・マクラレンが現場に現れて、仕事の邪魔をし、神経を逆撫でする。唐突に思い浮かんだリュエルの顔を、あわてて振り払った。ただでさえ問題山積みなのに、彼のことなんか思い出してる場合じゃない。そうよ、あのいまいましい絵を見上げたときの彼の表情なんて。

翌日現場で目にしたリュエルは、明らかにそれまでとは様子が違っていた。ジェーンのほうを見ようともしないし、あの客車のなかで見せたような淫《みだ》らな雰囲気のかけらもない。それなのに、なにか引っかかるものがあった。

日没を迎え、馬に戻るときになって、はじめて彼が口を開いた。「今日は一日じゅう、いやにぴりぴりしてたな。なにがあった?」

「べつに。ただ仕事に没頭してただけ。あなたみたいに気まぐれで働いてるわけじゃないの。わたしにとってこの鉄道は冗談じゃすまないのよ」

「おれにあたるのはよして、わけを話してくれないか。なにか助けになれるかもしれない」

「なれっこないわ」

「なぜわかる? おれはこう見えても顔は広いんだぞ。たいていの問題は解決できる」

ジェーンはくるりと彼に向きなおった。「来週にも訪れるモンスーンを遅らせることができるの? ただで働いてくれる労働者を百人、見つけてきてくれるの? 次から次へとつまらない要求を突きつけてくるマハラジャを黙らせてくれるって言うの? それに――」

「いや、どれも不可能だよ」リュエルが遮って言った。「きみだって無理だろう。それなら、その事実を受け入れて、予定どおり完成させるのは無理だとマハラジャに話せばいい」

「そしたら、約束のお金を払ってもらえなくなるわ」ジェーンは苦笑いを浮かべた。「彼もあなたと同じ、気まぐれよ。自分の要求が満たされないとなったら、放りだすだけ」

「契約書は交わさなかったのか?」

ジェーンはうなずいた。「カサンポールじゃ、そんなものなんの価値もないわ。マハラジャ相手に契約書の効力がどうのこうのと言ったって、どうしようもないじゃない」

「そんなんでなぜ仕事を引き受けた?」

「だってパトリックが――」ジェーンは雌馬の手綱をほどくと、背中にまたがった。「なぜあなたの質問にいちいち答えなきゃならないの？　わたしの問題なんか、あなたに関係ないでしょう。だいたい、どうして毎日毎日、ここへ通ってくるのよ」

「本当に知りたいのか？　なぜきみのそばで献身的に働くのか」

「何度も訊いてるじゃない」

「それなら、理由のひとつを教えよう」思わせぶりに間を置いた。「あの客車のなかの絵に描かれてた体位、あれをきみと試してみたいと思ってるんだ」

ジェーンは驚いて彼を振り返った。無表情な顔に、いたってさりげない口調。聞き間違いだったのだろうか。「なんですって？」

「ここ数日、そのことが頭に取り憑《つ》いて離れなくなった。四六時中、そのことばかり考えている。きみの手や膝をどういう位置に置くか、きみの胸をどういう角度から握るか。きみのなかへゆっくりと押し入って、きつく締められる感覚がどんなふうか」リュエルの声はしゃがれていた。「最初はやさしく、しだいに激しく深く突いて、きみに叫び声をあげさせて――」

「やめて！　そんな話、聞きたくない」ジェーンは声をあげ、唇を湿らせた。「女性が必要なら、ザブリーのところへ行けばいいわ」

「女が欲しいんじゃない。きみが欲しいんだ」

「そういう目的なら、どの女性も同じでしょう」

「おれもいつもそう思ってきた。でも考えが変わった」

「それじゃ、もう一度考えを翻せばいいだけよ。わたしはそんなこと……したくないんだから」

「いや、その気にさせてみせるさ。ザブリーの店できみも気づいたはずだ。おれたちふたりは気が合うってことに」リュエルは彼女の顔に目を向けた。「相性がよすぎると言ってもいい。怖かったんだろう、おれのことが？」

「あなたが？」ジェーンはわざと馬鹿にするような言い方をした。「怖いなんて思うもんですか」

「普通の意味で言ってるんじゃない。なにせきみは普通の女性じゃないからね。きわめて独立心に長《た》けている。おれが自分の思いどおりにならない気がして、怖いんだろう？」

「あなたのことなんか、これっぽっちも考えてないわ。そんなくだらないことを考えるほど暇人じゃないの」

「こういう状況じゃ、普通は考えずに反応するもんだ」

「あなたは違うじゃない。いつだって考えて、策略を練って、計画する」苦々しい口調で言葉を継いだ。「それにものすごく傲慢《ごうまん》で、わたしのことはすべて知ってるって顔をしてる」

「すべてじゃない。毎日新しい発見がある。知れば知るほど、心がかき乱される。だから決心したんだ。なんとか手を打とうとね」リュエルは不敵な笑みを浮かべた。「どうすることにしたと思う？」

「さっき言ったくせに」

「あんなのほんの手はじめにすぎない」ジェーンはせっぱつまった声を漏らした。

「ザブリーのところへ行って」ジェーンが静かに繰り返す。「欲しいのはジェーンだけだ」

「ジェーンだ」リュエルが静かに繰り返す。「欲しいのはジェーンだけだ」

「いい加減にして」ジェーンは手綱を握りしめた。「どこかへ行っちゃってよ。最初からあなたを働かせたりしなければよかったわ」

「なぜそうしなかった？」

「おもしろい人だなって思ったからよ」リュエルと一緒にいるときの気分は、じつのところ、おもしろいという以上のものだった。喩《たと》えていえば、魔術師の扱う水晶球を、どんなお告げが現れるかと息を詰めて待っているときのようなわくわくする気分。そうした高揚のときが終わりを告げるのかと思うと、胸の奥がちくりとうずいた。大丈夫、すぐに忘れられる。こんなふうに夢中になるなんて危険すぎる。

「あなたに利用されるつもりはないわ、リュエル」

「いや、利用してみせるさ。おれたちはたがいに利用しあって、その一瞬一瞬を楽しむんだ」口を開きかけたジェーンを、両手で制した。「だが、せかすつもりはない。いずれ手に入るのはわかっている」

その露骨な言い方は、ザブリーの店のベッドで裸で横たわっていた姿を思い起こさせた。片足の踵《かかと》でもの憂げにシーツをこすって、その感触を確かめていた姿を。胸が締めつけられ、息苦しくなってきた。「わたしは楽しむなんて――」

「いや、楽しむんだ」さっきまでの冷めた表情とは打って変わって、青い目がぎらついて見える。「乱暴を働くつもりはない。おれはきみが育った売春宿の男たちとは違う。だが、もはや薄暗い部屋ではじめて顔を合わせた見知らぬ者同士でもない。さんざんじらされたあげくにきみの要望だけ聞き入れて立ち去ったあのときとも違う。おれはリュエル・マクラレンだ。これから折りにつけ、おれという人間をわかってもらう」

「こんな話はもううんざりよ」

「それじゃ、やめにしよう」リュエルはまっすぐ前を見据え、冷ややかに言い放った。「だが、おれは考えるのはやめない。きみも同じだ。おれが一日じゅう苦しいほどきみを欲しがってることを意識するようになる。釘の位置を定めながらもきみのことを考えてることを。最初に釘の頭をハンマーでやさしく叩くときは、きみのなかへ入ることを思い浮かべる。ハンマーを振りかざすたび、温かなきみの内へ深く突き刺すことを想像する」その声はかすれていた。「そして、全身の力を振り絞って振りおろすのは、きみのなかへどこまでも深く入りこみたいからだ」馬の脇腹を蹴ると、先に立って駆けだした。「そのことを覚えておけ、ジェーン」


大釘が木材を深く貫いた。

ジェーンは全身に衝撃が走るのを感じた。ハンマーが木材を連打しているだけ。こんな震動ならこれまで何千回と感じているはずだ。特別驚くことじゃない。

ああ、でも、今日はどうにも耳障りでしかたがない。胸が膨らんでだぶだぶのシャツを押しあげ、シャツの生地をこするたびに乳首にむずがゆさが走る。

ふたたびリュエルがハンマーを振りあげた。腕の筋肉が小さく波打ち、日射しを浴びて黄金色にきらめいた。

釘が深く打ちこまれる。

ジェーンのお腹の筋肉がこわばった。

ハンマーが釘の頭を勢いよく叩く。

いったいどうしたというのだろう？　全身が熱を帯び、皮膚の下を激流のように血液が流れているのがわかる。

暑い。そうよ、なにもかもこの容赦ない日射しのせいだ。

リュエルから目をそむけ、大股で水の運び手のところまで急いだ。

かぶりを振りつつ、男が差しだしてくれたひしゃくから、両手で水を受けた。顔や頬に冷水を浴びせかけ、うなじや首筋の熱も冷ます。だいぶ気分が落ち着いてきた。思ったとおりだ。体が妙に熱を帯びていたのは暑さのせい。リュエルのせいなんかじゃなかった。

リュエルのせいなんかじゃ……。

彼は作業の手を休め、じっとこちらを見つめていた。両脚をわずかに開いて巨大なハンマーを両手で支え持ち、彼女の喉元に視線を据えている。にわかにジェーンは、喉を伝い落ちる水を意識した。シャツの下を、胸元のあたりまでしたたり落ちてきている。

ほてった体を走る冷ややかな感触。

こちらを見据えてやまない焼けつくような青い瞳。

水は乳首に達してせき止められると、薄いブルーのシャンブレーのシャツを黒ずませ、膨らみきった乳首の輪郭をまざまざと浮かびあがらせた。

リュエルの舌が下唇を舐める。

ジェーンは身震いした。

リュエルはにやりとし、あからさまに自分の下半身に目を落とした。

猛々しいほどの膨らみ。

彼がふたたびハンマーを振りかざす。

釘がさらに深く、木材を貫いた。


「昨日は置いてきぼりを食わされた」リュエルが穏やかに声をかけてきた。「そう避けられちゃ、守れないじゃないか」

「何度言えばわかるの？ あなたに守ってもらう必要なんかないわ」ジェーンは彼のほうを見ずに、足早にシコール渓谷の枕木の上を歩いていった。「それに、べつに避けてなんかいないわよ」

リュエルに見つめられている。そう思うだけで、ハンマーを振りあげた彼を見たときと同じように、心ならずも胸が膨らんだ。

「なぜ、そういつまでも意地を張る？　受け入れてしまえば楽になるぞ」

「やめてちょうだい」

「きっと気に入るさ」しゃがれ声が追いかけてくる。「それに、おたがいそれが必要なことは神が承知だ。このままじゃ、おれはどうにかなっちまう」

ジェーンの足取りはもはや駆け足に近くなっていた。ブーツが枕木の上で滑ってよろめいた。

リュエルが舌打ちし、後方から声をかける。「気をつけろよ。渓谷に転がり落ちたいのか？」

「まさか。そうなったらあなたのほうこそ困るんじゃない？　足を引きずった女なんて使いものにならないでしょ」

リュエルが笑いだした。「たしかに多少は不便かもしれないが、それなりにやりようはある。どうやるか説明しようか？」

「けっこうよ！」ジェーンは最後の数フィートを走って渓谷を抜けると、ベデリアをつないでおいたベンガルボダイジュの木立に飛びこんだ。振り返ると、リュエルはまだぶらぶらと枕木の上を歩いている。どうやら追いかけてくる気はないらしい。手早く雌馬の背に鞍を乗せた。「明日も来たら、ロビンソンに言って追い返してもらうから」

「いや、きみはそんなことはしない。おれを怒らせたら、大事な監督官がいなくなるってことだからな」にやりとする。「おれが怒ったらどれほど手に負えなくなるか、話したはずだろう？　問題が生じても自分ひとりで片づけなきゃならなくなる」さらにリュエルはたたみかけた。「簡単なことだ。どうしてわざわざむずかしくする？」

黄褐色の筋の入った彼の髪が、日射しを受けて陽炎《かげろう》のように揺らめいている。しなやかにこちらに近づいてくる姿は、あたかも光の海に浴しているようだ。ジェーンは目を奪われていた。もはや彼から目が離せない。一日じゅう、ハンマーを振りあげる彼の姿から目が離せなかったように。

「だめよ！」どうにか目をそむけ、ベデリアに飛び乗った。そして、いっきに駆けだすや全速力で疾駆していった。


「昨夜、リー・スンが資材置き場に現れたよ」イアンが報告した。

リュエルは身をこわばらせ、振り返った。「確かか？」

「まず間違いない。彼は鍵を持っていた。ジェーンが夕方早くナップザックを手にやってきたんだが、帰るときには手ぶらだった。その二時間後に脚の不自由な中国人が現れ、ナップザックを持って帰った。あとをつけたが、マーケットで見失ったよ」

「わざと撒《ま》かれたのか？」リュエルが茶化すように訊いた。

「神は不思議なやり方で働かれる」

「都合のいいやり方でも働くさ」

「資材置き場の監視はまだ続けるのか？」

リュエルはすぐには答えなかった。「いまのところはいい。必要な情報は手に入れたからな。あとは待つのみだ」

「おまえらしからぬ言葉だな。ふだんのおまえなら、じれったがるところだろうに」

じれったがる？　もちろんだとも。じれったくて、苛立たしくて、いまにも爆発しそうだ。もっともそれは、カールタウクには少しも責任のない話だった。

5

二日後の朝早く、雨が降りだした。

　空が開け、大粒の雨が天から降り注いでくる。このいまいましい国では、雨もほかのものと同じ。重苦しくて生暖かくて、抗《あらが》ってみたところでどうにもならない。最初の数時間のうちこそ、ジェーンは自然の猛威との闘いを歓迎していた。というのも、ここ数日ではじめてリュエルの存在を忘れ、目の前の仕事に没頭できたからだ。

けれど昼ともなると、雨水は線路の両側に水たまりを作り、作業員たちは歩くたびに足を滑らせるようになった。三時ごろにはもはや豪雨の様相を呈し、打ちつける釘の頭さえも見えにくくなるほどだった。午後四時、ついにジェーンは中止を宣言し、作業員たちに家に帰って明日の明け方に戻ってくるよう伝えた。

「ようやく中止か」防水布で覆われた一輪車のなかにハンマーを投げ入れながら、リュエルがぼやいた。「おれたちが泥水のなかで溺れるまで続ける気かと思ったぜ」

「文句があるなら来ないでちょうだい」ジェーンは尖った言い方をした。「誰も来てなんて頼んでないんだから。雨ぐらいで作業を中止するつもりはないわよ。レールが連結するまであと一五マイル。仕事が完了するまでは毎日ここへ来るわ」

「その前にきみが倒れるか」リュエルは突っ立ったまま彼女を見つめた。帽子の縁から雨が滴り落ち、頬を伝う。「まともに立ってられないほどじゃないか」

「わたしは大丈夫よ。文句を言ってるのはあなたのほうじゃない」ジェーンは渓谷に架かった橋へ足を向けた。「明日はあなた、来ないほうがいいわ」

「そう簡単に追い払われてたまるか。この天気は好きじゃないが、そのうちに慣れる」

そうね、悪魔なら地獄で焼かれることにも慣れるに違いないわ。ジェーンはやけくその気分で思った。ああ、まただ。あの独特のまなざしで見つめられただけで、早くも体が反応しはじめている。「そんなにしてまでどうして？　あなたにとってそれほど意味のあることとは思えないわ」

「意味はあるさ」

急ぎ足で橋を渡りながら、背中に彼の視線を痛いほど感じた。川はふだんの頼りなげな細い流れから一転、濁った激流となって渓谷を駆け抜けていた。支柱はびくともしていない。ジェーンは胸を撫でおろした。そうよ、鉄道のことだけを考えればいい。後方の雨のなかにリュエルが立ち、体に張りついたシャツを通して、たくましい胸やお腹の筋肉があらわになってることなんて、忘れてしまえばいい。疲れきって意気消沈したいまの気分にだけ意識を集中していれば、奇妙にうずく太腿のあいだのことなんて考えずにすむ。

「モンスーンの季節が終わるまで待てばいいじゃないか」リュエルが穏やかな口調で訊いて

きた。「どうせ、こんな雨のなかじゃろくにはかどらない」

「できることはやっておかないと」ジェーンはベンガルボダイジュの枝がからみあってできた天蓋《てんがい》の下にもぐり、ベデリアの鞍《くら》を拾いあげた。「マハラジャは天候のせいなんていう例外は認めないの。だから、わたしたちも認めるわけにいかないのよ」

「なんと慈悲深いお方だ。ますますもって謁見が待ちきれない」

「そのことだけど、わたしをあてにしようったって無駄よ」すぐそこで容赦ない視線を浴びせてくる彼が気になり、指が滑って鞍帯がうまくつかめない。「それが理由でここに居座ってるんだとしたら、あきらめたほうがいいわ」

「そうじゃない。ここに来る理由なら知ってるはずだ」

「そんなこと知るわけが――」

「それじゃ、おれの目を避けずにこっちを見ろ」

「あなたの顔なんか見たくない。なんでわたしが――」彼のまなざしに射すくめられ、あわてて目を伏せた。「やめて」かすれ声が漏れる。

「そうだ。もう潮時だよ、ジェーン」リュエルの口調はなだめるかのように、あくまでやさしかった。「きみだってこれ以上、抵抗する気もないだろう。疲れてるし自信も失いかけている。おれならすべてを忘れさせてやれる。欲しいなら、受け取ればいい。そのうえでもし気に入らなければ、二度とわずらわせたりしない」

いいえ、気に入らないわけがない。彼はいつだったかリー・スンが話してくれた、古代中国のマンダリン（清朝の上級官吏のこと）のようだ。いともたやすく相手に魔法をかけ、虜《とりこ》にしてしまう。だけど、わたしだって、ただ言いなりになるような情けない女じゃない。それに抗うぐらいの強さは持っているはずだ……その気になりさえすれば。

その気になりさえすれば？　その瞬間、ジェーンははじめて自分の心の揺れを自覚した。全身からふっと力が抜けるような気がした。リュエルの言うとおりだ。彼に抵抗しつづけるのはもううんざり。言いなりになってしまえばいい。ほんの一度きりのこと。どうせ彼もほかの男たちと同様、自分の要求が満たされてしまえば、退屈してわたしなんか用ずみになるに決まってる。

いつのまにか、リュエルがシャツのボタンに手をかけていた。

ジェーンははっとわれに返った。

「しっ」リュエルの顔がほんの数インチ先にあった。彼の指が器用にボタンをはずしていく。「きみを見たいだけだ。ザブリーの店じゃそのチャンスがなかったが、今日は寛大な気分のように見えるからね」シャツの身頃を開き、彼女の胸を見下ろした。「思ったとおりだ」身をかがめ、膨らんだ乳首にそっと息を吹きかけた。

ジェーンは声をあげ、弓なりに背を反らせて雌馬の鞍にもたれかかった。両手を脇できつく握る。興奮が逆巻く波のように全身を呑みこんだ。

リュエルはゆっくりと、もったいぶった仕草で乳首を吸った。「素晴らしい」低くうめく。「なんて美しいんだ」

両手がベルトの下に滑りこみ、大事な場所を包む巻き毛を探りあてたかと思うと、さすったり引っぱったりを繰り返した。「脚を開いてくれ。そうだ、もう少し」

ジェーンはどうにか膝を支えている状態だった。と、彼の指が探していた小さな膨らみを探りあてた。

ジェーンは弓なりにのけぞった。押してはつまむ指の動きに、かろうじて放たれずにいた叫びが喉を締めつける。

リュエルが顔を上げた。なんて美しいの。ジェーンは朦朧《もうろう》とする頭でうっとりと思った。この瞬間のリュエルの顔ほど美しい光景を、かつて目にした覚えはなかった。頬がざくろのように鮮やかに染めあがり、一対の青い瞳がきらめきを放っている。

「ここじゃ雨に濡れる」リュエルはジェーンの体から手を離し、手早くシャツのボタンをかけた。「どこか別の場所へ行こう」彼女をベデリアの背に乗せ、みずからも鞍付けをして飛び乗った。「頼むから、気が変わったなんて言ってくれるなよ」

そもそも変わるような気持ち自体を持ちあわせているのか、ジェーンはわからなかった。頭のなかが真っ白になり、さかりのついた獣のように、ただ彼の指に敏感に反応するしかなかった。

リュエルはベデリアの尻をぴしゃりと打ち、さらに加速させた。「もう少しだ。しっかりつかまってろ」

つかまれって、いったいどこに？　いまやリュエルに投げこまれた激流のなかを、なんのよりどころもないまま、なすすべなく流されている状態だというのに。

「ちょっと待て」リュエルは自分の馬を寄せると、片手を伸ばしてジェーンの太腿に滑りこませ、女性自身にあてがった。鼻孔が膨らみ、ひどく飢えてでもいるかのように頬がこけて見える。「あんなのじゃ足りない。もっと触らせてくれ。くそっ、このなかへ入りたい」ゆっくりと握りしめては離し、ふたたびきつく握る。「おれがなにを望んでるかわかるか？　いまこの場でぬかるみのなかにきみを引きずりこんで、服を脱がせたい。裸にして、腰を持ちあげ、思いきりおれを求めさせたい」

乱暴なまでのその物言いに反感を覚えてもいいはずだった。だが、そうはならなかった。熱い刺激が、ぞくっとジェーンの体を走り抜けた。

リュエルは唐突に手を離すと、なにやら聞き取れない言葉をつぶやいた。「行こう。これ以上は我慢できない」

雨足はさらに激しさを増していたが、それさえもジェーンの体のほてりを冷ますことはできなかった。もはやなにものをもってしてもこの熱を鎮めることはできないような気がした。

「どこへ行くの？」

「駅舎だ。もうすぐそこだ」

そうは思えなかった。ようやく駅舎のプラットフォームの前で手綱を引いたときには、ジェーンの体は熱病にでもかかったかのようにひどく震えていた。

「急ぐんだ」リュエルは彼女を降ろしながらもどかしげに言った。「鍵はどこだ？」

マハラジャの客車？　あの客車の鍵を出せと言ってるの？　せっつかれるようにプラットフォームを横切って客車に向かいながら、びしょ濡れのデニムのズボンのポケットをまさぐった。リュエルは鍵を手にすると金の扉を開け、彼女をなかに引き入れた。ばたんと後ろ手に扉を閉める。

車内は薄暗かった。灰色の弱々しい光が窓から射しこみ、外界と遮断する窓ガラスを雨粒が激しく伝い落ちている。

「急いでくれ」リュエルはシャツを脱ぎ、カーペットの上に放り投げた。「それから言っておきたいことがある。以前おれは、たっぷり時間をかけて楽しませてやるとも、ほかの男たちとは違うとも請けあった。だが、今日ばかりは……」振り向いて、ジェーンが動きだす様子がないのを見て取った。「脱がないのか？」

身動きしようにも体が動きそうになかった。全身がうずいて焼かれそうだというのに、彼から目を離すことができない。これほど生気に満ち、感情のほとばしりをあらわにした体は見たことがなかった。彼は全身で差し迫った欲望と情熱を訴えかけている。白々とした薄闇のなかで燃える、何百本もの蠟燭《ろうそく》の炎のような輝きで。

「気が変わったなんて言わないでくれ。おれはもう……」リュエルは近づいてくると、シャツのボタンに手をかけた。その声はベルベットのようになめらかで、歌いかけるようなやさしさを帯びていた。「怖がらせてしまったかい？　約束する、かならず気に入るようにしてみせる。はじめさえ乗り越えてしまえば、あとは問題ない」

リュエルの茶色の髪は濡れ、もはや金色の筋は見分けがつかなくなっていた。気品溢れる顔立ちのなかで目だけがぎらついている。催眠術でもかけられたかのように、ジェーンはたうっとりと彼を見つめた。

リュエルは彼女の濡れたシャツを脱がせ、床に落とした。そろそろと身をかがめ、温かな唇を左肩のくぼみにかすらせる。

ぶるっと全身に震えが走った。さっきまでの触れ方にくらべたらよほど控えめなのに、どういうわけかかえって五感を刺激された。

「もう限界だ。どこまでもつか自信がない」リュエルは自分の手元に目を落とし、唐突に笑いだした。「見てくれ。ひどく震えている。ここから先は自分でやってくれないか」

思いがけず彼が弱さを吐露してくれたおかげで、いくらか金縛りが解けた気がした。同じく震える手をベルトへ運ぶ。自分の体なのに思うようにならず、もはや彼の言いなりになるしかなかった。心臓の音が、金属の屋根を打ち叩く雨粒と共鳴する。ああ、彼の手にもう一度触れられたい。一刻も早くこの服を脱ぎ捨てたい。彼の手を妨げるあらゆるものを取り除いてしまいたい。

「その調子だ」励ますような、あやすような口調。彼は長椅子に腰を下ろし、ブーツを脱ぎにかかった。「それでいい。ふたりとも望んでるんだ」服を脱ぐ途中で手を止め、彼女を覆う巻き毛にじっと目を据えた。「やわらかいな。そうだった。とてもやわらかくて……」

強烈な熱に身を焼かれる気がした。太腿をまさぐり愛撫した彼の手の感触がよみがえって、思わず両手を握りしめる。

その様子に目を留め、リュエルも頬の筋肉を引きつらせた。「ここへおいで」

ジェーンはおとなしく従った。素足の足裏に触れるやわらかなカーペットの感触をぼんやりと意識しながら、おずおずと近づき、彼の前で足を止めた。

リュエルはやさしく彼女の太腿を開くと、前と同じように片手を押しあてた。

快感と、欲望と、渇望感。

「おれが欲しいか?」彼の指が敏感な部分をもてあそぶ。

ジェーンは身震いした。「ええ」

「おれを受け入れて、感じたいか?」

「ええ」

「きつく? 激しく?」

「ええ、そうよ」

リュエルは彼女をそっと長椅子の上に倒し、太腿のあいだに体を押しこんだ。「それなら、受け入れてくれ」かすれ声を漏らすと同時に、恐るおそる突いた。

ジェーンははっと息を詰めた。温かでなめらかで、棒のように硬いものが押し入ってくる。

「逆らわないでくれ。きみを傷つけることになる。おとなしく受け入れるんだ」

「逆らってなんかいない」むしろ、もっと深く受け入れたかった。

「なんてきついんだ」リュエルはうめいた。「少しの辛抱だ――」力強く腰を突き立てる。

不意打ちのような痛みに、ジェーンは下唇を嚙んで叫び声を押し殺した。

リュエルがはっと顔を上げ、彼女の顔を見下ろした。「くそっ!」

彼がわたしのなかに収まっている。自分であって自分でないような奇妙な感覚。

こちらを見下ろす青い瞳が炎のような輝きを放った。「もう止められない。手遅れなんだ。このまま進むしかない」

「わかってるわ」ジェーンはぐっと唾を呑んだ。痛みは去り、さらなる高まりを求めるうずきだけが残っていた。「わかってる……」

「いや、なにもわかっちゃいない。わかっちゃいないんだ」震えがちに息を吸った。「くそっ、このままじゃ……殺されちまう」一度引き抜き、ふたたびゆっくりと押しこんだ。

やさしさと、心遣いと、巧みな動き。猛り狂うほどの激しい熱情を感じつつも、すべての動きが抑制されていることをジェーンは感じ取った。

「リュエル……」

「黙っててくれ」食いしばった歯の合間から不機嫌な声を漏らした。「これからどうするか考えなきゃならないんだ」自虐的な笑い声をたてた。「あるいは、どうもしないか。大丈夫か?」

「ええ」

「それじゃ、次の段階に進むぞ」リュエルは背中を丸めて抜きだすと、剣を突くようにいっきに貫いた。

またもジェーンは息を呑み、彼の顔に目を転じた。

リュエルの目はもはやなにも見てはいなかった。半開きの唇。ジェーンと同じうつけた表情をしている。

「そうだ」しゃがれ声でつぶやいた。「抱きしめてくれ。できるだけ早く終わらせるから。大丈夫だ、うまくいく」

突如、彼は激しく腰を動かし、突き刺しては深く沈めた。

ジェーンは彼の肩に指を食いこませ、しっかとしがみついた。なに？　いったいどうなってるの？　とことん支配しつくされてしまったような、体と五感で彼とひとつにつながってしまったような気がする。もはや止めることなどできない。貪欲《どんよく》に快感を求め、彼の動き、彼の命令にどこまでも屈服する以外にない。これじゃまるで快感にがんじがらめにされたも同じだ。欲望のなすがまま高く高く舞いあがり、とめどなく昇りつめていく。やがて絶頂が

―――

わたしいま、叫び声をあげたの？　全身がかっと熱くなって、なにも考えられなかった。

リュエルは体をこわばらせ、言葉にならない喜びに顔をゆがめて背中を反らせている。次の瞬間、ジェーンの体の上にくずおれ、痙攣《けいれん》でも起こしたかのようにひどく体を震わせた。

危険だわ、こんなこと……全身を包む靄《もや》のようなけだるさと疲労感の合間から、じょじょにその思いが湧きあがってきた。抵抗すべきだったのだ。屈服するなんて間違っていた。こんなの、あまりに強烈すぎる。彼はあまりに危険すぎる。

ジェーンはリュエルが体から離れていくのをぼんやりと感じ取った。立ちあがり、どうやら客車の奥へと向かっているようだ。

「どこへ行くの？」小さくささやいたとたん、ぎくりとした。シコール渓谷の激流にもみくちゃにされたかのように、どこもかしこも力が入らない。

「ストーブをつけてるんだ」リュエルはセラミック製のだるまストーブの傍らに膝をつき、扉を開けた。

「寒いの？」ジェーンは不思議そうに訊いた。彼女はといえば、これ以上温かくなりそうにないぐらい全身がほてっていた。

「いや」リュエルは石炭に火をつけ、ふたたび扉を閉めた。「ただ、しばらくここにいることになりそうだからな。きみに寒い思いをさせたくない。それぐらいしないと気がとがめてしかたがない」立ちあがり、大股で近づいてくる。「どうだ、気分は？　痛むかい？」

「少し」ジェーンは起きあがり、こめかみにかかった巻き毛を払いのけた。「思ってた……以上だったわ」

「きみも予想以上だったよ」リュエルは長椅子の上からペイズリー柄のシルクの上掛けを引き剝がすと、彼女の体を覆ってやった。「それに気に入らない」

心地よい霞《かすみ》に身をまかせつつも、その声に抗議するような響きが含まれているのをジェーンは聞き逃さなかった。「怒ってるのね」

「こんなの、望んじゃいなかった」ラグの上に腰を下ろし、膝頭の上で両手をきつく組みあわせた。「面倒なことになった。処女だなんて。責任を背負いこむのはごめんだ」

痛烈な痛みが胸の内で渦巻き、唐突に現実に引き戻された。「あなたの責任じゃないわ。わたしがここに来たのは誰のせいでもない。わたしが選んだのよ」

「たしかにそうだ。だがおれが誘惑した。おれが欲情し、目的が達せられるように画策した」

「そう、そのとおりよ」ついさっきまでの熱は引きつつあった。身震いし、上掛けを体に引き寄せる。「みごとなやり口だったわ。でもね、それを許したのはわたし。もう終わったことよ。そろそろ……バンガローに戻らなくちゃ」

「パトリックのところへか」リュエルは苦笑いを浮かべた。「じつを言うと、その親愛なるパトリックのもとを訪ねる気だったんだ。頭から離れなくてね。幼女好きの彼のことが。で、心臓をえぐり出してやろうと決心した」

その言葉は嘘じゃない、ジェーンはそう直観した。身じろぎせずに座るリュエルは、艶《あで》やかな裸の剣闘士の像にも見える。だが、その不動の姿の下に押しこめられた獰猛《どうもう》さがジェーンを不安にした。「わたしたちはそんな仲じゃないわ」

「そのようだな。なぜおれの誘惑に乗った？」

「一度許せば……あとはしつこく追いまわしてこなくなると思ったからよ。男の人ってたいていそうでしょ」

「そうなのか？」

ジェーンは息を詰め、彼の顔を見つめた。

「おれは違う。きみの体から離れて一分もしないうちに欲しくなった。いまだって欲しくて頭に血が昇ってる。なぜ、パトリックとのことをおれが誤解するように仕向けた？」

「仕向けたわけじゃないわ。あなたには関係ないことだもの、詳しく話さなかっただけ」

「いまは状況が変わった。パトリック・ライリーはきみのなんなんだ？」

「父親よ」リュエルの驚いた顔を見て、あわてて言い足した。「もちろん証拠はないわ。彼は母さんのお客のひとりだったんだけど、わたしは父親だと確信してるの」

「でも、彼はそうは思ってない？」

「彼も責任を背負いこむのがいやなのよ」

「くそっ」

「いつかきっと、父親だと認めてくれると信じてるの。だけど、あなたが心配することじゃない。あなたにも彼にも、なにも期待してなんかいないわ」

「おれだって、ある程度社会の掟《おきて》はわきまえてる。きみから与えてもらったからには、返さなくちゃならない」

ジェーンは心もとない笑みを浮かべた。「それって物理的に不可能じゃないかしら」

「それじゃ、なにか別のものをやるまでだ。なにが欲しい？」

どうやら彼は本気らしい。「べつに特別貴重なものを奪われたわけじゃないわ。処女で初夜を迎えない女は恥さらしだなんて思ってる女性たちとは違うの」

「イアンが言ってたよ」リュエルは茶化すように言った。「きみは変わってると。だが、きみの花婿がその特殊性を受け入れてくれるとはかぎらない」

「たぶん、わたしは結婚しない。だからこの話はもうおしまい」ジェーンは服を探してあたりを見まわした。それらはリュエルが放り投げたときのまま、カーペットの上に散らかしてあった。「シャツを取ってくれる?」

「いや、その前に火のそばで乾かしてあげよう」服を拾いあげ、ストーブへ向かう。「乾くまで時間ができた。それで、なにが欲しい?」

しつこい人。まだあきらめないつもり? 日増しに無視できなくなりつつあるこの奇妙なうずきから即刻解放してほしい、いっそのことそう言ってしまいたい欲求にかられた。「あなたはわたしに借りなんかない。何度言えばわかるの?」

「良心の呵責とやらを覚えて気分が悪くてね。こんなことはおれにしちゃめずらしい」リュエルはストーブに服をかざしたまま、振り返った。「もっとも、こんな特殊な状況自体はじめての経験だ。おれの身代わりで傷を負わせたうえに、純潔まで奪っちまったんだ。これで五分五分ってわけにはいかないだろう」

「わたしは純潔なんかじゃなかったわ」

「そんなことはない。売春宿で育ったからって、売春婦になるわけじゃない」

ジェーンは顔をこわばらせた。「そんなことわかってる。彼女みたいには、絶対にならないわ」

「彼女って?」

しまった。思わず口が滑った。「母さんのこと」

「売春婦だったのか?」

「そう。だけど、この話はしたくないわ」

「そうはいかない。二度と閉めだされるつもりはない。もっと前に事実を探りあてていれば、こんな複雑な状況に追いこまれることはなかった。なぜ、母親のようになるのが怖い?」

「あんな生き方……まるで悪夢よ。彼女は奴隷になりさがったの。わたしはそうはなりたくない。誰の奴隷にもなりたくない」

「それほどまでに売春宿を嫌っていながら、なぜザブリーの店に行った?」リュエルはおかしくもなさそうに笑った。「たぶんそれについても、おれの当初の読みははずれてるんだろうな」

ジェーンはカーペットに目を落とした。「彼女に仕事の話があって」

「鉄道のことか?」

「違うわ」

「カールタウク?」

ジェーンははっと顔を上げた。「カールタウクについてなにを知ってるの?」

「一時間前よりは情報が増えた。彼もきみの恋人じゃない」

「当たり前だわ」うわの空で応じ、不安げに彼の顔に見入った。「どこで聞いたの、彼のこと？」

「アブダルさ」ジェーンの顔が凍りつくのを見て、ぞんざいな口調で言い足した。「そんな目で見るな。もしおれがまだなにかを企んでるとしたら、カールタウクやアブダルのことを話すわけがないだろう？　ゲームに変更が生じたんだ。目的のものを手に入れるには別の方法を探すしかない」

「目的のものって？」

「マハラジャへの謁見。それと、彼を思いどおりに動かしてくれるような影響力のある口添え」ひと呼吸置いた。「それをアブダルは約束してくれたんだ。カールタウクを見つけて、やつのもとへ送り届けた見返りとしてね」

「引き受けるつもりだったの？」

「はっきり腹は決まってなかったが可能性はあった」

「ひどい面倒に巻きこまれたものだわ」理解できないとばかりにジェーンは首を振った。

「どうしてそんなこと？　彼は怪物よ」

「そうだろうとは思ってたさ。おれに良心のとがめが欠如してることはすでに確認ずみだろう。ここでまた、おれの邪悪さについてわざわざ掘りさげることもない」

さっきまでの衝撃にかわり、俄然《がぜん》怒りが頭をもたげてきた。「それじゃ、なぜわたしをここへ引きずりこんだの？　それもアブダルに言われて――」

「馬鹿を言うな。このことにはアブダルは関係ない」

ジェーンはふと思いあたった。「ザブリーの店で会ったことは？　裏通りで男を殺したことも計画の一部だったの？」

「がっかりさせて悪いが、おれは納得いく理由がなきゃ人殺しはしない。やつがあそこに現れたのは、おれが仕組んだことじゃない。もっとも、パクタールの登場がいささか好都合だったのは確かだが。どうしようかと――どこへ行く気だ？」

「帰るのよ」ジェーンは上掛けをはねのけると、濡れたシャツを乱暴に奪い取った。「あなたがパクタールや彼の部下を外に待機させていなければの話だけど」

「パクタールもアブダルもいない。いま話したことがすべてだ。きみを傷つけたことはわかってる。そして責任を取るつもりでもいる」

ジェーンはくるりと向きなおった。「傷ついてなんかいない。ましてや、あなたやアブダルみたいな男たちに傷つけられるつもりもない」ズボンをはき、ベルトに手をかけた。「それに、あなたなんか二度と信じちゃだめだって理性が警告してるの」

「一度も信じてなどいないはずだ。おれの誘惑に乗ったのは、快楽のためだろう？　おれの誠意を信じたからじゃなく」両手を挙げ、ジェーンの反論を押しとどめた。「おれだって、それ以上のことは期待しちゃいなかった。おれを信じるほどきみは馬鹿じゃない。さてと、おたがい真実に目を向けたところで、当面の問題に取りかかろうじゃないか。アブダルはカールタウクを欲しがってる。きみは彼に渡したくはない。ということは、きみはカールタウクをカサンポールから脱出させようと考えてる。違うかい？」

ジェーンは答えなかった。

リュエルは肩をすくめた。「けっこう。それじゃおれがカールタウクをカサンポールから脱出させ、アブダルの目の届かない安全な場所をあてがってやる。どうだ、それで貸し借りなしってのは?」

「なんですって?」

「聞こえただろう。こんな馬鹿げた話、何度も繰り返させないでくれ」リュエルは服を身につけはじめた。「くそっ、そもそもこんなことを切りだしたこと自体信じられん」

「こっちもよ。わたしがそれを真に受けるとでも?」

「おれがアブダルの傀儡《かいらい》じゃないっていう証拠が欲しいのか?」リュエルは右足にブーツを履いた。「リー・スンだ」

ジェーンは一瞬、押し黙った。「リー・スンがなんなの?」

「彼はナリンスにいない。一昨日の晩、資材置き場に顔を出し、きみが前もって置いておいたナップザックを持って帰った。おそらくカールタウクのところへ運んでいったんだろう。イアンがあとをつけたが、マーケットで見失った」

「お兄さまもアブダルに手を貸してるの?」

「彼には助けてもらってる……本人がいやがったのを無理やりにな」リュエルはもう一方の足に取りかかった。「こんなことをきみに話す必要はなかった。おれが自分で資材置き場を見張って、リー・スンが戻ってくるのを待てばいいことだ。そうすりゃ、カールタウクの居所はつかめるだろう。おれならイアンと違って、尾行にも長けてる」

「そうでしょうね。あなたにはハンターの嗅覚があるもの」

リュエルは辛辣なその言葉を無視して続けた。「その嗅覚を恥じちゃいない。おかげで何度も苦境を生き延びてきた。大事なカールタウクを救う際にも役立ってくれるだろう」

「あなたの助けなんかいらないって言ったら?」

「無理にでも受け取ってもらうまでだ。おれはこの借りを返してすっきりしたいものでね」

「それはまたご立派なこと」

「立派じゃないが、ふだんは正直だ」リュエルは唇を引き結んだ。「だが、ことときみのこととなるとどこか調子が狂う。それが気に食わない」

「前にもそう言ったわ」

「事実だからだ。自分に嘘をつくようになったら、人間はおしまいだ」

「あなたが嘘をついた相手はわたしよ」

「それは違う、真実をすべて話さなかっただけだ。だが、自分自身には嘘をついた。おれはきみを手に入れることに夢中で、無理やり自分を納得させてたんだ……おれは馬鹿じゃない、人を見る目はある、とね」自虐的な笑みを浮かべる。「だが実際は、自分の行きたくない方向へ続く道は見て見ぬふりをしてた。きみがザブリーの店に通う本当の理由から、なんとかして目をそらそうとしていた。きみが本当は、おれがそうであってほしいと願っている人間とは違うということからも。イアンにも言われたよ。おれは自分が見たいと思うものだけを見ているにすぎないと」

「言いたいことはそれだけ？」

「もうひとつ。アブダルはおれときみの関係がどう進展したか、興味津々で監視してるはずだ。もしおれの助けを受け入れるなら、ふたりで協力してカールタウクをカサンポールから脱出させられるだろう。だが、おれを追い払うなら、アブダルはおれの作戦が失敗したと判断して、自分で動こうとするだろう」リュエルはにやりとした。「鉄道を完成させる一方で、アブダルの相手をするほどの余裕があるのか？」

「裏切るかもしれない人を信用するぐらいなら、それぐらいやってみせる」

「おれは裏切らない。きちんとおれを見て、ありのままのおれを判断してくれれば、わかるはずだ。問題はきみにそれができるかだ」

なんて男なの。人の体を完全に支配し、マハラジャのハーレムに暮らす愛人のような無力感を味わわせておきながら、今度は利用していただなんて。頭がくらくらするほどの怒りと痛みのなかで、どうすればまともに考えられるというのだろう？

「さあ、どうかしら」ジェーンは皮肉っぽく笑ってみせた。「でも、いろいろあったおかげであなたの人となりを理解できたってことは間違いないわ」それだけ言うと、きびすを返し、さっさと客車をあとにした。

「明日レールが到着すると連絡があったよ」ディナーテーブルの向こうから、パトリックがって」

勝ち誇ったような笑顔を向けてきた。「どんぴしゃりだ。言っただろう、すべてうまくいくって」

「船着場から資材置き場までの輸送には、あなたが立ち会ってくれないと。わたしは現場から離れられないわ。今日は一マイルも進まなかったのよ」

パトリックは訳知り顔でうなずいた。「モンスーンめが。かわいそうに。帰ってきたおまえを見て、ひどく心が痛んだよ」

心ならわたしだって痛んだわ。夕方あの客車のなかで、リュエルからとんでもない告白を受けたのだ。いや、傷ついたのは心じゃない。プライドだ。「明日はもっとはかどると思う」

「そりゃどうかな」パトリックはもう一杯、ウィスキーを注いだ。「あれから、おまえの言ったことを考えてみたんだ。おれが現場に顔を出すべきだって話さ。そのとおりだよ、ジェーン」

おれは自分勝手なろくでなしだった。これからは心を入れ替えるよ」

「いいのよ」ジェーンはもの憂げに答えた。「もう終わりが見えてきたし」

「おまえのおかげでいい仕事ができそうだ」パトリックはウィスキーを飲んだ。「だがな、モンスーンはたちの悪い相手だ。おまえを雨と泥のなかに突っ立たせておくわけにはいかんよ。また倒れられでもしたら大変だ。一日はレールの輸送に必要だが、そのあとはおれが引き継いでやる。おまえは家にいて休んでろ」

ジェーンは恐るおそる顔を上げて彼を見た。本気で言ってるようにも聞こえるけれど、希望を抱くのは早い。このあいだも同じように約束しておいて、結局反故《ほご》にしたばかりだ。

「そうしてくれると助かるけど」と用心深く応じておく。

「それじゃ、決まりだ」パトリックがにっこりと顔をほころばせた。「あと九日もありゃ仕事は完了。そうすりゃ、偉そうな連中ともこのいまいましい国ともおさらばだ」

「わたしは休みなんかいらない。ふたりで一緒に現場に行けば、それだけ早く――」

「馬鹿言うな。おれひとりでじゅうぶんだ。どうしても手伝いたいってんなら、机のいちばん上の引き出しに入ってるうっとうしい勘定書の束でも片づけといてくれ。リー・スンがいなくなってから、放りっぱなしだ」

ジェーンはほんの少し、信じる気になりはじめた。希望が頭をもたげてきた。もし現場で監督を務めなくてすむなら、カールタウクをカサンポールから脱出させる方法を考える時間だってできる。「本気なの？」

一瞬、パトリックの顔に申し訳なさそうな表情がかすめた。身を乗りだし、ジェーンの手に自分の手を重ねた。「もちろんだとも。ここらで少しはまともに働いておかないとな。ときどき不思議に思うんだよ。おまえがなぜおれなんかと一緒にいるのかと」

あなたが父親だからよ。そう言いたかった。わたしが価値のある人間だって証明できたら、いつかきっと父親だと認めてくれる、そう信じているから。

口にできないとはわかっていても、心の内でいやおうなく希望が膨らんでいく。「だって、約束したじゃない」ジェーンは彼の指に自分の指をからませた。「休めるなんて夢みたいよ。ありがとう、パトリック」

パトリックは手を引っこめるとグラスを握った。「休みといや、そろそろベッドへ入ったほうがいいぞ。あと一日、泥のなかで格闘してもらわなけりゃならないんだから」

「そうね。そうするわ」ジェーンは立ちあがり、寝室へ向かった。「おやすみなさい、パトリック」

やった。これでチャンスは手中にした。あとはどうやって、カールタウクをカサンポールから脱出させるかだ。

リュエル。いえ、それはだめ。言下に否定しながらも、もう一度引っぱりだして吟味した。彼はカールタウクを脱出させるだけじゃなく、安全な場所も用意してくれると約束した。脱出させるだけならわたしでもなんとかなるかもしれないが、永続的な避難場所まで提供するとなるとむずかしいだろう。リュエルが頭が切れ、アブダルに対抗できる男であることは誰もが認めるところだ。それに、あのとき彼が言ったことはいちおう筋が通っていて、嘘じゃないような気もする。なによりも兄であるイアンは尊敬すべき人物であり、その彼が弟を本当は誠実な人間だと確信してるわけだから……。

いいえ、リュエル・マクラレンと関わりあうのは二度とごめんだ。彼とはもうこれっきり。夕方彼と別れて以来、自分の馬鹿さ加減にほとほと愛想が尽きていた。自分で選んだことだと言ってみたものの、これまで誰にも見せたこともない姿をさらけだしてしまったことで傷ついてもいたし、自分自身に裏切られた気もしていた。体はまだうずき、心だってぱっくり裂けた傷口のようにひりひりしている。彼にもう一度会うと考えただけで、恐れと怒りがこみあげてきた。

恐れ？　なにを恐れるというの？　ごまかしの手口が明らかになったいま、もはや彼は恐れるには足らない。これから先はなにがあっても気持ちをしっかりコントロールすればいいだけだ。リュエルはもう謎でもなんでもない。考えるべきことは、彼が信頼に足る人間かどうかということ。今度はわたしのほうが彼を利用する番だ。


二時間後、ホテルの部屋の扉を乱暴に叩く音がし、リュエルは扉を開けた。

ジェーンが廊下に立っていた。

「これは嬉しい驚きだな。さあ、入ってくれ」

「いいえ」ジェーンはにべもなく断った。「ひと言、伝えにきただけよ。明後日からパトリックが現場の仕事を引き継いでくれることになったから、わたしはカールタウクをカサンポールから脱出させる計画に取り組むわ。明日、現場に来てちょうだい。アブダルを怪しませたくないから」

「つまりは、おれの助けを受ける気になったと？」

「せっかくだもの。こんな機会、めったにあることじゃないってあなたも言ってたでしょ」

「そのとおり」リュエルはひと息ついた。「心配無用だ、ジェーン。たしかにおれは自分の利益になるならどんなことでもする人間だが、ふたつのことだけは信用してもらっていい。危害を加えられたらかならず報復するし、約束はかならず守る」

「信用なんかしてないわ。この目で監視するだけよ」ジェーンは廊下を戻り、階段へ向かった。「それにカールタウクを脱出させるには、そのぐらいの危険は覚悟しないとね」

「待て。どうやってここまで来た？」

「そんなことどうでもいいでしょ。歩いて来たのよ。こんな天気のなかを、二度までもベデリアを連れだせないもの」踊り場へ彼女の姿が消えた。

追いかけて、バンガローまで送ってやりたい。だが、ジェーンが受け入れるわけはなかった。彼女はおれを信用していないばかりか、自分では決して認めないだろうが、恐れてもいる。もっとも当然といえば当然だった。あの客車での一件以来、鎮まるものと期待していた欲望はかえって高まる一方で、さっき扉を開けて彼女の姿を目にした瞬間に、早くも体は反応しはじめていた。

ジェーンはいまごろ通りに達し、カサンポールの郊外を目指して歩きだしているだろう。ここ二、三週間はアブダルやパクタールの姿を見かけてはいないが、彼らの忍耐がいつまでもつか、わかったものじゃない。真っ暗な通り。降りしきる雨。何者かが通り沿いの店の陰に隠れていたとしても……。

リュエルは扉を叩きつけるや、廊下を駆けだした。くそっ、いつから女を救うのが趣味になった？　ジェーンなら自分の身を守るすべぐらい身につけてるし、万一おれがあとをつけていることに気づいたら、ブーツからナイフを引き抜いて襲いかかってくるぐらいやりかねない。そのうえこっちはくたくたで、ようやくずぶ濡れの体が乾いてきたところなのだ。雨のなかにふたたび飛びだすなんて狂気の沙汰もいいとこだ。

だが、彼はわかっていた。あのいまいましい女が無事バンガローに帰り着くのを確かめるまでは、決して眠れないだろうということを。

6

次の日も雨足は衰えることはなく、夕方にはまたしても作業を中止せざるをえなくなった。作業員らに帰宅を呼びかけたあと、ジェーンはシコール渓谷とは反対の方向に歩きだした。

「どこへ行く?」リュエルが追いつきながら尋ねた。

「ランピュール渓谷の支柱の状態を確かめにいかないと」ジェーンはぶっきらぼうに言い添えた。「ホテルに帰りなさいよ」

「一緒に行こう」リュエルは危なげな足取りでついてきた。「遠いのか?」

「この先のカーブを曲がって、四分の一マイルってところ」ジェーンは彼のほうを見ずに答えた。「ついてこないでったら」

「そう言われても引きさがるわけにはいかない。いろいろと話しあう必要があるからな。カールタウクはどこに隠れてる?」

「そんなこと、あなたが知る必要はないわ。計画が決まったら教えてちょうだい。そのあとで、あなたを彼に会わせる必要があるか判断するから」

「いま、会う必要がある」

「残念だけど同意しかねるわ」

「ジェーン、聞いてくれ」彼の手がジェーンの腕をつかんだ。「おれは――」

「触らないで！」さっと飛びのき、にらみつけた。

「どうして？　気に入ってたじゃないか？」

「嫌いよ」

「おれのことはそうだろうが、この手は嫌いじゃないはずだ。自分に嘘はつくな。おれはその過ちを犯したおかげでこんな窮地に追いこまれてる」

「自分に嘘なんかついてない」はねつけつつも、不安になった。自分の体がいともたやすく裏切るのにむかつくと同時に、彼の手が触れた瞬間、たしかに怒りではないなにかを感じていた。嘘よ。思いすごしに決まってる。彼に背を向け、ぬかるみに足をとられながら歩を進めた。「なぜカールタウクに会いたいの？」

「きわめて利己的な理由さ。彼の助けが欲しい」

「あなたのほうが彼を助けるんじゃなかった？」

「もちろんそうさ。でも、昨夜きみが帰ったあと状況をよく吟味してみたんだ。そして気づいた、おたがいに助けあう方法があるとね」唇をぐっと引き結ぶ。「愚かな騎士気取りに走って、そのチャンスを棒に振るのはあまりに能がないと」

「騎士気取りに走ったところで誰も責めやしないわ」

「そりゃご親切にどうも。だが、きみだってわかってるはずだ。おれは徳のある行ないをしたいと思ったことなど一度もない」

たしかにわたしを利用はしたけど、騙《だま》そうとしたことはなかったはずだ。「カールタウクになにをさせたいの？」

「アブダルから聞いた話じゃ、カールタウクって男は彼のもとを去る以前は何年も宮殿で暮らし、マハラジャの気に入りでもあったとか。ってことはマハラジャのことをよく知ってるはずだ。彼を説得する方法を教えてもらえるんじゃないかと思ってね」

「マハラジャのことをあれこれ訊きたいってこと？」

「ああ、なにもかも知りたい」

「だからって、なぜわたしが手を貸さなきゃならないの？　あなたが目的のものを手に入れようが入れまいが、わたしには関係ないわ」いまいましげに付け足した。「むしろ手に入れられなかったらいい気味よ」

「この世の中じゃ、自分の価値に見合ったものを手中にする機会はめったにない」リュエルは茶化すような言い方をした。「たいていは、偶然目の前にあるものを手にしているにすぎない。なぜきみが手を貸すか？　そうすればおれが幸せになれるからだよ」

ジェーンは呆《あき》れたように目を見開いた。「あなたの幸せがわたしになんの関係があるのよ」

「もしこの計画が順調に進めば、アブダルとの取引をパーにした後悔の念もやわらぐってものだ。きみだって、おれのことを信じてないわけだから、多少なりともおれに恩を売っておけば保険になる」

「なるほどね。考えてみるわ」

「明日だ」

「考えてみるって言ったでしょ。せっつくのはやめて」

「そうはいかない。すでに時間を無駄にしてるんだ」リュエルの声からからかうような調子が消え、不気味な冷たさが放たれた。「おれの手でカールタウクをカサンポールから脱出させようものなら、アブダルがマハラジャへの謁見を許すはずがない。だから、カサンポールを発つ前に抵当権の売渡証を手に入れておきたい」

「抵当権?」

「マハラジャからある土地を譲り受けたいんだ」

ジェーンはまさかというように、彼を見つめた。「すべてはその土地を手に入れるために?」

「土地といっても、特別な土地だ。だから明日カールタウクに会って、彼に――」

続く言葉は、ランピュール渓谷を流れる激流に呑みこまれていった。

こちらの流れのほうがシコール渓谷よりもはるかに速い。ジェーンは不安な面持ちで眺めやった。同じザストゥー川の支流でも、ここには丘陵からの流れが注ぎこみ、黄土色の濁流がさながら鉄砲水のごとく、切り立った川岸から続く平らな岩を削るようにごうごうと流れていく。

「しっかり支えてるじゃないか」激流の轟《とどろ》きに負けまいとリュエルが声を張りあげ、橋を支える二本の鋼鉄製の柱にじっと目を凝らした。「こんな流れに耐えるとは、よほど頑丈な基礎を作ったんだな」

「当たり前よ」

「それじゃなぜ心配してた？」

「心配してたんじゃない。ただ確かめたかっただけ。あと二日もすればパトリックがこの峡谷に達して、橋の上に線路を敷きはじめるわ」

「それからどうなる？」

「一〇マイル先のナリンスから続く線路と合体するの」

「それで完成か？」

「パトリックが馬にまたがって、渓谷からナリンスまで、なにか問題がないか線路をすべて見てまわる。そのあとナリンスまでの往復を、テスト列車を走らせてみせる。そして翌日、正式に列車をマハラジャに引き渡す」ジェーンは顔をゆがめた。「それでようやくお金が手に入るってわけ」身を翻し、もと来た道をたどりはじめた。

「明日だ」リュエルは急いで彼女に追いつき、再度詰め寄った。「カールタウクに会わなきゃならないんだ」

悪魔のような執拗さで思いどおりになるまでつきまとってやろうってわけね。このまま抵抗しつづけて無駄に体力を消耗しても意味はないし、リュエルの言うとおり、鼻先にニンジンをちらつかせてでも彼の忠義を確保したほうが得策というものかもしれない。「明日の朝九時にバンガローに来てちょうだい」

「道を間違ったのか？　城門を出てからというもの、同じところを何度もぐるぐるまわってる気がするが」リュエルが訊いた。

「間違ってはいないわ」ジェーンは道に張りだした、濡れた群葉を払いのけた。「あなたの友達のパクタールがまだ見張ってるかもしれないでしょ。もしマーケットで撒けてなかったら、このあたりでなんとしても撒いておかないと」

「あるいはおれに道を覚えさせないつもりとか」リュエルが抜け目なく指摘した。「帰りもまた、この迷路を通るのか？」

「もちろんよ」ジェーンは冷めた目を向けた。「あなたの言葉を鵜呑みにするほどわたしはお人好しじゃないの。あなたの野心のためにカールタウクを生《い》け贄《にえ》にするわけにはいかないわ」

リュエルは低く笑い声を漏らした。「そうでなくちゃきみらしくない。昨日、おれをここへ連れてきてくれると言いだしたときには、内心、少し失望したんだ。ギリシャ人の贈り物には用心しろ（和解しても敵であった相手には油断するなの意）ってよく言うだろ？」

「スコットランド人でしょ」ジェーンがそっけなく応じた。あわてて目をそらし、道の片側を覆う下生えにずんずん分け入っていく。「寺院はこのすぐ先よ」

「寺院？」

「いまじゃ使われてないけど、昔は仏教徒の寺院だったの」ジェーンはわざと付け加えた。

「もっとも、このあたりには何百年も前から使われてない寺院がわんさとあるけど」

「なるほど、アブダルに報告しようにもできないって警告してるわけか」リュエルはまじめくさった顔でうなずいた。「わざわざどうも、ご親切に」

「ふざけてばっかり」

「いやもう、真剣そのものだよ。ただ、小さなことに笑いを見出したって悪くはないだろう？　そのあたりの加減は大人になればきみだってわかる」

「わたしは子供じゃないわ」

「おれもそうイアンに言ってたんだが、気づいたら、できるだけ手の届かない状況にきみを追い払おうとしてる自分がいる」

「二度とあなたの手に落ちたりしないわよ」ジェーンは俄然、強気で言い返した。

「いや、落ちるさ」リュエルは彼女の視線をとらえた。「おれがその気になりさえすれば。手に入らないとなると欲しくてたまらなくなる。そのへんの駆け引きはうまいんだ」目をそらし、陽気な口調で続けた。「口上師としての経験がものを言ってるってわけだ。時間と努力を費やして学んだんだからな。いずれにせよ、おれは二度ときみの体に手を触れない。きみを子供時代の世界に閉じこめておくことにするよ」

「そんなこと――」

「邪魔して悪いが、そこでなにをやってる？」リー・スンが茂みのなかからぬっと現れ、足を引きずりながら近づいてきた。「でっかい音をたてやがって。おかげでこんなぬかるみのなかを、不自由な足を引きずって見にくるはめになったんだぜ」

「こちらリュエル・マクラレン。カールタウクをカサンポールから脱出させるのに手を貸してくれるって」ジェーンは背負ってきたナップザックをリー・スンに渡し、リュエルのほうを向いた。「こっちは友達のリー・スン。ここから先は彼が案内してくれるわ。それじゃあとで」

「どこへ行く？」

「いま来た道を戻って、誰かにつけられてないか確かめるわ」

「あんなにあちこち行ったり来たりしたのにか？　少し神経質になりすぎてるんじゃないか？」

「いいえ、ちっとも」あてつけがましい言い方をした。

リュエルの顔に名状しがたい表情がかすめた。「どうやら、その不信感を取り除くべく手を打たなきゃならないみたいだな。これから先もそんな調子じゃ、うっとうしいし障害になる」

「こいつは信用できないのか？」リー・スンがジェーンに訊いた。

「完全にはね。とにかくカールタウクのところへ連れてって」

ジェーンはきびすを返し、立ち去った。

「その寺院まではどれぐらいある?」リー・スンのあとについてジャングルのなかを歩きながら、リュエルが訊いた。

「そんなに遠くない」

「なぜ寺院なんかに隠れてる?」

「カールタウクが望んだんだ」

「どうして?」

沈黙だけが返ってきた。

「どうしてなんだ?」リュエルが繰り返した。

リー・スンはちらりと後ろを振り返った。「あれこれうるさいやつだな」

「なにを訊いても、そっけない答えしか返ってこないからじゃないか」

「そりゃそうだ。ジェーンはあんたを信用してない」

「彼女の判断は絶対確実ってわけか?」

「いや、彼女はお人好しで誰のことでも信用したがる。そのためにしょっちゅう傷ついてる」

「それじゃ、彼女に信用されてないおれは、彼女の脅威にはならないってことだ」

「すでに彼女を傷つけてなければの話だ」

「もし傷つけてたらどうする?」

「あんたを懲らしめる方法を考えるさ」リー・スンはにたりとした。「おれら中国人は痛めつけることに関しちゃ、天才的なんだ。おれがこんな体だからって安心してると、えらい目に遭うぜ」

「めっそうもない。同じ間違いは二度と犯さないよ」リュエルは顔をしかめた。「じつは昔、シドニーの酒場で喧嘩《けんか》に巻きこまれたことがあってね。ハロー・ジャックって名の船乗りに義足で蹴られて、もう少しで男として使いものにならなくなるところだった。そのうえ馬乗りになってきたと思ったら、その義足をはずして棍棒がわりに殴りかかってくるんだからまいったよ」

「おもしろい話じゃないか」リー・スンは無表情で応じた。「おれもこんな砕けた脚を引きずってないで、性能のいい義足でも付けないとな。で、あんたはどうした？」

「なにも。やっとのことで立ちあがったときには、やつはすでにニュージーランド行きの船に飛び乗ってたよ」

リー・スンが値踏みするような目を向けてきた。「嘘だな」熱のない声で言い放つ。

「なぜ嘘をつく必要がある？」

「おれを丸めこもうって魂胆だろ。その義足の船乗りを持ちあげりゃ、おれがいい気分になるだろうって腹だ」

リュエルは大きくのけぞって笑いだした。「なかなか頭が切れる」

「体は誉めようがないから、今度は頭ってか？　無駄だね。もっとも、さっきの船乗りの話にくらべりゃよっぽど真実味があるけどな」

リュエルはなおも笑いが収まらない様子で、首を振った。「あの話は本当だよ」

リー・スンが眉を引きあげた。

「一部を除いてはな。頭に血が昇ったおれは、やつを追ってニュージーランドまで行った」

「それで？」

「やつは二度と、義足を使ってほかの男の股間を蹴りあげることはなくなった」

「なるほど」リー・スンの口元がゆがんだ。「あんた、きっとカールタウクと気が合うぜ」

「どうして？」

「すぐにわかる」リー・スンは歩調を速め、まもなくふたりはジャングルから抜けでた。

空き地の向こうに、長年の風雨で変色した巨大な石造りの寺院らしき建物が垣間見えた。あたかもジャングルそのものが呑みこもうとしているかのように、鬱蒼《うっそう》と茂る草木が周囲を取り囲み、崩れかけた階段の半ばまで這《は》い伸びている。階段を上りきったところに仏像があるものの、その落ち着き払った高貴な雰囲気は、欠けた頭と失われた足のせいで大きく損なわれていた。

「隠れ家にはもってこいだな」リュエルがつぶやいた。

「雨風はしのげる。もっともモンスーンの襲撃を受ける前までの話だけどな。いまじゃ、そこらじゅうの石がいっせいに湿った息を吐きだしてきやがる」肩をすくめた。「でも、カールタウクはここが気に入ってる。宮殿にいられないいまとなっちゃ、ここが最適な住まいなんだってさ」

「なるほど」

「足元に気をつけろよ。ここらにはヘビがうようよしてる。草や苔に似た色の猛毒のやつらが、ちゃっかり階段にまで上ってくるんだ」

リュエルの顔がこわばった。「ヘビ？」

リー・スンはにやりとした。「苦手なのか？」

「好きなもんか」

「カールタウク！」高さのある寺院の階段を難儀そうに上りながら、リー・スンが声を張りあげた。「客人を連れてきたぜ」

「帰るように言ってくれ……アブダルなら別だがな」奥から野太い声が響いた。

リュエルは驚きを隠せず、大声で言い返した。「アブダルの……アブダルに会いたいのか？」

「もちろんだとも。わたしの究極の願いだ。アブダルの……死に顔を目にすることがな」笑い声が轟いた。「入ってくれ。どのみち集中力が途切れてしまった。で、誰なんだ、リー・スン？」

「リュエル・マクラレン。ジェーンの話じゃ、あんたをカサンポールから脱出させる手助けをしてくれるんだと」リー・スンは説明しつつ、寺院のなかへ入った。

「それはまた、崇高な魂だ」

中央では、巨大な青銅製の火鉢で火が燃やされていた。それ以外は家具らしきものはほとんどなく、奥の壁沿いに簡易寝台が二台、北向きの窓の脇に細長い組み立て式テーブルがあるだけだ。

「後世のためにわたしの輝かしい才能を救いに来てくれたというわけか？」ジョン・カールタウクはテーブルの前に立ち、器用な手つきで目の前に置かれた型に粘土をかぶせていた。年齢は三十代後半といったところか。豪快な笑い声に似合う大柄な男。ゆったりしたズボンに丈の長い白の綿のチュニックにサンダル。近くで見ると、遠目にしたときよりも背丈も幅もいっそう大きく見える。腕の二頭筋が盛りあがり、肩も筋肉隆々だ。濃い茶色の髪がだらりと肩に垂れ、同じように艶《つや》やかな茶色の顎鬚《あごひげ》がかっちりした下顎を引き立たせていた。だがそれ以外は、深くくぼんだ茶色の目と黒々とした眉をのぞいて、取り立てて目立ったところのない顔立ちだった。

「きっと聖職者か、はたまた天使か――」顔を上げたカールタウクはそのまま固まった。目を見開き、リュエルの顔にじっと見入る。「なんとまた。明るいところへ来てくれたまえ。もっとよく顔が見えるように」

リュエルは前に進み、窓のそばに立った。「これでいいのか？」

カールタウクはうなずき、一歩、足を踏みだした。「右を向いてくれ」

リュエルは言われるがままに右を向いた。

「素晴らしい」カールタウクは低くうなった。「ほぼ完璧に左右対称だ」

「もう動いてもかまわないかな」リュエルが丁寧な口調で訊いた。「窓から雨が吹きこんでくるもんでね。できればレインコートを脱いで体を乾かしたいんだ」

「いいとも」カールタウクは名残り惜しそうにあとずさり、窓際から離れるリュエルの様子を見守った。「みごとだ……」

「そこまで言われちゃ、悪い気はしない」

「おまえさんは男色か?」唐突にカールタウクが訊いた。

リュエルは目をぱちくりさせた。「まさか。そういう相手ならほかをあたってくれ」

「いや、そういう意味で言ったわけじゃない」カールタウクはしかめっ面をした。「たしかに数週間もこんなジャングルに閉じこめられると、男色だったらどんなに楽かと思うこともある」リー・スンに向かっていたずらっぽい笑みを投げた。「ま、リー・スンのほうはほっとしてるだろう。わたしが襲いかかりでもしたら、あの体じゃ逃げるのもままならないだろうからな」

「逃げてみせるさ」リー・スンは平然と答え、火鉢の傍らに腰を下ろして、両手を火にかざした。

カールタウクはリュエルに目を戻した。「男色じゃないかと思ったのはね。たいていの男は自分の肉体的な美しさをそうやすやすとは認めないからだよ」

「人好きのする顔はたんなる武器にすぎない。強靭《きょうじん》な背筋や鋭い頭の切れと同じようにね」

リュエルは肩をすくめた。「自分にとって有利に働くこともあれば、不利に働くこともある」

「それでも、それらの道具を使いつづける?」

「もちろんさ。使ってこその道具だ」リュエルは白い歯をこぼし、粘土の傍らに置かれた、象牙の柄の付いた鑿《のみ》に目を転じた。「たとえばその道具。見た目も美しいからといって、後生大事に棚のなかに飾っておいたりはしないだろう？」

カールタウクの豪快な笑い声が響いた。「彼を気に入ったよ、リー・スン」

「そいつには用心しろってジェーンが言ってたぜ」

「それもそうだな。魅力的な人間とはえてして危険だ。彼を見た瞬間に直感したよ。時間をかけてじっくり探りたいものだ。わたしには偉大なる芸術家としての鋭い観察眼がある。うわべの飾りを引き剝がして、魂そのものを丸裸にできる」

「あんまり気持ちのいい話じゃないな」

「おまえさんの頭の型を取りたい」カールタウクは眉をひそめた。「あいにく、ろくな材料がそろってなくてね。木と粘土を使うしかないんだ。本当はもっといいものを使いたいところなんだが」

「おれにモデルになれと？」

カールタウクが意気込んでうなずいた。「なにもすることがないと、ここじゃおかしくなる」

リュエルはテーブルの上の作りかけの作品に目を向けた。「いまだってじゅうぶん忙しそうに見えるが。そのサルは素晴らしい出来だ」

「なかなかいい目をしてるな。わたしも気に入っている」カールタウクはテーブルの下に手を差しこみ、木彫りの半身像を取りだした。「それじゃ、これも気に入ってくれるだろう」

ジェーンだった。髪の毛はふだん見慣れている三つ編みではなく、ゆったりと肩に垂らしていた。笑みを湛《たた》えた顔は生気に溢れ、いつもよりも若く見える。リュエルは手を伸ばし、人さし指で頬の輪郭をそっとなぞった。「彼女がモデルを引き受けたとは驚きだな」

「いや、引き受けちゃくれなかった。そんな暇はないと一蹴《いっしゅう》されたよ。これは記憶と想像をもとにして作ったんだ。苦労したよ。この力強さ。でも誰よりも傷つきやすくもあるんだ、ジェーンは」

リュエルの指が下へと移動し、像の唇をなぞった。「よほど彼女のことに詳しいみたいだな」答えはなかった。目を上げると、こちらをじっと見据えている彫刻家とまともに目が合った。リュエルはすばやく像から指を離した。「もっとも、きみが作ったカーリーの像の力強さとはくらべようもないが」

カールタウクは肩をすくめた。「アブダルもいたく気に入ってくれた」

「おれが選ぶなら、金の扉のヘビのほうだがな」

カールタウクは含み笑いをした。「あれはほんのお遊びだ。どうしても衝動を抑えられなくてね。われらがジェーンはおかんむりだったが」

「面倒が生じるのを心配してたんだ」リー・スンが弁護した。

「ああ、わかってる。わたしもそれなりに後悔したよ……ほんの十五分ほどは」カールタウクは肩をすくめた。「でも危険なことなどありはしなかった。たとえマハラジャがあのヘビの顔に気づいたとしても、気にしやしないとわかってたんだ」

「だがアブダルは気づいてた」リュエルが口をはさんだ。「〃えも言われぬほどいまわしい〃と言っていた」

「本当か？　それを聞いてこれほど嬉しいことはない。アブダルを知ってるのか？」

「ああ、会ったよ」

カールタウクの顔から笑みが消えた。「彼こそ、いまわしい存在だよ。芸術的才能を尊敬していると言いながら、そのじつ、自分の目的のためにゆがめている」

「カーリーの像みたいに？」

「いや、違う。あのことじゃない」ふいに彼は歯を剝《む》いて笑った。「だが、同時に彼は優れた眼識も備えている。彼のコレクションに加えたいとかなんとか、言われたんじゃないか？」

「そういえば、そんなことを言ってたな」

「像にしたいと？」

「いや、マスクだ」

「それはまた……興味深い。で、彼をどう思う？」

「べつになにも。もっとも、彼のほうもあまりおれを気に入らなかったみたいだが。理由は知るよしもないがね」

カールタウクはぴしゃりと太腿を叩いた。「本当に気に入ったよ、彼のことが」

「そうくると思ってたよ」リー・スンが言った。「あんたらふたりは似たもの同士だからな」

カールタウクはリュエルに向きなおった。「で、モデルは引き受けてくれるのか？」

「ジェーンのときのように、記憶をもとにして作るっていうのは？」

カールタウクはかぶりを振った。「複雑すぎて無理だな。やってくれるのか？」

「やらないでもない」リュエルはレインコートを脱ぎ、巨大な火鉢をはさんだリー・スンの向かいの四角い石に、腰を下ろした。「もし条件の折りあいがつけばの話だが」

「彼がここに来たのは、あんたのお守り役からおれを解放してくれるためなんだぞ。モデルなんかをするためじゃなくて」リー・スンが横やりを入れた。

「一日か二日ですむ話だ」カールタウクがなだめた。「時間なら問題ない」

「ジェーンが許さないさ。彼女はあんたの身の安全を優先したがってる」

「わたしなら安全だよ」カールタウクはリュエルの顔を隅々まで吟味しながら、うわの空で答えた。「で、条件というのは？」

「見返りを提供してくれるなら」

「なにが欲しい？」

「マハラジャについてどの程度知ってる？」

「彼の像を作ったのは、最初に宮廷を訪れたときだ。彼のことなら誰よりよく知っている」

「なるほど、彼のことも丸裸にしたと？」

「骨の髄までね。むずかしいことじゃなかった。彼の場合は、内面と見た目がほとんど変わらなかったからね」

「彼から譲り受けたいものがあるんだ」

「それで、それを手に入れるための決め手となる情報が欲しいと？」

「そういうことだ。助けてくれるかい？」

「いいとも。手を貸そう。なんなりとマハラジャから手に入れる方法を伝授しよう」

リュエルの心がいっきに沸き立った。「どうやるんだ？」

「まずは、わたしの像が先だ」カールタウクが微笑んだ。「おまえさんが逃げださないともかぎらないからな」

「きみのほうこそ、本当に手を貸してくれるともかぎらない」

「ようするに、われわれはたがいを信用するしかない。そういうことだ」

「どう考えても、おれのほうが分が悪い気がするが」

「そんなことはない。おまえさんがマハラジャからなにを手に入れようとしてるのかは知らないが、そんなものよりわたしの作品のほうがずっと価値がある」

「なぜ言いきれる？」

「わたしの作品は、いかなる世界のなにものよりも価値があるからだ」

「なるほど」リュエルは短く彼に目を据えてから、うなずいた。「三日だな？」

「四日だ」カールタウクは頬を緩ませた。「明日の早朝に来てくれ。一日じゅうここで過ごす覚悟でな」

そのとき、ジェーンが部屋に入ってきた。「パクタールがつけてきた形跡はなかったわ。

ニマイルほど戻ってみたから、つけられてたらまず見逃すはずはないもの」

「ということは、おれの汚名は晴れたと思っていいのか？」リュエルが訊いた。

「今回にかぎっては、パクタールがつけてこなかったってだけのことよ」ジェーンは麦わら帽子とレインコートを脱いで床に置くと、火鉢ににじり寄った。「こんにちは、カールタウク」

「やあ、ジェーン」カールタウクがうなずいた。「このあいだ会ったときよりも痩せたんじゃないか。元気なのか？」

「もちろんよ」リュエルのほうを見ずにカールタウクに説明する。「彼があなたに頼みごとがあるんですって」

「そのことなら、もう了解ずみだよ」

「ほんと？」

「幸運にも、意外な取引材料を持ちあわせてることがわかってね」リュエルが明るく言った。

「カールタウクはこの顔が気に入ったそうだ」

ジェーンは即座に訳知り顔でうなずいた。「そういうことね」

カールタウクが笑い声をあげた。「そう、そういうことだ。あの顔のためなら、お安いご用だ」

「そう簡単にいけばいいけど」ジェーンはリュエルを振り返った。「そろそろ話してもらうときが来たようね。マハラジャからなにを手に入れようとしているのか」

リュエルははたと身構えた。「それがきみになんの関係がある？」

「内容自体はどうでもいい。問題は、あなたにはわたしたちのすべてがお見通しなのに、わたしたちはあなたのことをなにも知らないってことよ。どう考えたって、あなたのほうが有利だわ」

リュエルはしばし押し黙ったあげく、口を開いた。「シニダーという島を彼から買いたいと思ってる。インド洋沖二〇〇〇マイルの島だ」

「なぜそんな島を？」

リュエルはまたも躊躇《ちゅうちょ》した。「金だ」

「それはありえない」すぐさまカールタウクが反論した。「サーヴィトサール家が所有する島に金があるとしたら、アブダルが知らないはずがない。彼は金に目がないし、州のいたるところで金鉱を探しまわったんだぞ」

「いや、間違いない。たしかにあるんだ、金の山が。これまで見たこともないほどの量だ」

「それほどのものがなぜ、これまで誰にも見つかってない？」

「簡単には近づけないからさ。その山は島の北側の端にあって、切り立った崖のせいで北からも東西からも到達するのは不可能だ。それに幅一〇〇マイルを超える深い渓谷が島の中央を横切って走り、南部と完全に切り離されている」

カールタウクは納得いかないとでもいうように眉を吊りあげた。「それじゃ、存在を知ったところで手に入れるのは不可能じゃないか」

「おれは実際にこの目で見た」

「どうやって？」ジェーンが口をはさんだ。

「これ以上は話す必要はないと思うがな」リュエルは皮肉っぽく笑った。「これできみは、

「その気になればアブダルにシニダーのことを暴露して、おれの計画を潰すこともできるわけだ」

「その話が本当だったらね」

「彼は嘘をついちゃいないよ」リュエルの顔を凝視したまま、カールタウクがおもむろにつぶやいた。「エルドラドの話を聞いたことは？」

「あるとも」

「あの金は恐ろしく深い湖の底に埋もれていたと言われている。おまえさんのそのシニダーの金も結局は手に入らずじまいで、資金の無駄遣いに終わるかもしれないぞ」

「シニダーはエルドラドじゃない。もしマハラジャを説得して島を買うことができたら、かならず金を掘りだす方法を見つけてみせるさ」

カールタウクの顔つきがやわらいだ。「そうなってくれるのを願うよ。このままじゃ、わたしが使える金の量もかぎられるからね」

「おれの働きがきみの芸術の材料を提供することになるなら、情報に対する見返りの件は勘弁してくれないかな」

「そうはいかない。もしアブダルがおまえさんの狙いを嗅ぎつけたら、間違いなく喉を掻き

切るだろう。そうなったらわたしはどうなる?」カールタウクはジェーンに顔を向けた。

「というわけで、明日から四日間、彼をここへ連れてきてくれ。彼の首が無事なうちに、肖像を確保しておきたいんでね」

「あるいは、道順を教えてくれるだけでもいいが」リュエルが言い添えた。

「わたしが連れてくるわ」

「そう言うと思ってたよ」とリュエル。「暖かいバンガローでじっとしてたほうが、雨にも濡れずに快適だろうに」

「よけいなお世話よ」ジェーンはぶるっと身震いし、さらに火鉢に近づいた。「それにしてもひどい寒さね。これなら、雨が降ってても外のほうがよっぽど暖かいわ。このお粗末な火。もっと薪《まき》を持ってきてよ、リー・スン」

「わかったよ。それよりもまず体を拭け」リー・スンが立ちあがり、部屋の隅にある簡易寝台に脚を引きずっていった。「タオルを持ってきてやるから」

「時間がないのよ。もう半日も無駄にしちゃったんだから」ジェーンがぼやいた。「カサンポールに戻ったら、すぐに現場に駆けつけて――」

「パトリックがちゃんと働いてるか確かめる」あとを引き取って言いながら、リー・スンはタオルをひっつかんで戻ってきた。「毎日やつをスパイするつもりか?」

「スパイじゃないわ。ただ確かめたいだけ。仕事が順調に進んでるか、彼が仕事の流れを理解してくれてるか」

「それに彼が本当に働いてるか、木の下に座ってウィスキーをがぶ飲みしちゃいないか」リー・スンはジェーンの傍らに膝をつき、彼女の顔を乱暴にぬぐうと、背中にまわった。ずっしりした三つ編みの束を持ちあげ、折りたたんだタオルを押しあてて水気をぬぐう。「無駄な努力ってもんだ。そうなったらもう、おまえにゃどうしようもないんだからな」

「今回は違うったら」ジェーンはむきになって振り返った。「彼は本当に――」

「じっとしてろ。頭を動かしちゃ、この薄汚い髪を乾かそうにもできないだろ」

「乾かしてくれなんて頼んでないじゃない」ジェーンはふたたび前を向いた。「それにこれこそ馬鹿げてるわ。外へ出たら、どうせまた濡れちゃうんだから」

「だけど、こうすりゃ少しは気分がいいだろ。おれのやることに間違いはないんだ」リー・スンは髪を乾かしつづけた。「いいから黙ってろよ。おれはやりたくてやってんだから」

火鉢の向こうで戯れるふたりを見ながら、リュエルは奇妙な胸のうずきを覚えた。ふたりの絆《きずな》は明白だった。愛情と……信頼。どうしたわけか、その様子を見ていると怒りがこみあげ、目をそむけたくなった。自分の手に入れることのできない信頼をあの中国人青年が手にしているからって、たいした問題じゃない。なのに、なぜこんなに気になる?

「たしかに男色じゃないな」カールタウクがリュエルの隣りに腰を下ろした。

またしても彫刻家の射るような視線に気づき、リュエルはわれに返った。「だからそう言ったじゃないか」

火鉢の向こうのふたりに聞こえないように、カールタウクは声音を低く抑えた。「ジェーンに欲望を抱いてるとは言わなかった」

平手打ちを食らったような衝撃を覚えた。「もし言ってたらどうだというんだ？」

「気をつけろと警告しただろうね。彼女はわたしのために力を尽くしてくれた。彼女がぼろぼろになるのを黙って見ているわけにはいかない」

「ぼろぼろにするつもりなどないさ」

「気持ちはそうでも、うっかりということもある」カールタウクはたくましい肩をそびやかした。「だが、どうやら彼女はおまえさんのことを警戒してるらしい。わたしが出るまでもなさそうだな」

「それはどうも」リュエルはそっけなく応じ、ふたたびジェーンとリー・スンに目を戻した。例のいまいましい不快感は時を追うごとに高まってくる。

「じつに仲がいい。あのふたりがたがいを思いやるのは当然だがね」

「そうだな」

「おまえさんにとっては苛立たしい」

「まさか。彼女には世話を焼いてくれる人間が必要だ。その点、ライリーは役立たずのようだからな」リュエルは話題を変えた。「なぜ作品に金を使いたがる？」

「金は神の金属だ。偉大なる芸術家にとってあれ以上に最適なものはない。だからこそ、わたしは宮殿に留まっていたんだよ。あれほど貴重な素材を用意できるパトロンはそうはいないからね」

「なのに、どうして宮殿を去った？」

「こと仕事に関するかぎり、〝目的さえよければ手段は選ばない〟とずっと思ってきた」カールタウクは肩をすくめた。「でも間違っていた。恐ろしいことに、わたしにも良心というものがあることに気づいてしまった」

「どういう意味だ？」

「アブダルはある種のじつにおぞましい仕事をするよう、わたしに迫ったんだ。わたしは断った」

「で、彼が激怒した？」

「そのとおり。命令に従わないなら、両手を切り落とすとまで脅してきた。当然のことだが、そんな冒瀆《ぼうとく》を認めるわけにはいかない。わたしが去ったあと、彼はわたしの弟子のベナレスを説得してやらせたんだが、やはりわたしの右に出るものはいないと気づいたというわけだ」カールタウクは火鉢の向こうに向かって声を張りあげた。「そのナップザックには米以外のものが入ってるんだろうな、ジェーン」

「牛肉と豆を持ってきたわ。それがなくなるころには、あなたもここを引き払ってるはずよ」

「それはいいが、いったいどこへ行く？」カールタウクは顔をゆがませた。「偉大なる芸術家にはパトロンが必要だ。パトロンってものは、自分の宝を見せびらかして快感を得る。となればいずれ、アブダルもわたしの作品の評判を聞きつけて、居所を突きとめる」

「そうだったわ。行き先よ」ジェーンはくるりと振り返り、リュエルに詰め寄った。「彼のために安全な場所を見つけてくれるって言ったわよね」

「そのうえ今度は、彼の作品についてあれこれしゃべらないパトロンという条件が加わったわけだ」リュエルが不機嫌そうにぼやいた。

「わたしの望むものならなんでも与えてくれるって言ったのは、あなたのほうよ」

リュエルはぐっと顎を引き締めて「約束は守る」とだけ言い放ち、カールタウクに向きなおった。「故郷のトルコへ帰ったらどうだ？」

「あそこに残ってるのは、わたしへの妬《ねた》みだけだ。安全なんてとんでもない」

リュエルは渋い顔つきになった。「それじゃ、別の場所を考えないとな」

「まずはここから脱出させる方法を考えてちょうだい」

「そのことならもう決めてある」

ジェーンは目を丸くした。「ほんと？」

「ナリンスまでの試走。マハラジャに正式に鉄道を引き渡す前夜に予定されてるだろう？あれを利用するんだ。カールタウクにはカサンポール郊外の線路沿いのどこかで待機してもらい、列車が郊外に出たところでわれわれが彼を拾いあげて、車内に隠す。そしてナリンスに到着する前に彼を降ろし、彼はそこから海岸へ向かう」

カールタウクが含み笑いをした。「みごとだな。きみが彼に助けを求めた理由がわかったよ、ジェーン」

「たしかにうまくいくかもしれない。アブダルが怪しまなかったらの話だけど」

「いや、感づくだろう。やつの疑いをそらすのがわれわれの仕事だ」

「どうやって?」

「それはこれから考える。なにせたっぷり時間はあるはずだからな。カールタウクに魂を丸裸にされてるあいだに」リュエルは立ちあがり、レインコートに手を伸ばした。「それはそうと、そろそろカサンポールに戻ったほうがいいだろう」にやりとする。「べつに宮殿に駆けこんで、カールタウクの居所をアブダルにばらそうってわけじゃない。パトリックがちゃんと仕事をしてるか、確かめに行こうと思ってね」

「でも、それはわたしが――」

「かわりにおれが行く」リュエルはジェーンのレインコートを拾いあげ、彼女の頭にかぶせた。「罪の償いとでも思ってくれ。おれにはそれぐらいする義務があるんじゃなかったか?」

「当然だわ。あなたには考えつくだけの――」

リュエルが遮った。「それなら、雨中での愛すべきパトリックの監視はおれにまかせてくれ」ジェーンのつばの広い帽子を手にとって彼女の頭に載せ、慎重な手つきで顎の下で紐《ひも》を結んだ。そうしながらも、心の内に不思議と深い満足感が押し寄せるのを感じていた。得体の知れない落ち着きのなさが急速に鎮まっていく。そのとき、ふっと思いあたった。カールタウクも自分も大きな勘違いをしていたのではないかと。今回、彼の気持ちをかき乱していたのは欲望ではなかった。じつはこれこそが望んでいたもの。だからこそ、リー・スンと一緒にいるジェーンを目にしたあのとき、ふたりのあいだの愛情と信頼に満ちた結びつきに猛烈に腹が立った。余裕の表情でジェーンの世話を焼くリー・スンに腹が立ったのだ。彼は唐突に顔をそむけ、ぶっきらぼうに言った。「ついでにあたり一帯を観察して、列車の到着を待つあいだにカールタウクが隠れられる場所を見極めることができるかもしれないしな」

「ジェーンはどうやってきみを見つけたんだ?」リュエルがカールタウクに訊いた。

「頭を動かさないでくれ」金細工師は、テーブルの上に載せた木像の頬の部分を、慎重な手つきで形作った。「彼女が見つけたわけじゃない。わたしのほうが彼女を見つけたんだ。当時わたしはマーケットに隠れていてね。彼女が列車の扉を作る金細工師を探しているという噂《うわさ》を耳にして、バンガローに出向いたんだ」

「思いきったことをしたな」

「必死だった」カールタウクがさらりと応じた。「三週間近く仕事をしていなくて、まるで餓死寸前の気分だったよ。宮殿を逃げだすときに道具をすべて置いてきてしまってたから、チェスの駒すら作れないありさまだった。もはや限界に達していた」左側面に光が当たるように像を動かす。「あの扉が金じゃなかったら、また話は別だったんだろうが。ジェーンが言ってたよ。おまえさんの金への執着はわたしに劣らないと」

「ほかにはなんて?」

「野心家で冷酷で自分の利益しか考えてないと」

「事実だ」

カールタウクは笑い声をあげた。「それに正直だ」

「彼女がそう言ったのか？」

「いや、それはわたしの見解だ」カールタウクの視線が部屋の奥へと漂い、座ってトランプに興じているジェーンとリー・スンの上に留まった。「どうやら彼女は戸惑ってるようだな。おまえさんにも長所のひとつやふたつはあるってことを認めるのにね。べつにわたしは口をはさむつもりはない。おまえさんの悪魔的な資質だけを信じてるほうが、彼女にとってはずっと安全だろうからね」

「アブダルがきみを探してることを彼女に話したのか？　それでもきみに扉を作らせると？」

カールタウクはうなずいた。「はじめは話すつもりはなかった。が、彼女に会って人となりを判断して思ったんだ。いっそのこと、彼女の慈悲にすがってしまうのが最善だとね」

「彼女の人となり？」

「世話焼きだよ。彼女は困っている人を見ると、あれこれ世話を焼かずにはいられない。気づかなかったのか？」

「考えたこともなかった」

カールタウクはずる賢そうな視線を投げた。「あるいは、わざと考えないようにしてきたか？」答えを待たずに先を続けた。「とにかく、わたしは彼女の保護を受けることに決め、扉を制作する見返りとして世話になっているわけだ」

リュエルは額に皺《しわ》を刻んだ。「自分の存在が彼女に危険を及ぼすことになるとは考えなかったのか？」

「考えたよ。だが、どうしても仕事が必要だった。それ以外のことは二の次にせざるをえなかった」つと顔を上げる。「おまえさんならわかるだろう。シンダーに関しちゃ、同じように取り憑《つ》かれてる口のようだからね」

「ああ」カールタウクに対する憤りや非難めいた気持ちは、まるで筋の通らないものだった。実際、ジェーンに対する自分の態度だって誉められたものじゃない。「この寺院を隠れ家に選んだのはきみだとリー・スンが言ってたが」

「これ以上のところはないと思った。寺院はつねに美と偉大さを保護すべき場所だからね。それに、室内の壁を一枚取り壊せば炉を作れると読んだんだ」

リュエルは目を見開いた。「壁をぶち抜いたのか？」

めずらしくカールタウクの口調が弁解がましくなった。「きれいに整った四角い石でできてたし、扉を鋳造するには炉が必要だったんだ。いまじゃここに参拝に来る人間など誰もいないんだから、有効利用したほうがずっといいじゃないか」

リュエルはくすくす笑った。「たしかにな」ジェーンに目を転じるや、笑みが引いていった。ここ数日、ずっとこんな調子だ。彼女のことは子供と思うことにしたと宣言したはずなのに、その決意は寺院での第一日めにして早くも雲散霧消してしまった。いったいどうなっている？　これまでどんな女にだって、こんなふうに感じたことはなかったのに。もはや彼女から目が離せない。彼女に触れたくてしかたがない。

ジェーンのおさげ髪が火明かりを受けて、深く赤いきらめきを放っていた。見ているだけで、どうにも指先がうずいてくる。あの三つ編みをほどき、肩に垂れた艶やかな髪に深々と指をうずめたい。あの客車の床でおれの体の下に横たわっていたときのような、あられもない裸の姿を目にしたい。全身を熱い波が駆け抜け、早くも体が反応して硬くなり、痛いほどだった。

ジェーンがぴくりと体を緊張させた。そうだ、彼女もおれの視線を意識している。目は手元のカードを追いながらも、見られているのを感じている。間違いない。彼女が落ち着かなげに手を持ちあげ、こめかみから垂れた巻き毛を払いのけた。まくりあげたシャツの袖の下から、なめらかで形のいい腕があらわになる。またしても電光のごとく体に熱が走った。抑えようのない怒りと苛立ち。いいだろう。強姦まがいの真似はどうにか我慢してみせよう。だが、そんな苦痛をひとりきりで味わうのはごめんだ。さあ、こっちを見ろ、ジェーン。おれのこの狂おしいほどの欲望をしっかり見るんだ。きみだって同じように感じてるはずだ。

ジェーンは目の端でちらりとこちらをうかがった。目が合うなり、ぎくりと背中をこわばらせる。たしかに彼女は意識してる。はっと目を見開いたかと思うと、はじかれたように顔をそらせ、わざと彼を無視して手元のカードに目を落とした。

それにしても、くそっ、おれのほうはどうして彼女から目を離せない？

「たしかに彼女は、おまえさんのことを堕天使ルシフェルの化身と思っていたほうが安全のようだな」カールタウクが独り言のようにつぶやいた。「状況は刻々と悪化してる。そうだろう?」

リュエルは無理やりジェーンから目を転じた。「さあ、言ってる意味がわからないが」

カールタウクは微笑んだ。「つまりこういうことだ。もしわたしが頭だけじゃなく、おまえさんの全身像を作ろうとしたら、おびただしい数のイチジクの葉が必要になる。ある部分を隠すためにね」

リュエルはジェーンのほうに視線を戻したい衝動を慎重に抑えこんだ。「それじゃ、顔に限定してもらって幸いだったってことだ」

「そうそう頻繁に体が反応してしまってはな。最初は、彼女にどこかへ行ってもらおうかと思ったぐらいだよ」ふたたび像に意識を集中する。「体の反応といったって、下半身だけにかぎられるわけじゃない。顎がこわばり、鼻孔がわずかに膨らみ、口は――」

「仕事をむずかしくしちまって、悪かったな」

「そうじゃない。わたしの手にかかればそんなことにはならない。実際、その欲望のおかげで、荒々しい美しさとでもいったものがそこはかとなく加わった」

「それじゃ、おれも居心地の悪さを味わったかいがあったってものだ」

「そういうことだ」

リュエルは石の上で、もぞもぞと体を動かした。「そのいまいましい頭はいつ完成するんだ？」

「明日には」とひと言応じ、しみじみと言い添えた。「じつにいい出来だ。これまでの作品のなかでも最高のもののひとつだよ。やはりわたしは天才だな。あとは――」

「金さえあれば」リュエルは含み笑いをした。「どうやら、きみの情熱にはおれもかなわない気がしてきたよ」

「そりゃそうだ。わたしにとって金は美であり、おまえさんにとっては力だ。だが最終的にはいつだって美が勝利を収める。王が倒れ、帝国が消え去っても、芸術と美は生き延びる」

カールタウクは間を置いて、ふっとため息を漏らした。「見返りが欲しいんだろう？」

「きみの偉大なる栄光に貢献したことを思えば、いささかちっぽけすぎる見返りだ」

「心にもない台詞《せりふ》に聞こえるのは、気のせいじゃないと思うが」

「きみにしちゃ、めずらしく気弱な発言だな」

カールタウクの笑い声がはじけた。「おまえさんに芸術を見る目があるか、いささか確信がないものでね」すぐに作業に戻った。「おもちゃだ」

「なんだって？」

「マハラジャにおもちゃを送るといい」

リュエルはぽかんと彼を眺めた。「どんなおもちゃだ？」

「子供のおもちゃだ。間違いない」

「インド一金持ちのマハラジャに子供のおもちゃ？」

「彼は子供なんだよ。そこが肝心なところだ。あんな変人を相手に、どうやってわたしが六年間もやれたと思う？　彼の気をそらす方法を見つけられなかったら、つねにつきまとわれていまごろどうにかなっていたよ」リュエルが本気にしてないと見て取ると、苛立たしげに語を継いだ。「本当の話だ。マハラジャの心は子供のころのままだ。サーヴィトサール家はヒンドゥー教徒だから、何百年ものあいだカースト制度に厳格に従ってきた。アッパーカーストじゃそれほど選択肢は多くないから、いきおい近親交配に頼らざるをえなくなる。マハラジャと息子のアブダルの心がまともに成長しきってないとしても不思議じゃない」

「アブダルが子供の心を持ってるとは思えないがな」

「たしかに」カールタウクはせせら笑った。「だが、彼ほどゆがんだ心の持ち主もめずらしい」

「おもちゃか……なかなかむずかしいな」

「簡単じゃないが、不可能でもない。パーム通りのナミールを訪ねるといい。腕の立つ職人だ。彼に、カールタウクのために作ったようなおもちゃを売ってくれと頼むんだ。そうだな、象がいいかもしれん。マハラジャは象に夢中だ」

はたしてカールタウクの言葉を信用していいものか？　ふと、マハラジャに関して耳にしてきた話が脳裏によみがえった。気まぐれな要求、突発的なかんしゃく、奇妙な性癖。

彼は鉄道以外のことには興味がなく、きらびやかなものがお気に入りで――

どれもこれも、カールタウクの話を裏付けている。マハラジャのわがままな振舞いと気まぐれな要求は、たしかに子供のそれと言っていい。

「なぜほかの連中は気づかないんだ？」

「おそらく気づいてるだろう。ただ、人の命を左右するほどの権力を持った支配者が相手だ。その精神の健全さに疑問を呈するなんて、利口じゃないと考えてるだけさ。低能というよりは、たんに甘やかされてるだけってことにしたほうが安全だからね。それに、誰もがわたしのような優れた洞察力を持っているわけでもない」

「マハラジャにおもちゃを送ったところで、送ったきりで忘れ去られるって心配はないのか？」

「さあ、どうかな。わたしは鍵を与えただけ。扉を開くのはおまえさんの仕事だよ。お手並み拝見といこう」カールタウクは顔をゆがめた。「そのしかめっ面はなんとかしてくれ。やっぱり、この話をするのは明日まで待つべきだったな。作戦を立てるのに夢中になられちゃ、額の形がうまくつかめやしない」

7

「おもちゃをふたつのパーツに分けることにしたよ」リュエルはイアンに説明した。「おれはもう一日カールタウクに付き合わなきゃならないから、かわりに明日、ナミールのところへ行ってくれないか？　一方はマハラジャ、もう一方は象の姿をかたどるように言ってくれ。あとはすべて彼にまかせる。ただし、最初のパーツはそれ自体興味をそそる出来でありながら、ふたつめのパーツがどうしても欲しくなるような魅力的なものでなきゃならない」

「むずかしい注文だ。時間はどれぐらいある？」

「三日だ。線路がつながるのが六日後なんだ。でっかいおもちゃの完成によって、こっちのおもちゃへの関心が薄れるようなことになったらまずいからな」

「マハラジャ相手に出し惜しみするようなことをして大丈夫なのか？」

「不安はある。でももう片方のパーツへの関心をうまく取りつけられれば、おれをワニの餌にするような真似はしないはずだ。それから彼は英国人のことを気に入ってるらしいから、大詰めの交渉の段階じゃ、ピカリング大佐にひと肌脱いでもらおうと考えてる」

イアンがうなずいた。「なるほど。それじゃ、朝のうちにナミールに会ってくるよ。かなり金がかかるかもしれないぞ」

「いくらだろうが欲しがるだけ払ってやれ。うまくいけば、思いのほか安くシニダーを手に入れられるかもしれないんだ。カールタウクのやつ、マハラジャの性格についてじつに興味深い見解を披露してくれた」

「彼を気に入ってるのか？」

「人の性格を見抜く力に長《た》けている。好き嫌いは別にして、洞察力の鋭さには敬服するよ」

「でも、好きなんだろう？」イアンが食いさがった。

「イアン、だから言っただろう。好きとか嫌いとか……ああ、好きだよ」

「けっこう。で、そのリー・スンのことも好きなんだな？」

「まあな」リュエルは顔をしかめた。「わかったよ。おれはいま、温かで幸せな気持ちに満ち溢れてる。どうだ、これで満足か？」

「いや、けっこう。きわめて順調に進行している」

「マハラジャへの謁見のメドが立ったからって、それほど喜んでもらえるとは思ってもなかったよ。もし彼の説得に成功してまんまとシニダーを手に入れたら、おれはグレンクラレンには戻らないんだぞ」

「シニダーがおまえにとって最善の場所なら、わたしはなにも言うことはない」イアンはやさしく微笑んだ。「最近思うんだよ。シニダーでおまえを待っているのは、ひょっとしたら金だけじゃないんじゃないかとね。おまえが本当に望んでいるのは金なんだろうかとも。おまえにとって本当に必要なのは心から愛せる家やルーツだよ。わたしにとってのグレンクラレンのようなね。それを手に入れてやりたいと願ってるんだ、リュエル」

兄の顔を見つめているうちに、心の内に頑《かたく》なまでに凝り固まっていたものが粉々に砕け散っていくような気がした。手を伸ばし、あの遠い少年の日々のように、兄の肩を熱く抱きしめたい衝動が押し寄せる。彼がカサンポールに現れてからというもの、周囲のなにもかもが変わりつつあるような気がした。

あるいはイアンの言うように、おれ自身が変わってきてるんだろうか？

いや、まさか。これまでの人生を賭けて学んできたことを、そうやすやすと捨て去れるわけがない。たしかにジェーンとイアンにはある程度心を許してしまったかもしれない。だが、いったん借りを返してしまえばそれも終わりだ。そのあとは彼らを心のなかから完全に追いだし、本来の目的だけに没頭できるはずだ。

「そう思ってくれるならなによりだよ」リュエルは抑えた声音で言った。「おやすみ、イアン」

イアンはふたたび笑顔になった。「ああ、おやすみ、リュエル」

「四日後にはレールをつなぐぞ」とパトリックが宣言した。「ようやくだな。これでこの薄汚い国ともおさらばかと思うと、せいせいするよ。それにしても、今週はえらい目に遭った」

「明日はわたしも一緒に行って手伝うわ」ジェーンが申しでた。

「そんなつもりで言ったわけじゃない。おまえは家にいろ。たまにはおれに仕事させてくれ」立ちあがって伸びをする。「さてと、寝るとするか。この仕事のしんどさを、しばらく忘れてたよ」

「本当に手伝いたいのよ、パトリック」ジェーンが追いすがった。「ソールズベリーで一緒に働いてたころを、覚えてるでしょう?」

「おまえはじゅうぶん働いた。今度はおれの番だ」

ジェーンはがっかりしたが、それ以上言い張るのはやめにしておいた。現場の仕事を引き継いでからというもの、パトリックの飲酒量は、一日ボトル四分の一にも満たなくなっていた。それもこれも責任感ゆえの変化だとしたら、それを取りあげるのは愚か以外のなにものでもない。「そう。それじゃもし気が変わったら――」言いよどみ、なにげない調子で言葉を継いだ。「現場で働かせてもらえないんだったら、ナリンスまでの試走をわたしが担当してもかまわないかしら?」

「どうとでもするがいいさ」パトリックはあくびをした。「そうしてくれりゃ、おれは家でゆっくり骨休みができる。翌日には、マハラジャとあのインテリぶったお偉方連中をナリンスまで連れてかなきゃならねえんだから。どうせマハラジャはあれこれ文句を言うに決まってるさ」

予想していたとおりの答えとはいえ、ジェーンはほっと胸を撫でおろした。「それじゃ、決まりね。機関手はリー・スンをナリンスから呼び戻して頼むとして、わたしは機関助手の席に座るわ」

「好きにしろ」パトリックは寝室に歩を進めた。「だいたいリー・スンはさっさと戻ってきて、かわりに仕事をすりゃいいんだ。ま、やつじゃ雨中での作業なんて無理な話だろうがな」肩ごしに振り返った。「そういや、例のマクラレンも雨が降りはじめるとどっかに消えちまう。だからいつも言ってやるんだ。このむかつく天気に耐えるガッツがあるやつはおれしかいねえってな」

「ふうん。最後に彼に会ったのはいつ？」ジェーンは極力さりげない様子を装って訊いた。

「毎日のように顔を出しちゃ、コーヒーを差し入れしたり無駄口を叩いていくよ」

あの午後以降もリュエルが現場を訪れていたとは知らなかった。一瞬、まるで理屈の通らない感謝の念がこみあげてきた。馬鹿ね。リュエルはわたしのためにパトリックを監視しているわけじゃない。たんにできるだけ早く鉄道を完成させて、カールタウクをカサンポールから脱出させたいだけ。

と、だしぬけに寺院のなかでこちらをじっと見つめていたリュエルの視線がよみがえった。なにかに耐えているような、焼けつくような苦しげなまなざしが――

「ほっぺたが赤いぞ。どこか具合でも悪いのか？」パトリックが気のない調子で訊いた。

ふだんわたしのことなど気にもとめないパトリックがそんなふうに言うのだ、よほど動揺が顔に現れていたのだろう。「ちょっと熱っぽいだけ。雨にあたったせいね」勢いよく椅子から立ちあがり、パトリックにおやすみの挨拶をした。

こんなこと、すぐにもやめなくちゃ。ジェーンは絶望とともに思った。わたしは獣なんかじゃない。

とはいえ、リュエルに対する体の反応は、まさにさかりのついた獣そのものだった。彼と一緒のときは、一瞬たりともその存在を意識せずにはいられない。寺院で目が合ったとき、彼の言うままになりそうな心もとなさに襲われて、自分が怖かった。

とにかく考えないことがいちばんだ。そうしていれば、いつかきっと忘れることができる。そうに決まってる。

リュエルは慎重な手つきでおもちゃを大きな箱に入れ、鮮やかな深紅のベルベットで包むと、白のサテンのリボンを結んだ。

一時間後、宮殿の召使い頭にそれを手渡した。法外な袖の下と、それがマハラジャの手に即座に渡った場合にはさらに巨額の賄賂《わいろ》を渡すという約束を添えて。

そして、ことのなりゆきを見守るべく、ホテルの部屋に戻った。

メッセージは翌朝届いた。マハラジャ、デュライ・サーヴィトサールへの謁見が許可されたゆえ、即刻宮殿に足を運ぶべし、と。

一時間後、リュエルは接見室に通された。そこでは、カーペットに置かれたおもちゃ盤を前に、マハラジャが膝をついていた。チビで丸々太った体をきらびやかな真っ赤なブロケードのチュニックと白いサテンのズボンに押しこんでいるその姿は、息子のアブダルとは似ても似つかない。もじゃもじゃの顎鬚や手入れの行き届いた黒髪には灰色のものが混ざり、その表情はアブダルの人を食ったような無表情な顔とはまるで別ものだった。

「リュエル・マクラレンか？」答えを待たずに不機嫌そうにまくしたてた。「いったいどうしてくれよう。こやつがちっとも動かんのだ。故障してるに決まっておる」

マハラジャの目の先に置かれたおもちゃ盤はジャングルを模したもので、木や藪《やぶ》や花や動物がひとつひとつ精巧に、驚くほど本物そっくりに作られていた。盤の中央には、金のチュニック姿で宝石の散りばめられた王冠をかぶった小さなマハラジャが立っていた。イアンの話によれば、ナミールは一年を費やして作ったこのおもちゃを、リュエルの要望に合わせ、いくつか手を加えてくれたとのことだった。

「見ておれ」マハラジャはからくりを作動させるボタンを押した。するとライオンが王冠をかぶった小さな人物に飛びかかり、すんでのところで彼を捕らえそこなった。その瞬間、次のからくりにスイッチが入り、マハラジャの体が空中に舞いあがったかと思うと、青々と葉を付けた一本の木の陰に消えていった。と、またしても別のからくりが作動し、最初のマハラジャと同じ姿をした人物が木の反対側に現れ、サイの前に立った。サイが彼をめがけて突進し、二番めのマハラジャもまた飛びあがり別の木の陰に消えていった。こうしてマハラジャが攻撃されてはかろうじてそれを回避するパターンが、さまざまな動物や爬虫類を使って盤のあちこちで延々と繰り返されたあげく、ついにマハラジャは切り立った崖に似た盤の端へと到達した。そこでマハラジャは空中に放り投げられるのだが、その瞬間からくりが停止し、奈落の底を眺めつつ宙づりの状態になる。

「これを見よ。熟れすぎのザクロみたいにぶらさがったままになっておる」マハラジャは不満げに訴えた。「マハラジャはどんな過酷な運命にもかかならず勝利を収めるのだ。このようなものは断じて許せん」

「原因は単純明快。もう一方のパーツが欠けているためでございます」

マハラジャはさっと顔を上げた。「別のパーツ？」

リュエルはおもちゃ盤の脇にかろうじて見えている穴を指し示した。「ここにもう一方のパーツを差しこむ仕組みなのです。マハラジャは崖から落ちても生き抜いて、トラの前に着地する。それから飛びあがって別の木の陰に隠れ、最後に美しい白い象の背に着地するのです。それでめでたしめでたし、となるわけです」

マハラジャの目が輝いた。「象？」

「白い象です。マハラジャを背に乗せるとなれば、それ以外の動物は考えられません」

「わしもかねてから最高顧問にそう言っておるのだが、なかなか見つからないだのなんだの、言い訳ばかりしてきよる」マハラジャは渋面を作り、崖の上に吊るされたままの人物を眺めた。「その別のパーツとやら、さっそく手に入れなければなるまい。だいたいにおいて、半分のできそこないを持ってくるとはどういう了見だ？」

「そうおっしゃられましても、これはきわめて特別な贈り物でして、創意に富んだ陛下にこそ見合ったもの。店で目にしました瞬間に、審美眼と知性に溢れる陛下のような方にしかこの価値はわからないと直観いたしました」

「だが、別のパーツがなければ話にならん」

「目下、探している最中でございます。残念ながらどこかにしまい忘れてしまったようでして」

マハラジャは目を細め、リュエルの顔を凝視した。「なにをやれば、見つけてくれる?」ふっと短くため息をつく。「どうせ、見返りになにかを期待しておるんじゃろう? 誰も彼もわしの顔を見ればねだりよる。なにが望みだ?」

「ただでいただこうとは思っておりません。お売りいただきたいのです。陛下がインド洋の沖にお持ちの小さな島、シニダーをお譲りいただきたいと思っております。四万ポンドを用意させていただきました」

「シニダー? はて、そんなものあったかどうか……」くぼみのできたぷっくりとした手をじれったそうに振った。「思い出せないぐらいだ、たいしたものではないのだろう。その金額が適当かどうか顧問に訊いてみることにしよう。で、残りのパーツは探しつづけてもらえるのだろうな?」

「誠心誠意努めさせていただきます。明日また、ご報告をかねて足を運ばせていただいてもよろしいでしょうか?」

「もちろんだ、来るがいい」マハラジャはおもちゃ盤に向きなおり、ボタンを押して仕掛けをリセットすると、ライオンが飛びかかる様子をうっとりしたまなざしで見つめた。「明日だ」

ハレルヤ！　リュエルは叫びたい気持ちをこらえて宮殿の階段を下りた。最初の一歩にすぎないとはいえ、大きな一歩だ。これで先行きが大いに期待できるというものだ。来るときには土砂降りだった雨も、つかのま息を入れている。鉛色の空を見れば、まもなくふたたび降りだすことは間違いないにしても、いい兆候であることには違いない。

「ホテルに戻りますか？」人力車に乗りこむや、運び手が訊いてきた。

「ああ、頼む」答えたものの、とっさに言いなおした。「いや」誰かとこの喜びを分かちあいたい。だが、その相手がイアンではないのは確かだった。「ライリー氏のバンガローへ行ってくれ」

コブラは前後に体をくねらせていた。興奮した様子で目前で跳ねまわる犬に、悪意を秘めた漆黒の眼をじっと据えている。

お願い。サムを襲わないで。ジェーンはじりじりと厩舎のなかへ足を進めながら、心のなかで祈った。サムのために持ってきた残飯入りのボウルを慎重に床に置き、ブーツのなかのナイフにそろそろと手を伸ばした。

ヘビは厩舎のちょうど真ん中、ベデリアの房の前でとぐろを巻いていた。キャンキャンと吠えたてる犬が無事だとしたら、雌馬のほうがターゲットになるかもしれない。

「お願いよ、サム。静かにして」

興奮しきった犬には、もちろん彼女など目に入らない。鳴き声がしだいに甲高くなった。と、にわかにヘビが首をもたげ、身の丈は四フィート近くに達した。

なんてこと。少なくとも全長一〇フィートはある。あの大きさでいっきに襲いかかられたら、サムなどひとたまりもない。もどかしげに手のなかのナイフを一瞥《いちべつ》し、脇に放り投げた。こんなヘビ相手に短剣など役立たずだ。短剣は至近距離に近づいてこその武器、壁に立てかけてあるピッチフォークのほうがまだましかもしれない。

突然、ヘビがこちらに向きなおり、ジェーンは体を硬直させた。心臓が激しく胸を叩き、けたたましいサムの鳴き声よりも大きく感じられた。いくら長さのあるコブラとはいえ、ここまでは届かない。そうとわかっていても恐怖で体が凍りつき、ビーズのような眼に釘付けにされた。

サムが片側に飛びのき、コブラの頭がさっとそれを追った。

すかさずジェーンはピッチフォークの柄をひっつかんだ。

「下がって、サム！」必死に叫ぶ。「からかうような真似はやめなさいったら」輪を描くようにしてじりじりと進み、ヘビの後方に達した。

「なにをしてる？」

戸口に目をやると、リュエルが立っていた。死人のように血の気のない顔をし、額から汗をにじませている。「さっさと逃げろ」

「黙ってて！」ジェーンは鋭く言い放ち、コブラに目を戻した。「じっとしててよ。怖がらせるようなことをしたら、サムが襲われるわ」

「サムなんか知ったことか」声がかすれている。「殺される前に逃げるんだ」

ジェーンは彼を無視し、一歩、足を踏みだした。コブラから四ヤード。そして三ヤード。

リュエルが低く悪態をつく。「わかったよ。馬鹿犬はおれがつかまえる」言いつつ、犬に近寄った。「だから、さっさと逃げるんだ！」

コブラは周囲の動きを察し、さらに高くその身を伸ばしてシューッと不気味な音をたてた。

「動かないで」ジェーンが小声で制した。

リュエルは固まった。

サムとリュエルに注意を分散され、ヘビは明らかに困惑していた。ジェーンのことは忘れ去っている。この隙にすばやく動けば、ひょっとして――

おしまいまで考える間もなく、ジェーンは飛びだしていた。ピッチフォークを差しだすと、その歯のあいだでヘビの体をつかみ、勢いよく放り投げた。ヘビの長い体は壁に叩きつけられ、失神したのか、ぽとりと床に落ちてのたくった。

たちまち、サムが突進した。

「だめ！」ジェーンは悲鳴をあげた。

リュエルが小さく毒づくなり駆けだし、間一髪、ヘビのわずか手前でサムを拾いあげた。

「つかまえてて!」ジェーンはリュエルを押しやり、ピッチフォークの木の柄を振りあげるや、膨らんだヘビの頭めがけて繰り返し叩きつけた。

ふいに手を休め、肩で息をする。もはやヘビは動かなかった。「死んだと……思うわ」

リュエルの返事はない。

ジェーンはピッチフォークの先でヘビをつついた。なんの反応もない。「もうサムを離しても大丈夫よ」リュエルを振り返った。「見てよ、この大きさ。こんなに大きなのはこのあたりじゃ見たことないわ。普通はもっと――ちょっと、なにするのよ!」

リュエルの両手が彼女の肩をしっかとつかんだ。「くそっ」乱暴に肩を揺さぶる。色を失った顔のなかで目だけが異様な光を放っていた。「くそったれ!」

「手を離して。さもないとこれをお腹に突き刺すわよ」

「かまうもんか。きみも、そのピッチフォークも、いまいましいヘビもだ」またしても彼女の肩を揺すった。「おれは――」唐突に手を離すと、よろめく足で戸口へ向かう。

「どこへ行くの?」急に自由になったことに驚いて、ジェーンが訊いた。

「吐いてくる」くぐもった声で言い残し、外に飛びだした。

その後ろ姿をジェーンは唖然《あぜん》として見守った。たしかに彼女自身も言葉にできないほどの恐怖を感じたけれど、リュエルのこの度を超えた反応はまったくの予想外だった。思わずあとを追いかけようとしたものの、思いとどまった。リー・スンでさえ自分の弱った姿を見られるのを嫌うのだ、リュエルならなおのことだろう。いまは気持ちを落ち着けるのに精一杯で、とても彼の機嫌を取るほどの余裕はない。ジェーンは死んだヘビのにおいを嗅いでいるサムを振り返った。「いいわよ、サム。そいつを片づけちゃって」

数分後に厩舎を出てみると、リュエルは馬用の飼い葉桶《かばおけ》から水をすくって顔にかけているところだった。レインコートは傍らの地面に投げ捨てられ、じっとりと湿ったシャツが上半身に張りついている。まだ血の気の戻らない顔を持ちあげて、彼女のほうを向いた。「すまない」ぶっきらぼうに言った。「ヘビは苦手なんだ」

「わたしもよ」ジェーンは肩をすぼめた。「でも、いつのまにか慣れたのね。テント生活が多かったせいで、遭遇することもめずらしくなかったから」

「なぜおれの言うとおりにしなかった？　ことによったらきみは――」

「サムよ」遮って言う。「サムが殺されるかもしれなかったから」

「それが命を賭けるほどのことか？」

「サムはわたしの犬よ。自分のものを守るのは当たり前じゃない」

リュエルは彼女をとくと見据えた。「馬鹿な」

ジェーンは猛然と腹が立ってきた。「あなたには関係ないわ。たしかにサムはあまり頭はよくないけど、すごく――」

「間抜けな犬で、きみには似合いの動物だ。きみがピッチフォークを手にコブラに襲いかかったときには信じられなかった。絞め殺してやりたかったよ」リュエルは両手を拳に固めた。

「吐きそうなくらい怖かった」

彼がそんな弱みを口にするとは思ってもみなかった。「わたしもよ」

「だがきみはヘビを前にしても、体がこわばって身動きできなくなったり、どっと冷や汗をかくこともなかった」リュエルは自嘲気味に笑った。「勇敢な行為の邪魔をしなかっただけましだったよ。おれは哀れな臆病者だ。一刻も早く逃げだしたかったんだからな」

「でも逃げなかったわ」ジェーンがなだめるように言った。「わたしに出て行けって命じて、サムを助けようとしてくれた」

「それ以外に、きみをあそこから追いだす方法が見つからなかったからさ。あそこできみを見たとき、おれは――」体を震わせて息を吸った。「くそっ、思い出したくもない」

これほど無防備な姿をさらけだすリュエルを見るのははじめてだった。あからさまな彼の弱さにジェーンは興味をそそられた。「どうしてそんなにヘビが怖いの?」

「誰だって、ひとつぐらい苦手なものはあるだろう」リュエルはレインコートを拾いあげると、頭にかぶった。なおも視線を揺るがせようとしない彼女に気づいて肩をすくめる。「これほどの醜態を見せちまったんだ。説明せざるをえないだろうな」ほんの少し間を置いてから告白した。「以前、嚙まれたことがあるんだ」

ジェーンは目をみはった。「コブラに?」

「いや、クサリヘビだ。何年も前、グレンクラレンでね。当時はよく山のなかで寝ることがあったんだ」リュエルはぎこちなく語りはじめた。「前にキツネを飼ってたと話したことがあっただろう? 彼をいつも一緒に連れていた。ときどき寂しくなるときがあったからね。

で、ある晩、左脚に刺すような痛みを感じて目が覚めた。見ると、毛布のなかにクサリヘビが居心地よさそうにぬくぬくと収まってた。石で殴り殺してやったよ」口元をきつく引き結ぶ。「だが、二、三ヤード先でおれのキツネが死んでいた。ヘビのやつは彼を殺したあとに、おれの寝床にもぐりこんできたのさ」

「そんな、ひどい」

「おれはシャツを脱いで切り裂き、脚をきつく結んで助けを求めに帰った」彼はふたたび肩をすくめた。「だが、よほどついてないガキだったんだな。母親は泊まりがけで村に出かけていた。翌朝イアンが意識のないおれを見つけて、助けを呼んでくれたんだ」

「翌朝って」ジェーンがおののいて訊いた。「どうしてその前に誰か別の――」

リュエルは彼女の質問を無視して言った。「話はそれでおしまいだ。おれはすぐに歩けるようになって、不幸中の幸いだった」

愛するペットを失い、生涯ぬぐい去ることのできないほどのヘビに対する恐怖心が心に宿ったという事実をのぞいては。

リュエルはふたたびいっさいの感情を押し殺した表情に戻り、明るく言った。「あの金の扉で、カールタウクがアブダルをヘビの姿に描いたのを見たとき、おれが喜んだ意味がわかるだろう？　あれ以上の屈辱は想像できない」バンガローの傍らの道で待機する人力車を振り返った。「そろそろホテルに戻らないと。心配するな。これ以上つまらん思い出話で退屈させるつもりはないよ」

「退屈なんかじゃなかったわ。悲しい話だった」

「悲しい？　それはまた不可解だな」リュエルはぱちんと指を鳴らした。「そうか、キツネのことだな。おれの毛むくじゃらの友達のために心を痛めてくれてるというわけだ」

「そうじゃない」その晩、心が血を流していたのは彼のほうだ。そのことを決して認めはしないだろうが。

「それじゃおれのためか」リュエルがからかうように続けた。「なるほど、カールタウクにしたように、おれのこともきみの庇護のもとで匿《かくま》いたいって気になったわけか？」

ジェーンははっと現実に引き戻された。と同時に、ほんのつかのまにせよ、彼への警戒心がいかに緩んでいたか思い知らされた。なんて馬鹿だったのだろう。リュエルはあのコブラと同じ。無防備で弱い存在なんかじゃない。彼女は急いで話題を変えた。「そういえば、なぜここに？　なにか問題でも生じたの？」

つかみどころのない表情がリュエルの顔をかすめた。「ただ立ち寄ってみただけだ」

なんとも意外な答えだった。リュエルとは、たがいに気楽に訪ねあう類いの関係とは言えないはずなのに。「マハラジャへの謁見はどうだったの？」

「順調だ」茶化すような表情は消え、突如会心の笑みが浮かんだ。「いや、すこぶるうまくいった」

「シニダーは手に入りそう？」

リュエルはうなずいた。「おそらくな」サムに一瞥をくれる。「尊敬すべきパトリックがなんと言おうと、そいつはバンガローに入れておくんだな。二度とヘビと遭遇するのはごめんだろう？　あそこの厩舎の床はひび割れだらけだ」

「そうしようと思ってたとこ」

「それならいい。おれなんかのアドバイスは必要ないってことか」リュエルは帽子を脱ぎ、お辞儀をした。

人力車に向かって歩き去る彼の後ろ姿を見ながら、ジェーンはふとあることを思いついた。

「リュエル、ヘビに嚙まれたのはいくつのとき？」

「よく覚えてないが、おそらく九つぐらいだろう」

人力車は軽やかな鈴の音を響かせながら遠ざかっていった。

――ときどき寂しくなるときがあったからね
九歳だなんて。てっきり、もっと大きくなってからの話だと思っていた。そんなに幼い少年がたったひとりで山のなかで夜を過ごすなんて、どういうこと？　それに、どうにか家にたどり着いたのに、翌日まで誰にも発見されなかったというのも不可解な話だ。それらの問いに対する答えは、たぶん決して得られないのだろう。リュエルはぴしゃりと扉を閉じ、それ以上は決して踏みこませようとはしなかった。

もちろん、あえてその壁を破りたいと思っているわけではない。ただ、ふだんのリュエルなら、たとえこっちが難攻不落の防御を固めているつもりでも、難なくそれを突破してみせるのに、今日はそんなそぶりさえ見せなかった。彼が見せたのは強さではなく弱さ、ごまかしではなく誠実さだった。

その無防備さゆえに、彼は以前にも増して危険な存在になっていた。

「持ってきたか？」翌日の午後、リュエルが謁見室に足を踏み入れるや、待ちかねたようにマハラジャが訊いた。

「申し訳ありませんが、今日のところは間に合いませんでした。まもなく見つかるとは思うのですが」リュエルは一拍置いた。「情けないことに、例の購入の件がどうにも気になってしかたなく、記憶力が曖昧《あいまい》になってしまったようでして」

マハラジャは仏頂面になった。「どうしてこのようなつまらんゲームを続けたがる？　その気になれば見つけだせるのはわかっておるぞ」

リュエルはなにも答えず、ただ笑みを湛えていた。

「いいだろう。島が欲しいなら持っていけ。ただし、四万ポンドじゃだめだ。最高顧問から、少なくとももう一万は上乗せする価値があると聞いておる」

リュエルはさりげない顔つきを装って答えた。「あいにくわたくしは金持ちではございません。せいぜいあと五〇〇〇がやっとでございます」

「それで手を打とう」マハラジャはずる賢い笑みを浮かべた。「残りのパーツを受け取ったあとに書類に署名して――」

リュエルがすばやく口を差しはさんだ。「わたくしの兄とピカリング大佐が外の控えの間で契約書を手に待機しております。いまこの場で契約をすませてしまえれば、パーツ探しに集中できるかと思うのですが」思わせぶりに間を置く。「おそらく一時間以内にはお持ちできるかと」

「それではさっさとすませるがいい」マハラジャはじれったそうに指示した。「彼らをここへ連れてくるのだ」

四十五分後、リュエルは正式な契約書の写しを一部は自分のポケットにしまい、もう一部はピカリング大佐に手渡した。大佐が、銀行為替手形を最高顧問に渡した。

「さあ、これですんだ」マハラジャが告げた。「今度はそのほうが約束を守る番だぞ」

「もちろんでございます」リュエルはパチンと指を鳴らした。「そう、馬車だ。たったいま思い出しました。店を出たあと、馬車のなかに残りのパーツを置いたままにしておいたのを」イアンを振り返る。「悪いが外へ行って、取ってきてくれないか?」

「喜んで」イアンはピカリング大佐とともに戸口へ向かった。「使いの方に渡しておきましょう。ではのちほど正面玄関で、リュエル」

彼らの姿を見送ったあと、マハラジャはリュエルを振り返って茶目っ気たっぷりの笑顔を作った。「まんまとわしを出し抜いたと思っておるんだろう?」

「はて、なんのお話で?」

「言っておくが、騙したのはわしのほうじゃ。シニダーなどじつはなんの価値もない。顧問の話では、荒れ放題の未開地もいいところで、ジャングルと山と野生の動物しかいないそうだ。曾祖父が建てた避暑用の宮殿も、もう長いこと使っていない。朽ち果てて使いものにならんだろう。あの島は契約した金額の四分の一の価値もない」

「なるほど、まんまと騙されたというわけですね」

マハラジャは口を尖らせた。「少しも腹を立てておらんようだな。悔しがる顔が見たかったのに」

リュエルは飛びあがって叫びたい気持ちを抑え、ほんの少し口元を緩めるに留めておいた。やった。ついに手に入れたんだ！「のちのち自分の愚かさを考えるにつけ、じわりと悔しさがこみあげてくることでしょう」

マハラジャはぱっと顔を輝かせた。「そうに決まっておる。わしのずる賢さには誰もかなわん」

「おっしゃるとおりでございます」リュエルはきびすを返し、部屋を出ていった。


「予定より高くついたんじゃないのか？」リュエルが現れるとすぐ、イアンが切りだした。

「まだ三〇〇〇ポンド残ってる。なんとかはじめられるだろう」

「手を貸してやれるといいんだが」イアンは額に皺を刻んだ。「おまえも知ってのとおり、グレンクラレンにはあまり金がなくてな」

「あんたの金なんか期待してないさ」

「おまえの金でもあるんだ。どんなに乏しい資産だろうが、おまえと分けあおうと思ってきた」イアンはやさしく言葉を続けた。「おまえの怒りや恨みはわかるが、そのために本来手にすべきものまで手放すなんて馬鹿げてるぞ」

「べつに恨んじゃいない」そう口にしつつ、それが本心であることにリュエルは内心驚いていた。こんなふうに解放された気分を味わうのは、いつ以来だろう。まるでシニダーを手に入れたという事実が、心に重くのしかかっていた数々のつらい記憶を払拭してくれたみたいだ。心が軽く、若返った気分だった。「無駄遣いをするなよ、イアン。グレンクラレンのほうがおれよりも、よっぽど金を必要としてる。おれは自分でどうにかするさ。大丈夫だ」

イアンは弟の顔をしげしげと見つめ、やがてゆっくりとうなずいた。「そうだな。おまえは大丈夫だ。そして、そろそろわたしは家に帰る頃合いだ」ひとつ咳払いをする。「どうだ、一石二鳥といかないか。わたしと従者はナリンスから船で帰る手はずを整えてから、おまえと一緒に試走にも付き合う。スコットランドはカールタウクにとってこのうえなく安全な場所になると思うんだが」

「逆にグレンクラレンの安全が脅かされることにならなきゃいいが」リュエルがつぶやいた。

「やつは炉を作るためなら、狭間胸壁だって崩さないともかぎらないぞ」

「なんだって?」

「いや、心配ないな。そんな冒瀆を企てようものなら、マギーが黙ってるはずはない」

「マーガレット」反射的にイアンが訂正し、ついでものやわらかな声音でもう一度名を呼んだ。「マーガレットだ」

せつなそうなイアンの表情を眺めるうち、リュエルの胸の内に抗いがたいほどの温かな感情が溢れてきた。イアンが故郷に帰ろうとしているいま、長いあいだ偏屈なまでに張りめぐらせてきた壁を取り去ったところで、それほど危険はないかもしれない。いや、たとえ危険を伴うにせよ、こみあげるこの感情を抑えるのは不可能のような気がした。この瞬間、世界は輝き、すべてが自分にやさしく接してくれるように思える。壁など必要ないのかもしれない。「忘れないようにするよ」彼はやさしく言った。「マーガレットだね」


「シニダー」アブダルが声を落として言った。「たしかにシニダーだったんだな？」

パクタールがうなずいた。「軍司令官がそう言ってました。あんな役にも立たない島を買うなど、あのスコットランド人もいかれていると」

「マクラレンは馬鹿じゃない。そのシニダーに、なにがしかの価値があるということだろう。カールタウクを連れ戻したら、さっそく調べる必要があるな」アブダルは肩をすくめた。

「しかし、マクラレンが目的のものを手にしたとなれば、頼みの綱は切れたわけだ。ふん。あのスコットランド人ならカールタウクを連れ戻してくれるのではないかと踏んだのだが」

「で、これからどうします？」

「こちらでカールタウクを見つけるしかないだろう。となると、やはりジェーン・バーナビーか。ザブリーの店へ行き、あの中国人が顔を出していないか確かめてこい」

「それよりも、もう一度あの女を監視して、ここへ引きずってきたらどうです？　あれからだいぶ時間がたってますから、あっちも油断してるころでしょう」

「彼女にはまだ手を出すな。あの女が口が堅く頑固だというのはすでに立証ずみだ。そこから情報を引きだすとなると、時間もかかるし面倒だ」アブダルは指を伸ばすと、女神像の手に握られた短剣をそっと撫でた。「まもなく鉄道が完成する。あの女はライリーと一緒にカサンポールを去る」

パクタールがにたりとした。「ということは、それまでにカールタウクの安全を確保しようとする」

「なかなか鋭いじゃないか。そこでだ、われわれはじっと目を光らせて待ち、チャンス到来と見るや――」

「カールタウクをかっさらって、宮殿に連れてくると」

「ようやく手に入る」アブダルの指は金で形作られた滴る血をなぞった。「あのいんちきべナレスにはもううんざりだ。カールタウクにくらべたら、やつの技術なんぞ笑い草だ」にんまりと歯を剝きだす。「それに鉄道さえ完成すれば、父上もあの女に用はない。ついでに彼女も連れてくるとしよう。カールタウクが自分を助けてくれたちっぽけな救世主を最初のモデルにするというのも、おもしろいと思わないか？」

「スコットランド？」カールタウクは眉をひそめた。「荒涼として寒い国だと母から聞いたことがある。芸術家には魂に潤いを与える暖かさと色が必要なんだ。この日射しが大事なんだ」

「だが、両手のほうがもっと大事じゃないのか」リュエルが指摘した。

「それもそうだ」カールタウクは悟りきった面持ちで肩をすくめた。「寒さには慣れるだろう。で、その兄さんがパトロンになってくれるのか？」

「イアンが提供できるのは、雨風をしのげる屋根ぐらいなもんだ」

「問題ない。パトロンは自分で探すことにするよ。まずはヴィクトリア女王あたりが狙い目だな。彼女は金に目がないという話だ」

「その話を聞いたら、彼女も喜ぶだろう」

「わたしの作品を見れば、間違いなくその気になる。なんなら彼女の頭をモデルにして像を作ったっていい」カールタウクは渋面を作った。「いや、それはどうかな。彼女の顔は好みじゃない。あの二重顎を見ると震えが走る。かわりに塩入れでも作ってやるか」ジェーンのほうを向いた。「きみとパトリックは次はどこへ行くんだ？」

「まだパトリックに次の依頼が来てないの。マハラジャから報酬を受け取りしだい、すぐに決めるって言ってるけど」背筋を伸ばし、リー・スンを振り返った。「ナリンスに出発する夜まで、ここを離れないって約束してちょうだい」

リー・スンは無表情に彼女を見返した。「それは無理だね」

「どうしてよ？」

「わかってるくせに訊くな」

「リー・スン、知ってるはずでしょう。ザブリーの店でわたしがどんな目に遭ったか」

「だから、あれ以来彼女のところへは行ってないじゃないか」

「いま行くのはもっと危険よ」

「彼女がおまえを裏切ったとはかぎらないさ。おれによくしてくれたんだ。別れも言わずに立ち去るってのは筋じゃないだろ」答えを待たずに、さっさと寺院から出ていった。

ジェーンは両手を拳にきつく固めた。手当たりしだいに殴りつけたい気分だ。

「リー・スンは馬鹿じゃない。われわれを女に売るようなことはしないよ、ジェーン」カールタウクが穏やかに諭した。

「そんなこと当たり前じゃない。わたしが心配してるのは彼のことよ。あんな女に一ルピーだって渡さなきゃよかったんだわ」

「なぜ渡した、ジェーン?」リュエルが訊いた。

「わたしが馬鹿だったのよ。だって——」

「彼女が思いやりのある女性だったから」カールタウクが引き取って説明した。「リー・スンが傷ついていると察して、できるだけその傷を癒そうとしてくれた。リー・スンは中国人ってことと脚が不自由なことでつねに女性に避けられてきたんだ。ザブリーのような店の女にもね」

「それできみはザブリーの店に行き、彼が男としてきちんとした扱いを受けられるように彼女に金を払ったってわけか」リュエルが言った。

「彼に言わないでよ」ジェーンが釘を刺した。

「おれはリー・スンに敬意を抱いてる。彼を傷つけるような真似はしないよ、ジェーン」

「そうかしら」ジェーンは部屋を横切り、戸口へ向かった。「明後日の夜七時にナリンスに向けて駅を出発するつもりよ、カールタウク。リュエルが調べたところじゃ、あなたはランピュール渓谷の反対側で列車を待ってるのが安全だろうって。当日の午後の早いうちに迎えに来るわね。渓谷まで付き合うわ」

リュエルは彼女を追って外へ出た。「カールタウクはおれが迎えにいったほうがいい。おれがマハラジャからシニダーを譲り受けたことをアブダルが知ったら、カールタウクを手に入れる手掛かりはもはやきみしかいないと考えるだろう。ぴったり張りついてるに決まってるさ」

「だけど、あなたはひとりでここまで来られないじゃない。道がわからないでしょ」

「いや、わかるよ」ジェーンの驚いた顔を見て、にんまりとした。「ここ三回ぐらいは、先に立って案内しようかと思ったぐらいさ。おれはきわめて方向感覚に優れていてね。きみがおれを撒《ま》こうとして連れまわった迷路も、ロンドンの下水道にくらべりゃどうってことない。以前ネズミ捕りで食ってたって話しただろう?」

「またわたしを馬鹿にしたのね」

リュエルは真顔になった。「馬鹿にしたことなんて一度もないよ、ジェーン。きみの強さと威厳にはいつも敬服してる」

リュエルがバンガローに現れて以来、はじめてジェーンはまともに彼と向きあった。いつもの険しい表情がすっかり影をひそめている。すっかりは言いすぎにしても、こちらを見つめてくるまなざしに、イアンを思い出させるようなやさしさが宿っている。またなにか下心があるに決まってるわ。彼とイアンは似ても似つかないのだから。「口がうまいこと」

「本心だよ」リュエルはちらりと視線をはずした。「もうひとつ、言っておきたいことがあるんだ」短く押し黙ったあげく、だしぬけに言った。「すまな……かった」

「え？」ジェーンはぼんやりと訊き返した。

「聞こえただろう。二度も言わせないでくれ」リュエルは依然として目を合わせようとせずに、ずんずん先へ歩を進めた。「二度と嘘はつかないし、二度と同じ過ちは繰り返さないと約束する。あのときはきみもシニダーも手に入れたくて、つい誘惑に負けてしまった」

「だからって、なぜ謝るの？　どうして突然気が変わったの？」

「まただ。誰も彼もおれが変わったって言いたがる。おれはただ――」

「どうして？」ジェーンは食いさがった。

リュエルはすぐには口を開かなかった。「なんだか幸せな気分なんだ。こんな気分になったことがあったかどうか、思い出せないぐらいだよ。これまでは満足したことはあっても、幸せを感じたことはなかった。すごく奇妙な気分だ」

「シニダーを手に入れたから？」

「シニダーだけじゃない。なにかもっと……」

「どういうこと？」

「新しい人生が開けたっていうか、すべてをやりなおすチャンスとでもいうか……」リュエルはにっと笑った。「終着駅で列車から降りたら、そこが自分の望みどおりの場所だと知った、そう言えばわかるかな？」

「ええ」数年前、フレンチーの店を飛びだしたときのわたしの気持ちそのまま。たちまちジェーンは彼に親近感を覚えた。「ずっとよくわかるわ」

「とにかく、それだけ言っておきたかったんだ」いっとき黙ったあとで、話題を変えた。「リー・スンは本当にザブリーのところへ行ったのか？」

ジェーンは肩を落としてうなずいた。「わたしの言うことなんか聞きやしないわ。わたしは彼に幸せでいてほしかっただけなのに。でも――」どうにか声を落ち着かせる。「彼はいつだってわたしを助けてくれたし、わたしだって彼の助けになりたかったのよ。だけど、やっぱりよけいなことをするべきじゃなかった」

「彼が助けてくれたって、どういうふうに？」

「いろんな形でよ」

「たとえば？」

「本よ。彼は読み書きや計算の仕方を教えてくれたの。彼のお父さんがね、知識さえ身につければありきたりの労働者で終わらずにすむっていう信念の持ち主で、幼いころから、手当たりしだいの本を学ばせられたんですって。リー・スンにもわからないことがあれば、ふたりで一緒に学んだりもしたわ」

「きみたちふたりは長い付き合いだと、カールタウクが言ってたが」

「十二歳のとき、彼はフレンチーの店にやってきたの。わたしが育った売春宿よ。その二、三カ月前に、事故でお父さんが亡くなって、彼は彼で脚を押しつぶされる怪我を負ってね。パトリックと一緒に町を出たとき、彼は十七歳だったわ」

「事故って？」

「彼のお父さんは制動手で、リー・スンに跡を継がせようと一生懸命教えてたの」ジェーンは悲しげな笑みを浮かべた。「リー・スンもお父さんをとても誇りに思ってた。中国人は線路を敷く作業には向いてると思われてたけど、機関手や機関助手の仕事はまかせられないと考えられていてね。ましてや制動手の中国人なんてめずらしかったわ。彼のお父さんはどんな仕事だってこなせて、いつもリー・スンに熱心に教えてた。そしてある日、仕事中に、リー・スンと一緒に二両の客車のあいだにはさまって押しつぶされたの」

リュエルは口をすぼめ、低く口笛を吹いた。

「べつにめずらしい事故じゃなかった。ウェスティングハウスがエアブレーキを発明するまでは、年じゅうそんな事故の繰り返しだった。エアブレーキの場合は、機関手が運転室から操作できるんだけど、それ以前は連結手が連結用の器具とピンで直接客車と客車をつないでたの。そのために制動手は客車のあいだに立たなきゃならなかった。万一ピンを差しこむタイミングを間違えでもしたら、客車同士がぶつかって彼はぺちゃんこよ」ジェーンは口元を引き締めた。「中国人に制動手なんていう名誉ある仕事をまかせたのも、そういう理由からかもね。リー・スンのお父さんはたぶん一生、機関手には昇進できなかったのよ、きっと」

「それで、マハラジャの列車にはそのエアブレーキが?」

ジェーンはうなずいた。「ほかの部分を切りつめてでも、そのブレーキだけは備え付けたわ」ちらりと横目で彼の顔をうかがう。「でもどうして、リー・スンのことを知りたがるの?」

「とくに理由はない。たんなる好奇心だ」

「今夜はずいぶん激しいのね」ザブリーはささやき、リー・スンの肩にかすめるようにキスをした。「あんたったら、来るたびによくなるわ」ベッドから立ちあがると、ゴッサマー地の薄いショールを体に巻きつけた。裸体を隠すというよりは、まとうといった風情で。「ワインはどう?」

リー・スンは首を振り、ベッドに起きあがった。「もう行かないと」

「まだいいじゃない。ゆっくりしてらっしゃいな」ザブリーはテーブルに歩み寄り、グラスにワインを注いだ。「今日はほかに客もいないのよ。いたとしても、別の娘をあてがうだけの話だけど」くるりと顧みて、やさしく微笑みかける。「あんたのためにね」

今日の彼女はまたいちだんときらびやかに見える。あるいはこれで見納めと思うせいで、その美しさが胸に迫ってくるのかもしれない。

「あたし、怒ってんのよ。だってずいぶんとご無沙汰だったじゃない」ザブリーは彼と並んでベッドに腰掛け、中指で胸の筋をたどった。「どうして？」

「それは――」ヘンナで染めた爪で乳首を刺激され、リー・スンは口ごもった。「そんなことされてちゃ、なにも考えられなくなるよ。今日は言わなきゃならないことがあるんだ」

「考えなきゃいいのよ」

リー・スンは胸に押しあてられた彼女の手に自分の手を重ねた。「さよならを言わなくちゃ」

彼女が顔を上げた。「カサンポールを出てくの？　いつ？」

「もうすぐだ」

「それじゃ答えになってないわ」ザブリーはふと押し黙り、彼の顔を見つめた。「あたしも連れてって」

リー・スンは目を丸くした。「なんて？」

「あんたと一緒に行きたいのよ」ゴブレットをベッド脇の床に置き、彼の胸にしなだれかかってキスをした。「あたしなら、あんたを喜ばせることができるし幸せにもできる。あたしの体を利用するだけ利用して、生まれのせいで見下してくるようなこの国の男たちにゃ、もううんざりなんだ。あんたはそんな扱いはしない」

「もちろんだよ」にわかに胸が高鳴り、リー・スンは彼女の艶やかな黒髪をそっと撫でた。ジャスミンの香りが鼻をくすぐる。彼女の発する花やスパイスの香りはいつだって刺激的だ。

「おれも同じような目に遭ってきてるからな。本気でおれと行きたいのか？」

「一週間ちょうだい。そうすればカサンポールの仕事を全部片づけて、一緒に――」彼の表情に目が留まる。「だめ？」

「二日だ」

「それはまた急ね。でもなんとかなるわよ」ザブリーはショールを傍らに放り投げ、彼の上に覆いかぶさった。「もう一度、あんたが欲しくなった。そのあとで細かいことを話しあいましょ。ね？」

「ザブリー……」リー・スンは目を伏せた。彼女の手がからみつくや、早くも体が反応する。おれは彼女を愛してるのか？　ときにはそう思うこともある。確かなのは、この体が彼女の虜《とりこ》になっていることだ。「そうだな。話はあとにしよう……」


馬鹿だな、おれも。降りしきる雨をついてザブリーの店の玄関に目を凝らしながら、リュエルはひとりごちた。いい加減にあきらめてホテルに戻らなけりゃ、馬鹿どころか、全身ずぶ濡れの馬鹿になっちまうぞ。

そのとき、リー・スンが店から出てきた。

リュエルは用心深く壁から体を離し、通りを渡るリー・スンを目で追った。彼が身をひそめている建物の陰にまっすぐ向かってくる。

「いい具合に濡れてるみたいだな」リー・スンが声をかけてきた。

「もう少しで雨に押し流されるところだった」リュエルは顔をゆがめた。「気づいてたのか？」

「ここ数週間ずっと、尾行には警戒してきたからな。狙いはなんだ？」

「いや、ただぶらぶらと散歩をしたくなってね」

リー・スンは小馬鹿にしたように笑い、叩きつけるように降りしきる雨を一瞥した。「こんな夜に散歩とはけったいな。そんなに雨が好きとはな」

「カサンポールじゃ雨を好きにでもならなきゃ、やってかれない」

「おれをつけてきた理由を訊いてんだ」

リュエルは肩をすくめた。「きみがどれほど用心深いか、確かめてみてもいいかと思ってね」

「ザブリーに会うのに用心なんて必要ないさ」

「あんまり人を信用するもんじゃないぜ、リー・スン」

「貴重なアドバイスをどうも」

「でも聞き入れる気はないんだろう？」リュエルはうなずいた。「おれも人のことは言えない。他人のアドバイスなんて聞く耳を持たないからな。で、ザブリーはなにか訊いてきたか？」

リー・スンはちらりと店を振り返った。「おれと一緒に来たいだと」

リュエルは一瞬、沈黙した。「それはまた……びっくりだな。で、そっちは二日後の計画について洗いざらい話して聞かせた？」

「そういうこと」

リュエルは慎重に口を開いた。「ひと言いいかな。それはあまり――」

「しっ」リー・スンがリュエルの腕をつかみ、乱暴に建物の陰へ引っぱりこんだ。

リー・スンの視線をたどるや、リュエルは口元をすぼめて口笛を吹くふりをした。

ザブリーが屋敷から姿を現し、足早に通りを歩いていく。

「こんな夜に散歩とはけったいな」リュエルがリー・スンの真似をして言う。

「同感だ」リー・スンの声に緊迫の色がにじんだ。「来いよ」ザブリーのあとを追って歩きはじめる。

リュエルもすぐに追いかけた。「どこへ行く？」

「彼女しだいさ」

十五分後にザブリーの目的地が明らかになった。彼女の姿はサーヴィトサール宮殿の門のなかへ呑みこまれていった。

「アブダルだ」リュエルがつぶやいた。

リー・スンはザブリーが消えていった門を、じっと見つめている。

「問題ないさ、リー・スン」リュエルが静かに声をかけた。「彼女の裏切りがはっきりしたんだ。あとはこっちの計画を変更すればいい」

「問題ない」リー・スンはぼんやりと繰り返した。のろのろときびすを返し、脚を引きずりながらもと来た道を戻りはじめる。「計画を変更する必要はないよ。ザブリーには、ナリンスまで船で川を下ると言ってあるんだ。アブダルとパクタールは二日後、ナリンスの船着き場で待ち伏せしてる」

「彼女を疑ってたのか？」

「おれは馬鹿じゃない。彼女のおかげでときには大物にでもなったような気分を味わえたけど、わかっちゃいるさ。ほんとはたんなる厄介者だってこと」リー・スンは苦笑いを浮かべた。「いや、彼女にしてみりゃ厄介者どころじゃないな。正真正銘の間抜けだ」

「きみは間抜けじゃないさ。彼女がアブダルのところへ行くか確かめようと考えてたんだから」

「見届ける必要があったんだ。頭ではわかっても、実際に見ないと信じられないからな」リュエルを振り返った。「これでおしまいだよ。おれをつけまわす必要はなくなった。あんたもジェーンもこれで安心だろ」

「今回のことにジェーンは関係ない。寺院に戻るのか？」

リー・スンはうなずいた。

「遠いぞ」リュエルはまぶたを伏せ、瞳を覆い隠した。「おれの泊まってるホテルが一ブロック先にある。イアンが部屋にウイスキーを隠し持ってる」

「酒はやらないよ。頭がぼうっとして、まっとうな大人までもが子供に戻っちまう」

「それは言えてる」リュエルは微笑んでみせた。「でも、ほんの少しの酒ならときには景気づけに役立ってくれる。気が変わったら、いつでも来てくれ。おやすみ、リー・スン」角を曲がり、ホテルへ向かって帰路をたどりはじめた。

「待てよ」

リュエルは肩ごしに目をやった。リー・スンが不自由な脚で追いかけてくる。

「ほんの少しだけだぞ」

8

バンガローの扉をけたたましく叩く音に、ジェーンは目を覚ました。こんな真夜中に、いったい誰が——

ふたたび音が響いた。さっきよりも激しく。

ジェーンは白の綿のナイトガウンの上に急いでローブを羽織ると、玄関へ走り、勢いよく扉を開けた。

リュエルとリー・スンがポーチに立っていた。

「なにしてるの、こんなところで？」ひそひそ声で訊いた。背後をそっとうかがったが、パトリックが目を覚ましてくることはなさそうだった。即座にリー・スンに目を転じた。「どういうこと？　なぜ寺院にいないのよ？」

「きみに会いたいと言い張ってね」リュエルが顔をしかめた。「その思いのたけを大声でわめき散らすものだから、ホテルから放りだされるか、ここへ連れてくるか、どっちかを選ぶしかなくなった」

「ホテルなんかで彼がなにを？」

「酒をほんのすこおしだ」リー・スンがもごもごとつぶやき、ふらりとよろめいた拍子にくずおれた。

とっさにリュエルが支え、戸口の側柱によりかからせる。

「酔っぱらってるじゃない」ジェーンが驚いて言った。「リー・スンはお酒なんか飲むことないのに」

「ほんのすこおしだけ……」リー・スンのまぶたが閉じた。

「今度はお休みか」リュエルがげんなりとした様子で説明した。「ホテルじゃ目はぱっちりで、悪魔のような勢いで騒いでたんだ」

「あなたが飲ませたのね」

「まあね。今回ばかりはそのほうがいいと思ったもので」リュエルは手を持ち替えた。「彼が眠れる場所はあるかな？　なけりゃ、またホテルに引きずってくしかないが」

「ベランダなら」ジェーンは脇によけ、リュエルがリー・スンの体を半分抱え、半分引きずるようにしてフレンチドアのほうへ運んでいく様子を見守った。「そのほうがいいってどういうこと？」

「おれがきみの徳の高い友人を堕落させようと仕組んだとでも？」リー・スンをソファに下ろし、クッションをひっつかんで頭の下に押しこんでやった。「だとしても、二度とごめんだね。たった二杯飲んだだけで、中国のことわざだかなんだかを大声で叫ぶって言って、聞かないんだから」

「そのほうがいいってどういう意味よ?」ジェーンは繰り返した。「それに、なぜ彼が寺院じゃなくて、あなたのホテルにいたの?」

「ザブリーの店の外で出くわしたんだ。で、一杯やらないかって誘ったわけだ」

「ザブリー!」ジェーンはリー・スンを振り返った。いまや彼は横向きに丸くなって、穏やかに寝息をたてていた。「そんなとこであなたがなにをやって——彼をつけたの?」

「たんなる散歩さ」

「つけたのね」

「彼は脚が不自由だし、万一パクタールに——くそっ、なぜそんなことをしたか、自分でもわからないんだ。最近のおれときたら、考える前に体が動いちまって」椅子からカシミアの上掛けを拾いあげ、リー・スンの上に放ってやる。「心配ないよ。彼はもう二度とザブリーの店には行かない。彼女はリー・スンと別れたあとすぐに、サーヴィトサール宮殿までアブダルに会いに行ったんだ。そこで、ここにいるわれらが友人は、ほんの少しばかり酔っぱらう必要があったというわけだ」

「そうだったの」ジェーンは涙に潤《うる》んだ目で、リー・スンを見つめた。「わたしがよけいなことをしなきゃよかったんだわ。ザブリーは結局、彼を傷つけたのね」

「彼はこうも言ってたよ。彼女のおかげで大物になった気分を味わえたと。悪いことだけじゃなかったってことさ」

ジェーンは唾を呑みこんだ。「彼の心配をしてくれてありがとう。助かったわ」

「べつに親切心でやったわけじゃない。さっきも言ったとおり、衝動的に行動したにすぎない」ひと息つくや、急につっけんどんな口調になった。「心配したり不安そうなきみを見たくないんだ。こっちが苛々してくる」

ジェーンは怪訝《けげん》そうなまなざしを向けた。「おかしな話ね」

「ああ、おれもそう思う。それからもうひとつ。今日の午後以来ずっと考えてたことがあるんだが――」言いよどんだあげくに、ひと息に言い放った。「くそっ、どのみちほかに言い方なんかあるもんか。きみと結婚したい」

ジェーンはぽかんと彼を見つめた。「なんですって？」

「いますぐというわけじゃない。数年先のことだ。いまはまだ身を粉《こ》にしてあくせく働く姿しか見せられないが、そのうち自分の鉱山を手に入れて金がまわりはじめたら……」顔をしかめた。「いつになるかは約束できない。イアンがマーガレットを待っているように、長いこと待たせることになるかもしれない」

ジェーンは茫然《ぼうぜん》自失といった風情でかぶりを振った。「さっぱりわからないわ」

「おれが求めてるのは家なんだとイアンは言った。それこそがおれに必要な……」リュエルは肩をすくめた。「たぶん彼の言うとおりなんだと思う。妻のいない家なんて意味がないだろう？」

「それでわたしを手に入れたいと？」

「それだけじゃない。きみにはなにか……特別なものを感じるんだ」

「欲望」

「いや、そうじゃない」

「罪悪感」

「それとも違う」一転、彼の口調が怒気を含んだ。「どうして次から次へと質問ばかりする？　おれはきみと別れたくない。きみのことを守りたいんだ」突き放すような口調で続ける。「きみにとっても、悪い話じゃないはずだ。欲しいものはなんでも手に入れてやる。ベッドをともにし、最終的にはおれの子供を産んでくれること以外なにも望まない。どうだ、なかなかだろう？」

「ええ、なかなかだわ」ジェーンは完全に頭が混乱していた。こんなことは予想もしていなかった。想像すらできなかった。結婚。それもリュエルと？　そんなの、黒魔術師と結婚するようなものだ。「あなたがわたしと結婚したいって話よりは、よっぽど筋が通ってる」

「どういうことだ？」

ジェーンは深々と息を吸い、首を横に振った。「ありがたいけどお断りするってことよ」

「なぜ？」彼女が答える前に、リュエルは早口でまくしたてた。「おれたちの出会いが普通じゃなかったことは認める。でも、そんなことは取り戻せるさ。おれはきみを尊敬してるし、きみだっておれのことを請い求めてるとまでは言わないまでも、尊敬してはいるはずだ」

「あなたを信頼できないわ」

「信頼できるようになるさ。おれは決して友達を裏切らないし、そのことはきみだってそのうち、きっとわかってくれる」

「それに鉄道だって……」

「パトリックの面倒も見るよ」

「そんな必要ないわ」あわてて断った。「たとえ彼が望んだとしても……わたしはお断りよ。あなたに面倒見られる生活なんて。わからないの？　わたしはあなたが妻に望むような女じゃないのよ」そっけなく言い添える。「あなたもわたしが望むような人じゃないし」

リュエルの顔に名状しがたい表情がかすめた。一瞬、彼を傷つけてしまったのではないかと思った。これまで知っているリュエルならわたしの言葉ぐらいで傷つくはずがないけれど、目の前にいる馴染みのない彼は、はるかに脆《もろ》い印象があった。いいえ、そんなのたんなる思いすごしよ。だって、ほら、いつもどおりのからかうような笑みを浮かべてるじゃないの。

「それは聞き捨てならないな。少なくともきみの一部は、おれが欲しくてしかたがないはずだ」

ジェーンは身を硬くした。「嘘言わないでよ」

「嘘じゃない。おれがそれに気づかないとでも？　おたがいにいつだって感じてるはずだ」

さっきまでのぎこちなさのかけらもない。どきんと心が震え、ふいにジェーンは彼を意識せざるをえなくなった。これこそ彼の狙いだ。ほんのまばたきひとつするあいだに、あの客車の一件以前の、官能のにおいを発するマンダリンへと変貌した。そしてわたしはといえば、彼から発せられる磁力を前にして、まるで形あるものに追いつめられるかのようにおののくことしかできない。

「女性の願いごとを聞き入れることにかけちゃ、おれはすこぶる寛大でね」リュエルはきびすを返し、フレンチドアに向かった。「離ればなれになる前に、きみがおれのものであることをぜひともはっきりさせておきたい。だが、それにはおたがいになにを欲してるのか、きみに思い出させる必要があるようだ。明日の夜、夕食にうかがう」

「そんなこと、わたし――」

「明日の夜だ」リュエルは振り返り、ジェーンのだぶだぶの着古した綿のローブに目を走らせた。「そういえば、ナイトガウン姿ははじめてだな。もっとも、それをナイトガウンと呼べばの話だが。いつかきっと、もっと女らしい服をまとった姿を見せてもらうよ」

リュエルはベランダを出ていった。そして一瞬ののちに、玄関の戸が閉まる音が響いた。

「帰ってよ、リュエル」翌日の晩、バンガローの扉を開けるなり、ジェーンははねつけた。

「来ないでって言ったでしょう。ここには来てほしくないの」

リュエルの眉が引きあがった。「夕食の支度がまだなのか?」濡れたレインコートを脱いで、無造作にポーチに落とす。彼はこれまで見たこともないほどあらたまった格好をしていた。ダークブラウンのスーツと皺ひとつない白のシャツ、襟元には黒のスカーフ。ポーチのランタンの明かりが、磨き抜かれた黒のブーツと、茶色い髪に混じる鮮やかな黄褐色の筋をきらめかせている。思いがけない優雅ないでたちにふっと警戒心が解け、ジェーンは自分の粗末な服装が気詰まりに思えてきた。

弁解がましい思いにかられる必要などなにもない。この場合は彼のほうが侵入者なのだ。

「帰って」

「食事をご馳走になれないっていうなら、ちょっとお邪魔してパトリックと話をすることにしよう。彼はベランダかい？」

「もう寝たわ」

「もう？　まだ八時半にもなってないぞ。彼がよく文句を言わなかったな。食事をせかしたうえに、さっさとベッドに追い払ったりして」

「わたしはそんな——」したり顔の彼と目が合って、口をつぐんだ。「だったらどうだって言うの？　わたしはあなたにここにいてほしくないし、あなたはすでにパトリックを丸めこんで友達だと思わせてる。彼と話す必要なんてないじゃない」

「いや、あるとも。娘との結婚の承諾をもらうつもりだ」リュエルはぱちんと指を鳴らした。「おっと、それじゃ彼を困惑させるだけか。彼は自分に娘がいることを認めてないんだからな」

「ふざけてるの？」

「とんでもない。まじめもまじめ、大まじめだ。美徳の道を歩きはじめて以来、折りに触れ、礼儀だけは守りたいと思っている。彼はまだ眠ってるはずがない。しばしお邪魔して——」

「やめて！」ジェーンは深々と息を吸った。「こんなの馬鹿げてるわ。パトリックまで巻きこむなんて許せない」

リュエルは意外にもあっさり引きさがった。「なるほど」

ジェーンは扉を閉めにかかった。

「きみが外へ出て、一緒に散歩するってのはどうだ?」

「散歩?」

「故郷のグレンクラレンじゃ、婚約したカップルが夜ふたりで散歩をするのが習わしとなってる。もちろん、しかるべき付き添いを従えてね」

「あなたと散歩するつもりはないわ」

「それじゃ、無理やりお邪魔してパトリックと話をするしかないな。彼ならきっと結婚を承諾してくれるはずだ。きみの言うとおり、おれを気に入ってくれてるからな」

どうあってもあきらめない気だ。「外は雨よ」ジェーンは弱々しく言った。

「そうだな。じゃ、ベランダで一緒に座るだけでよしとしよう」リュエルは眉を吊りあげた。

「リー・スンがソファを占領してなければの話だが」

「彼は今朝早く寺院に戻ったわ」ジェーンは腹立たしい思いで彼を眺めやった。人好きのする笑みを浮かべたところで、そのきらびやかな外見の下に無謀さと執念ともいえるほどの頑固さが隠されているのはお見通しだ。扉を開き、くるりと背を向けた。「十分だけよ」

「承知しました、奥さま」リュエルは彼女のあとについて部屋を横切り、開け放したままのフレンチドアへ向かった。「おれがどんなに従順な人間か、これでわかっただろう? きみの要求とあればどんなことにも従い、きみの忠犬サムみたいに、あとをついてまわる」

「サムはわたしのあとなんかついてまわらない」ジェーンはクッションの置かれた籐《とう》のソファに腰を下ろした。「彼にだって、それなりの分別があるのよ」

「おれに対するあてつけか?」リュエルは彼女の傍らに座った。「だが、おれはサムほど歓迎されてるわけじゃない。言ってみれば侵入者だ。となれば、謙虚さのひとつも示さなけりゃならないってわけだ」

「あなたが謙虚さ?」

　リュエルは低く笑った。「たしかにおれには似合わない言葉だが、これでも順応しようと努力してるところなんだ。手を貸してくれ」

「なんですって?」

「手を握りたいんだ。イアンとマーガレットだってそれぐらいしてる。正しい求愛方法だよ」

「求愛だなんて、わたしたちには関係ないわよ」

「大ありさ」リュエルは自分から彼女の手を取り、指をからませた。「そのことははっきり伝えたはずだけどな。だめだ、引っこめないでくれ。ただ握ってるだけでいいんだ」なだめるような口調になる。「ただここに座って話をして、雨音に耳を澄ませてるだけでいい」

　全身の筋肉が硬直し、じっと座っているのもままならなかった。肩と肩が触れあい、たがいの手がしっかりと組みあわされているなんて。

「力を抜いて。危害を加えようなんて思っちゃいない。おれがどれほど従順になれるか、証明してみせようと思ってるんだ」

これほど緊張してなければ、大声で笑うところだった。彼が従順だなんて、台風をもたらす暴風をそよ風と呼ぶようなものだ。

ジェーンは彼に握られた手から手首へ、そして上腕へと奇妙な熱がさざ波のように広がっていくのを必死で無視しようとした。「グレンクラレンの求愛方法のことは、ずいぶん詳しいみたいね」

「聞いた話だ。おれは悪ガキだったから、しかるべき習わしを守るほどの忍耐なんて持ちあわせていなかった」

それにマンダリンには忍耐なんて必要ない。ほんの少し喜ばせてその気があるようなふりをすれば、なんだって誰だって向こうからやってくるのだから。ジェーンは唇を湿らせた。

「グレンクラレンはどれぐらい――」

「グレンクラレンの話はしたくない。あそこはじめじめして憂鬱なだけだ」振り返って微笑んだ。「おれには似合わないし、きみにも似合わないに決まってる。結婚したら、シニダーに住むつもりだよ」

またその話。ジェーンは彼の気をそらそうと、できるだけあたりさわりのない話題に転じた。「シニダーはどうやって見つけたの？」

「あるとき、オーストラリアからアフリカ行きの船に乗っていてね。途中、食料と水の補給のためにシニダーに立ち寄ったんだ。船が出発しても、おれは島に残っていた」

「どうして？」

リュエルは肩をすくめた。「なんていうか……気に入ったんだ。なんだか——」言いよどみ、言葉を探す。「呼ばれてる気がしたんだ」

「美しい島なの？」

「たぶん、そうだと思う」リュエルはしばらく思案した。「ああ、そうだな。シニダーは美しい」

「でも、それが気に入った理由ではないのね」

「あの島を見た瞬間に、いつかおれのものになると思った。感じたんだよ」ジェーンの手をひっくり返し、手のひらに描かれた筋を人さし指でぼんやりなぞった。「そして、いつか自分のものになる運命なら、かならずこの島に、おれの愛するものが備わっているはずだと思った」

ジェーンはくすりと笑った。「金ね」

リュエルはうなずいた。「探して確かめる必要があった。深い渓谷の壁づたいに道があることはあったんだが、あちこちにでっかい石が転がっていてね。四つん這いになって乗り越えなきゃならなかった。渓谷の底に到達したあと、三週間ジャングルのなかを歩きまわり、ようやく山にたどり着くことができた。途中何度もだめかと思ったよ。でも、ついに到着したとき……」彼の顔が熱を帯びて輝いた。「鉱脈だよ。鉱穴なんてもんじゃない。分厚くてみごとな鉱脈……小川にさえ塊金が溢れてるんだ。手を伸ばせば、ガチョウの卵ぐらいの大きさの塊金を拾いあげることができた」

「持って帰ってきたの？」

リュエルは首を振った。「そんなことをしたら、たちまち噂が広がってしまうからね。シニダーが法的におれのものになるまでは、それはまずい。そこで港に戻ったんだ。餓死寸前のぼろぼろの姿で、ポケットにはなにも入れずに。渓谷を渡れなかったとみんなに言いふらしたよ。そして次に港にやってきた船に乗って、その足でジェイレンバーグの採金地へ向かった。三年の月日と二カ所の採金地を必要としたが、ようやくマハラジャからシニダーを譲り受けるだけの資金を作ることができたんだ」

三年ものあいだ、過酷な労働と窮乏生活に耐えてきたなんて。それもシニダーを得るためだけに。「そして、ついに戻るときが来た」

「ああ、できるだけ早くきみを呼び寄せて――」ジェーンの表情に気づき、口を閉ざす。「かならず実現してみせるよ、ジェーン」手を伸ばし、彼女のこめかみにかかる巻き毛を払いのけた。「髪を下ろしたところを見たことがないな。流れるように肩にかかる姿を見てみたい。あの客車のソファでも三つ編みをほどきたかったんだが、ひどくせっぱつまってて余裕がなかった」

ジェーンは頬がぱっと熱を帯びるのを感じた。首筋や胸のあたりまでじわりと広がっていく。

「いまならできる」リュエルが静かに言い、人さし指でジェーンの手のひらをそっとこすった。たちまち、ちくちくするようなうずきが腕へと駆けあがった。「きみの望むことならなんでもできる。パトリックは眠っているから心配はない。その扉を閉めてしまえば――」

「だめよ」ジェーンが小声で制した。拒絶しつつ、不覚にも胸が膨らんでシャツの生地を下から押しあげている。彼に気づかれてはならない。いいえ、もう遅い。とっくに気づいてるに決まってる。どうすればわたしの反応を引き起こせるか、ことごとく知りつくしているのだ。

「マハラジャの絵を覚えてるか？　喜びを得るにはいくつものやり方がある。きみにそのすべてを教えてやりたい」

息が苦しくて、体までも震えだした。これじゃ、まるであの日と同じ。いっそのこと、あの絵のなかの女性のようにひざまずき、なにも考えずに彼の言うままになってしまいたい。彼の望むままにしてしまいたい。

リュエルの体から漂ってくるひそやかな石鹸の香りを、痛いほど意識した。彼の指が手のひらをこするときの電流が走るような衝撃を。そしてバンガローの草葺《ぶ》き屋根を叩く雨音を。

マハラジャの客車のなかでも同じように雨音を聞いていた。

「でも、今日は違う」まるで彼女の心を見透かしたかのようにリュエルが言った。「きみを誘惑するつもりはない」

「そうは思えないけど」

「きみもおれを必要としていることをわかってほしいだけなんだ。おれと同じように——いや、嘘だな、それは」リュエルは捨て鉢な調子で笑った。「たしかに最初はそのつもりだった。でもいまじゃ、どうでもよくなったよ。おれがどれほど従順になれるか示してやるなんて戯《ざ》れ言《ごと》は」

手を引っこめるべきだとはわかっていても、体が動きそうになかった。「離して」ジェーンは消え入りそうな声で訴えた。

リュエルは一瞬きつく握りしめたあと、ゆっくりと彼女の手を離した。「どれだけ自分を抑えているかわかるかい？　本当は離したくなかった」立ちあがり、大股で戸口へ向かう。「だが、約束は守る。十分たったから帰ることにするよ」フレンチドアの手前で立ち止まり、彼女を振り返った。「これで終わりじゃない。おれを追い払うことはできない。きみとパトリックがカサンポールを離れるまで、おれも残る」

「そんなの時間の無駄よ。わたしの気は変わらないわ。それにシニダーはどうするの？」

「何年間も働きながら、シニダーに帰る日を待ってきたんだ。少しぐらい遅れたところでどうってことはない」リュエルは微笑んだ。「きみにはそれだけの価値があるよ、ジェーン・バーナビー」

リュエルが運転室に飛び乗ったときには、すでに機関車は蒸気を吐きだし、先端のランタンはまばゆい光を放っていた。

「カールタウクは？」ジェーンが訊いた。

「無事、ランピュール渓谷に落ち着かせてきた」リュエルはにやっと歯を剝いた。「せっかく土手に差し掛け小屋を作ってやったのに、雨のなかで待つのはいやだのなんだのと文句を言っていた。スコットランドにはモンスーンはないからってなだめてきたよ」

にこやかに微笑みかけるその顔。リュエルの発する突風のごときエネルギーに呑みこまれまいと、ジェーンは必死に抗《あらが》っていた。ろくに眠れない夜を過ごしたあと、彼の磁力には断じて引きずられないと決心したはずなのに、いままたそれは新たな衝撃を伴って迫ってきた。雨で濡れた茶色のレインコートも、黄褐色の筋の走った髪もすっかり光沢を失っている。それでも、彼そのものはまるで機関車の正面に取り付けられたランタンのごとく艶《あで》やかな美しさを放ち、まともに目を向けられないほどだった。手を伸ばし触れてみたい思いが容赦なくこみあげる。

あわてて目をそむけて言った。「イアンは十五分前に到着して、マハラジャの客車にいるわ。わたしたちが働いてるあいだ、優雅にうたたねを楽しむんですって。あなたはなぜ遅れたの？」

「宮殿を訪ねて、アブダルへの謁見を申しこんだんだ」

ジェーンがさっと振り返った。「なんですって？」

リュエルはにやりと笑った。「召使いから言われたよ。殿下は今朝ナリンスに向かって出発なされましたと」機関手の席に座っているリー・スンに目を向けた。「きみの作戦が功を奏したようだな」

「そうらしいな」リー・スンが表情も変えずに答えた。「だけど、あてにならないぜ。アブダルのやつ、騙されたことに気づいて、線路沿いのどっかで待ち伏せしてないともかぎらない」

「たしかに」リュエルはエンジン制御装置に目を走らせた。「こんな化け物みたいな機関車を運転できるとはな」

「子供のころに親父に教わったし、ソールズベリーじゃ兵站《へいたん》線の運転をしてたんだ」と、急に表情を曇らせた。「もちろんパトリックは、中国人なんかに客車の機関手をまかせられっこないと思ってるけどな。おおかたあんたもそう思ってんだろ？　かわりに自分が運転したほうがましだとか」

「まさか、ごめんこうむるよ。おれはきみの指揮のもとで働くほうがずっといいね」

「白人にしちゃ変わったことを言うな」リー・スンはかすかに頬を緩めた。「嬉しくってめまいがするぜ。西洋人相手に指図するなんてのはめったに味わえないからな」

「そろそろ出発するわよ」ジェーンがリュエルに告げた。「あなたはボイラーの番をして。わたしは線路に異常がないか目を光らせなきゃならないから」リー・スンに合図すると、まもなく機関車は駅舎を離れはじめた。「パトリックの話だと、昨日点検した分にはナリンスまでなんの問題もなかったらしいわ。だからといって、なにも起こらないとはかぎらないもの」

実際、シコール渓谷までに二回、停止しなくてはならなかった。一度は、線路を妨げている倒木を取り除くため、もう一度は線路にまたがって草を食《は》んでいた水牛を追い払うために。シコール渓谷を渡る際には速度を落としたものの、いったん荒れ狂う川を渡ってしまうと、リー・スンは速度を上げた。機関車は滑るように線路の上を進んでいく。

「その先のカーブを曲がった向こうがランピュール渓谷よ」ジェーンが説明した。「カールタウクの姿を見落とさないようにして」

「こんな雨じゃ、おれたちよりも彼のほうが列車の明かりを見つけやすいだろう」リュエルは窓際に移動し、ジェーンのそばに立った。列車がランピュール橋を渡りはじめると、叩きつける雨粒の合間に、ザストゥー川の黄みがかった水しぶきが見えてきた。「カールタウクは準備できてるんだろうな。列車が速度を落としたとたんに飛び乗るって——なんだ、いまのは?」

ジェーンもその音を耳にしていた。にわかに心臓が高鳴った。「リー・スン!」

「わかってる」リー・スンの声はかすれていた。さらに速度を上げる。「三両だけだ。加速すりゃ、無事に渡り終える——」

車両が傾き、鈍いきしみをたてて減速した。と、突如、尻尾を振りまわすヘビのようにぐいと後ろのほうが横ざまに引っぱられた。

「なにが起こってるんだ?」リュエルが怒鳴った。

「後ろの客車のひとつが線路からはずれたのよ」言いながらジェーンは、血管じゅうの血液が凍りついてしまったかのような恐怖を覚えていた。

「アブダルか!」

列車がふたたび横に引きずられ、突然、運転室が揺れはじめた。

「彼女を連れて飛び降りろ!」リー・スンがリュエルに命じ、ブレーキを作動させた。「この車両もはずれちまった。ひっくり返るぞ」

「ちくしょう!」リュエルはジェーンの体を抱えあげ、線路の脇をめがけてひとっ飛びした。橋に体が叩きつけられたあと、ごろごろと転がっていく。

木造の橋が体の下で震え、ジェーンはつなぎ目から、ごうごうと水しぶきを吐きだす六〇フィート下の川を目にしていた。こんなことが起こるなんて考えられない。いったい、なにがどうなってるの?

「リー・スン!」ジェーンが叫んだ。

運転室の扉のそばに立つリー・スンの姿が見える。次の瞬間、彼は飛んだ。ほっとするのもつかのま、新たな恐怖が押し寄せた。リー・スンは痛めているほうの脚を下にしたまま、線路に激突していた。無惨に倒れ、橋のへりに向かってずるずる体を滑らせていく。

リュエルが小さく悪態をつき、くるりと体を回転させるや、リー・スンの左腕をつかんだ。が、一瞬遅く、彼の体は橋から転げ落ちた。「手を貸せ」絞りだすような声でリー・スンを促す。男ひとりの体重を支えて、上腕の筋肉が膨れあがっている。「そっちの手も伸ばすんだ」

「わたしがやるわ」すぐさまジェーンが身を寄せ、差し伸べられたリー・スンの手をつかんだ。ふたりで力を振り絞って、どうにか彼の体を橋の上へ引きずりあげる。

「走れ！　土手に非難しろ」リュエルは立ちあがるなり、きびすを返した。「おれはイアンの――」思わず息を呑んだ。マハラジャ専用の客車が橋からずり落ち、先端を渓谷に向けたままシーソーのように前後にぶらぶら揺れている。「イアン！」

イアンはマハラジャの客車に乗っていた。ジェーンは思い出して愕然《がくぜん》とした。なぜ彼は飛び降りなかったの？　自分が飛び降りてからまだほんの一分もたっていないというのに、果てしなく長い時間が過ぎたような気がした。

「とにかく橋から下りろ！」リュエルはジェーンの腕をつかみ、数ヤード先の土手のほうへ押しだした。

マハラジャの客車の重厚な扉が開いた。イアンはうろたえた表情を浮かべて、戸口に棒立ちになっている。額からは血が流れていた。「リュエル！」

「イアン！　飛び降りろ！」リュエルは客車めざして橋の上を走った。足元が揺れ、つなぎ目はいまや、雄叫びをあげる大口にのぞいた歯列のようにぱっくりと開いていた。

ふたたび音が響いた。金属同士がこすれあうような不気味なきしみ。橋ががくんと揺れ、ジェーンは地面に投げだされた。あわてて客車に目を走らせる。リュエルもまた客車の数ヤード手前で倒れていた。そのときだった。車内に引きずりこまれるイアンの姿が見えたと思った瞬間、客車が橋から完全に転げ落ちた。二両の客車をつなぐ連結部がかろうじて線路に引っかかり、渓谷の上で宙づり状態になっている。お願い、神さま。あのままじっとさせておいて。イアンを助けてあげて！

連結部はなんとか持ちこたえていた。しかし、引力と客車の重さに耐えられるわけがない。

「ちくしょう！」リュエルは必死に起きあがりながら、三両の車両が六〇フィート下の濁流に向かって、ゆっくりとずり落ちていくさまをなすすべなく見守った。

「イアン！」

これから先何百年生きようとも、このときのリュエルの恐怖と抗議に満ちた苦渋の叫び声を忘れることはないだろう。

客車は、土手に並ぶ平らな石に激突し、おもちゃのようにぐしゃりと潰れた。木造の壁は紙でできてるかと見まがうほど、跡形もなく崩れた。機関車は水中に戻っていくワニのように、ゆっくりと沈んでいった。

「ああ、神さま……」

「彼女を頼むぞ、リー・スン」リュエルはふたりを追い越し、ぺちゃんこの客車めざしてぬかるんだ土手を滑りおりていった。

「やめて！」ジェーンは自分が叫んでいることすら気づかなかった。リュエルが死んでしまう！　そんなことぜったいにだめ。彼が死んだらわたしは生きていけない。生きてはいかれない……。

とっさにあとを追って、土手を下りはじめた。だが、ほんの数フィート進んだところでリー・スンのタックルを受け、ぶざまに地面に倒れこんだ。

「離してよ！」必死に体をくねらせ、馬乗りになって押さえつけてくるリー・スンの胸を拳で叩いた。「わからないの？　彼は死んじゃうのよ。ふたりとも死んじゃうのよ。そんなことぜったいに——」

「だからって、おまえも一緒に死ぬのか。おれが手を離したらおまえも死ぬんだぞ」リー・スンが声を張りあげた。「リュエルは馬鹿だよ。兄貴を助けるだなんて。あの衝撃でとっくに死んじまってる」

「そんなことなぜわかるのよ？」

「彼の言うとおりだ、ジェーン」いつのまにかカールタウクがふたりの傍らにひざまずいていた。片手にランタンを持ち、青白い顔にぺったりと髪が張りついている。「あきらめるんだ」

ジェーンは目を伏せた。溢れでる涙が次々に頬を伝う。イアンは死んで、リュエルもまもなく死んでしまう。「見てたの、カールタウク？」

「ああ、すべて見ていた。こんな悲劇は二度と見たくない」

「横倒しになったのよ。あんなこと起こるはずが……」

「どうした？」

「いえ、なんでもない」このまま横たわって、あきらめるわけにはいかない。リュエルがあきらめずに闘っているというのに。イアンだって死んだと決まったわけじゃない。なんらかの奇跡が働いて、リュエルが彼を助けだして戻ってくるかもしれない。そのときに備えて、いつでも助けられるように準備をしておかなければ。リュエルが死ぬはずがない。彼が死ぬわけが……。

「どいて、リー・スン」カールタウクを振り返る。「ロープよ。リュエルから渡された荷物のなかにロープはない？」

めちゃめちゃに壊れたマハラジャの客車は半分水に浸った状態で、なんとかバランスを保って岩の上に留まっていた。唯一の入口である、水面の縁にぽっかりと空いた穴に、リュエルは体を滑りこませた。

あれほど美しかった車内は、粉々に砕けた梁《はり》や押しつぶされた材木、それに見る影もなくひっくり返った家具で足の踏み場もなかった。磁器ストーブは逆さまになり、放たれた炎がわずかに残された獲物を食べつくそうと舌なめずりしている。いずれ降りしきる雨によって消えてしまうだろうから、放っておいたところで問題はない。リュエルは足を止め、血走った目を残骸の山に走らせた。

イアンは床に横たわっていた。体がねじれ、陥没した屋根に下半身がはさまれている。

リュエルは這い進み、兄を押しつぶしている残骸を力まかせに引き剝がした。

と、客車がずずっと川のなかへずり落ち、泥まじりの黄色い水が車内に流れこんできた。

兄の体に乗っていたソファを持ちあげる。

「やめろ。わたしのことは放っておけ……」

リュエルははっとイアンの顔に目を向けた。どっと安堵感がこみあげる。兄の目は見開かれ、その顔は苦痛にゆがんでいた。生きている！

「冗談言うな」ソファを少しずつ脇へ押しやっていく。

ふたたび客車が動き、リュエルのブーツの上まで浸水してきた。

「もう間に合わない」イアンがあえいだ。「わたしを置いて逃げろ」

「うるさい」リュエルはすばやくイアンの腕や脚に触れた。「どこも折れちゃいない。動けるか？」

イアンはかすかに体を動かすや、低いうめき声とともに倒れこんだ。

「だめか？　それならおれが引きずっていく」リュエルは床に落ちていたカーテンから象牙色の紐を引きちぎった。「ハーネスを作る。水のなかに入ったら、抱えてはいられないからな」説明しながら手早く間に合わせのハーネスを作る。それを体に巻きつけ、もう一方の端をイアンの脇の下で結んだ。「準備はいいか？　行くぞ」脇の下に手を入れてイアンを支え、引きずった。

イアンが悲鳴をあげた。

「すまん、大丈夫か」なだめながら、さらに引きずった。「でも客車が岩に乗っていられるのもいまのうちだ。いったん水中に沈めば、ふたりとも押し流される」

「おまえは悪くない……わたしが腰抜け……」

「あんたは腰抜けなんかじゃない」リュエルはさらに引っぱった。「あと二ヤードだ」

「待ってくれ」イアンがうめいた。「とても耐えられない」

「わかった」リュエルは手を止め、兄のそばに膝をついてにらみつけた。「それじゃ、ふたりともここでじっとして、クソいまいましい川に殺されるのを待つことにしよう。それで満足なんだろ？　おれはあんたを置いてはいかないからな」

「リュエル、頼む。そんなことを……」イアンは力なく目を閉じた。「わかった、引っぱってくれ……」

続く数分は、イアンにとっては耐えがたい苦しみを、そしてリュエルにとっては大変な労力を強いる時間となった。

ようやく外へつながる穴に達すると、リュエルはひと息ついた。イアンはほとんど意識を失いかけている。どうやればその彼をここから連れだし、最小限の損傷で岩まで押しあげられるだろう？

迷っている暇はなかった。ついに客車が岩から滑り落ち、水中に沈んだ。

たちまちふたりは、激流のなかに放りだされた。リュエルは岩に激突し、とっさに手を伸ばして、丸石にしがみついた。

激痛が襲い、なにも見えない。イアン……イアンはどこだ？　かすかにハーネスが引っぱられるの手を離してたまるか。

を感じて振り返った。数フィート離れた流れの合間にイアンの体が浮かんで見える。やっとの思いで岩に這いあがると、兄の体に結びつけたはずの紐をたぐりはじめた。急流が抗ってイアンの体を引き戻し、リュエル自身もまた水中へと引きずりこまれそうになった。

永遠に続く闘いのように思えた。やがてイアンの体を手に届くところまでたぐり寄せると、どうにか岩の上に引きずりあげた。

ぴくりともしない。完全に意識を失っている。

「だめだ。死ぬな。死ぬんじゃない」イアンの胸に耳を押しつけた。なにも聞こえない。位置を変えて耳を当てると、かすかだが鼓動が聞こえた。ああ、生きていてくれた。だが、いつまでもつ？　肩に当たるハーネスの紐を調整し、イアンを後ろに引きずりながら岩を登りはじめた。

一ヤード。二ヤード。生暖かいものが肩から伝い落ちてくる。雨か？　いや、そうじゃない。紐が肩に食いこんで血が流れてるんだ。かすむ意識のなかでぼんやり思った。

土手に達すると、今度は険しい斜面を登りはじめた。一歩踏みだすたび、ブーツが膝までぬかるみに浸かる。

イアンの体を五ヤード引きずっては、二ヤード滑り落ちる。

三ヤード前進しては、五ヤード後退。

悪態をつきつつも、ふたたび挑む。

「彼はまかせろ。ハーネスをはずせ」

カールタウクの声だった。目の前の土手から聞こえてくる。間違いない、カールタウクとジェーンだ。

カールタウクはリュエルの背中からすばやく紐をはずした。「なんという姿だ。ぼろぼろじゃないか」

「イアン……」

「彼はわたしたちが連れてくから」ジェーンは自分が手にしてきたロープを新たにイアンの体に巻きつけた。「リー・スンがこのロープの反対端を、土手を登りきったところの木につないでるはずよ。上に着いたら、みんなで引きあげればいいわ」結び目を確かめる。「これで大丈夫。さあ、行くわよ」

リュエルはカールタウクとジェーンの後ろから、よろめく足を一歩一歩踏みだした。難儀ではあったが、イアンの重さがないぶん、不可能ではなかった。十分ほどかけて頂上に到達すると、リー・スンが待ち構えていた。全員で力を合わせて、イアンを引っぱりあげる。

「生きてるの？」ジェーンが訊いた。

「ああ。カールタウクの差し掛け小屋に連れていこう。少しは雨よけになる」

数分後、彼らは防水シートが張ってあるだけの粗造りの避難小屋にイアンを引きずり入れた。

「彼を頼む」リュエルは身を翻し、ひとりで橋へ戻っていこうとした。

「どこへ行くの？」ジェーンが声を張った。

「カサンポールだ。医者を……」

「そんな体じゃ無理よ。カサンポールなんてたどり着けるわけがない」

「おれ以外に誰がいる？　カールタウクは行かれまい」途切れとぎれの声を漏らした。「それにリー・スンだって……あの体だ」

「わたしがいるわ」

「黙って好きにさせてくれ」肩ごしにめねつけるような視線を投げた。「おれが戻るまで、イアンを生かしといてくれ」

リュエルが渓谷を渡りはじめるのを、ジェーンは息を詰めて見守った。橋はなにごともなかったかのように悠然と立ってはいるが、あんな仕打ちを受けたあとではその平穏さもあてにならない気がした。

リュエルがようやく向こう岸に渡ったのを見て、ほうっとひとつ、長い息を吐きだした。まもなく彼の姿は、カーブの先へ消えていった。

――おれが戻るまでイアンを生かしといてくれ
そんなことを言ったって、どうすればいいの？　イアンの顔を見下ろしながら絶望的な思いに駆られた。いまだってどうにか命の縁にしがみついてるようなものなのだ。ましてや、リュエルが戻ってくるまでには何時間もかかるだろう。イアンの体を覆っている毛布は早くもずぶ濡れだが、ほかに暖める手だてはなし、火を熾《おこ》せるわけもない。

それにリュエルが助けを得て戻ってきたら、カールタウクの存在が明らかになってしまう。そうよ、イアンを生かしておくことはできないかもしれない。でも、カールタウクをアブダルの手から守ることなら、まだチャンスは残されている。リー・スンのほうを振り返った。

「カールタウクをナリンスまで連れていってちょうだい」

「わたしはここを離れないよ」カールタウクが口をはさんだ。

「言うとおりにして!」ひと息ついて声音を落ち着かせた。「わたしはすべてを失ってしまった。あなたまでアブダルに奪われるわけにはいかない。みんなには、リー・スンは列車が大破して死んだと話しておくから。そうすればアブダルは、あなたも一緒に乗っていて死んだと勝手に思うはずよ。ナリンスに着いたら、海岸近くの宿に泊まって。到着したらすぐに連絡してちょうだい」

カールタウクはなおも納得いかない顔をしていた。「しかし、わたしは――」

「うだうだ考えてないで、さっさと言うとおりにして。ここに残るわたしのほうがよっぽど安全よ。ナリンスまで歩くとなったら何日もかかるんだから」

リー・スンがカールタウクの腕をつかんだ。「ジェーンの言うとおりだ。ここに残ってもなんの助けにもなりゃしないさ。むしろ、あんたが見つかれば彼女を危険にさらすだけだ。彼はかならずおれが守るよ、ジェーン」

「頼むわね。気をつけて」

ジェーンはくるりと背を向け、イアンの顔を見下ろした。この世に幸運なんてあるわけがない。そんな捨て鉢な気持ちが襲ってくる。かわいそうなイアン。もう二度と、グレンクラレンや大切なマーガレットをその目で見ることはないかもしれない。数分後に顔を上げたときには、すでにリー・スンとカールタウクの姿は消え去っていた。

ジェーンは橋のたもとまで足を引きずっていき、渓谷を渡る線路を見下ろした。ついで、その向こうの川に没する列車の残骸も。胃がよじれ、喉元まで吐き気がこみあげてくる。身を翻すと、差し掛け小屋へ戻っていった。

――イアンを生かしといてくれ
それは不可能な仕事のように思えた。だが、リュエルに言われたからにはやるしかない。このおぞましい事故から、なにがしかでも救出しなくては。リュエルのためにイアンを救うのよ。ジェーンはしとどに雨を吸った地面に膝をつき、いくらかでもぬくもりを与えられるようにぴったりとイアンの体に寄り添った。

「やめて!」イアンを連れていかないで。暖めてなきゃ彼は死んじゃうのがわからないの?

「やめてったら――」

「しーっ、もう大丈夫だ」リュエルの声。「彼を担架に乗せて、橋の向こうまで運んでくれるんだ」

しだいに頭のなかの靄《もや》が晴れてきた。入り混じる声、おびただしい数のランタン、動きまわる人びと。彼女はどうにか起きあがった。「彼は無事?」

「かろうじてね」リュエルはそそくさと答えて立ちあがり、彼女にも手を貸して立たせてやった。「でも一刻も早く、このいまいましい雨から避難させてやらなきゃならない。パトリックがシコール渓谷の向こう岸まで荷馬車を引いてきてるんだ。そこまで行けば楽になる」ジェーンの顔をうかがった。「イアンと同じ、真っ青な顔をしてる。歩いて橋を渡れるか？つなぎ目がはずれてるところもあるから、抱えていくにも危険だしな」

「歩けるわ」イアンを運ぶ四人の男について、ジェーンはよろよろと歩きだした。絶望に打ちひしがれた目つきで担架を見つめる。「死んじゃだめよ……すべてわたしのせいだわ」

「馬鹿なことを言うな」リュエルが一蹴した。「誰の責任でもない。たしかに、最初はアブダルの仕業かと思った。でももしそうなら、いまごろ姿を現してもいいころだろう。それになぜ彼が列車を破壊する必要がある？　おそらくたんなる事故だったんだ」渓谷の向こう岸に到着し、ジェーンを両腕に抱えあげた。「なんだ、ひどく震えてるじゃないか。まともに頭が働かないのも無理はない」

「わたしのせいよ……」

ジェーンはバンガローの自分のベッドで目を覚ました。傍らの椅子にリュエルが座っている。乾いた服に着替えてはいるものの、その顔は見るに忍びないものだった。目の下に黒々と隈ができ、口の両側にはくっきりと深い溝が刻まれている。

「イアンは？」

「どうにか持ちこたえてるよ。あまり遠くへ動かすのもどうかと思ったんで、パトリックに部屋を譲ってもらって、英国軍の駐屯地から医者を呼んだんだ。ケンドリック医師が、あらゆる手を尽くしてくれているはずだ」

「ええ、もちろんよ」

リュエルはためらいがちに切りだした。「礼を言わなきゃな。兄貴を助けてもらって」不思議そうに繰り返す。「兄貴か。じつはイアンのことをこう呼ぶのは、子供のころ以来なんだ。そう呼ばないでおけば、距離が保てると思ってたんだな」つと目を閉じた。「彼を愛してるんだ」

「ええ、一緒にいるところを見ればよくわかるわ」

「そうなのか？　それじゃ彼も気づいてたかもしれないな。おれ自身は懸命に認めまいとしてきたのに。彼を愛したくなかったんだ。いや、誰も愛したくなかった。なのにどういうわけか……」はたと目を開けた。「彼は目を覚まさないかもしれない。手を尽くすとはいっても、あまりやれることはないと医者も言ってるんだ。イアンは二度と目を覚まさずに、そのままだんだん……」

「慰めの言葉もないわ、リュエル」

リュエルの目が荒々しい光を放った。「慰めてもらうことなんてなにもない。医者が間違ってるんだ。ぜったいにイアンを死なせたりなどしない」

「だけど、あなたになにができると……」

「いつだってできることはあるさ」立ちあがり、大股に戸口へ向かう。「かならず助けてみせる」

ぴしゃりと後ろ手に扉が閉められた。

ああ、神さま、わたしはリュエルを愛しています。土手を走り去る彼の後ろ姿を目にしたとき心の内ではじけたその思いは、まぎれもない確信となって心を突き刺した。愛というものはうっとりと心地よいものだとばかり思っていた。それなのにいま感じているものは心地よいどころか、ただ逃れられないという思いだけ。どんなにその思いを否定しようにも、それはしだいに肥大するとともに深みを増し、しまいには直視して認めざるをえなくなった。よりによって、リュエル・マクラレンを愛してしまうなんて。無情で人を嘲ってばかりで、自己中心的。なにより、これまで出会ったなかでもっとも理解しがたい人物を。

――リュエルは英雄のひとりなんだ

イアンはかつてそう言った。そして今夜、リュエルはそれを証明してみせた。たしかにときに無情な怪物と化すこともあるが、自分の身の安全など顧みずに他人のために尽くす、無私で勇敢なヒーローになることもできる。ほんの数分前にそこに座っていた彼には人を嘲るようなところは微塵もなく、むしろ傷つき打ちひしがれていた。

なにもしてあげられない自分自身へのふがいなさが、ジェーンの心に押し寄せた。リュエルの痛みがまるで自分自身の痛みのように感じられる。彼だって同じように感じてるはずなのに、その思いに蓋《ふた》をしてまっすぐ突き進むことだけを考えている。自分にできることをひたすら追い求めて。

そう、わたしにだってできることがあるはずだ。

不安で胸が押しつぶされそうになりながらも、ジェーンは覚悟を固めた。ベッドカバーをはねのけると、勢いよく床に降り立った。立ちあがったとたん、全身の筋肉にずきんと衝撃が走る。痛みを無視して部屋を横切り、洗面台へ向かった。

十分後、足を引きずりつつのろのろと部屋を出て、パトリックの姿を探した。彼はベランダで、お気に入りのクッション付きの籐の椅子にもたれかかり、例によってウィスキー入りのグラスを手にしていた。どうかまだそれほど酔っていませんように。きちんと話ができる状態でありますように。

ジェーンがベランダに出ていっても、彼は姿勢を変えようとはしなかった。「なにやってる？　寝てなきゃだめだろうが」グラスの中身に目を落とす。「ベッドに戻れ」

「話があるの、パトリック」

「リュエル・マクラレンの兄貴のことなら、気の毒なことをした。まさか彼が——」

「あんなこと起こるわけがないのよ、パトリック」

「事故だったんだ。あのくそいまいましい川のせいだ」ウィスキーをひと口すすった。「運が悪かったんだよ。事故はいつだって起こりうる」

「こんな事故はありえないわ」

パトリックの手がぎゅっとグラスを握りしめた。「なぜそんな言い方をする？　おれがひとりのんびり酒を飲んでるとでも？　冗談じゃねえ。マハラジャときたら頭からかっかと湯気出しやがって、金なんか一銭も払わねえとぬかしやがる」

「マハラジャのことなんかどうでもいいわ」ジェーンは懸命に声を落ち着かせようとした。

「この家には死にかけてる人がいるのよ。それも、とても善良な人が」

「だからって、おれになにができる？」パトリックがむきになって言い返した。「あの頑丈な支柱をぐらぐら揺らすほど川の流れが強烈だなんて、誰が想像した？　なにもかもうまくいくはずだったんだ」

「レールを見たわ、パトリック」

彼は顔をそらせ、ウィスキーをぐっと飲み干した。「なんの話か、さっぱりわからん」

「わたしたちが渓谷を渡りはじめたとき、レールの一部が破損したのよ。あそこのレールはきわめて上質の鋼でできているはずだった。だけど、わたしは戻ってこの目で確かめたわ。ほかの場所のレールに使われてる材質とはまるで別物。ただの鉄だったのよ、鋼じゃなくて。鉄よ、パトリック。鉄と鋼の圧力耐性じゃ、月とすっぽんだわ。あそこのレールはとっくの昔から弱くなってたのよ。川の水が支柱に当たって繰り返し揺さぶられたせいでね。そして列車が通過したとき、その重さで――」口をつぐみ、驚いてパトリックを見つめた。

パトリックの頬を涙がとめどなく伝い落ちている。「こんなことが起こるなんて思っちゃいなかった。うまくいくと思ってたんだ。ほんの少しの範囲のことだ。大丈夫に決まってると。機関車用の真鍮《しんちゅう》に予想以上に金がかかっちまって、これ以上、借り入れることもできなくて。人が死ぬなんて思っちゃいなかったんだ」

「ああ、パトリック」思い違いだと一笑されるだろう、納得いく説明が得られるだろうという期待はもろくも崩れ去った。

「おれのミスだよ。だが、この報いは受ける。もうおしまいだよ、ジェーン。今度のことでマハラジャから罰せられたなんて噂が流れりゃ、二度と仕事はまわってこなくなる」

「自業自得だわ、パトリック」

パトリックはすばやくうなずいた。「彼が死んだら、おれは自分を許せないだろう」

死なななくたって、許せるもんですか。

「レールのことは黙っててくれないか？　マハラジャには震動によって生じた、避けようのない事故だったと説明してある。あの川のせいだと……」急いで付け加える。「まんざら全部が嘘というわけじゃない」

「誰にも言わないわ」ジェーンは吐き捨てるように言った。「あなたの罪は計り知れないけど、わたしにも責任がないわけじゃない。おかしいとは思ったわ。あのレールが到着して以来、急に現場に立つなんて言い張って。だけど、信じたかったのよ、あなたが……」自分自身への罪悪感に押しつぶされそうになって、言葉が続かなかった。もしあのとき自分の直感に従って行動してたら、イアンはいまごろあの部屋で、迫り来る死と闘っていることもなかった。自分さえあのレールをこの目で確かめていたら。

「よかった」パトリックがあからさまにほっとした声を漏らした。「あとは、あの気の毒な男を助けるためにできるだけのことをしてやろう」

「あなたにはここにいてほしくない」

「なんだと？」

「いまはあなたの顔を見たくないの」刺々しい言い方をしてることは自分でも承知していた。けれど、心はささくれ立つどころか、まるで空っぽだった。「荷物をまとめて、将校クラブにでも行って」

パトリックの顔が赤く染めあがり、目は驚きに見開かれた。「でもおれは……」彼女の視線にとらえられ、のろのろと言う。「おまえがそうしろと言うなら」

「ええ、そうしてほしいの」ジェーンはくるりと背を向け、立ち去った。

闇がしだいに色を薄め、慈悲に満ちた暖かな光が自分を手招きするのをイアンは感じていた。

「起きてるんだろ、イアン。目を開けろよ」

またもやリュエルの声。せがんだりおだてたりしてつねに話しかけ、どうにか光から気をそらせようとしている。

「疲れたよ」

「疲れてなんかいないさ。あきらめようとしてるだけだ。さあ、目を開けてこっちを見るんだ」

イアンのまぶたがゆっくり持ちあがった。

リュエルの顔が目の前にあった。痩せ細り、頬がこけ、青い瞳がつりこまれるような鋭い光を放っている。

——虎よ、虎！ 光りて燃え……

「その調子だ。お次は口を開けろ」

ブイヨンか。熱いし、胃にもたれそうな味だ。

「だめだ。顔をそむけちゃ。全部食べるんだ。体力をつけないと闘えないぞ」

「痛むんだ。すごく痛くて……」

「そんなもの我慢すりゃいい。さあ、こっちを向いて」

どれほどの痛さかなんて、おまえにわかりっこない。だから我慢しろなどと簡単に口にできるんだ。知らぬまに口に出していたのか、リュエルが答えるのを耳にしてはっとした。

「わかってるさ。ずっと様子を見守ってきたんだ……」ベッドに載せられたイアンの手に、彼はそっと手を重ねた。「だけどな。あんたをあきらめるわけにはいかない。かならず元気になって、家に帰るんだ。グレンクラレンへ」

「グレンクラレン」塔に、涼しい風の吹き抜ける丘。「遠……いな」

「ああ、だけどおれがここにいる」リュエルはぎゅっとイアンの手を握りしめた。「おれをひとりにするな。あんたが必要なんだ」

嘘だ、リュエルが他人を必要とするはずがない。「まさか」

「本当だ。感じるだろう？」

リュエルのきらめく瞳がまっすぐに見つめてくる。その手にもただならぬ力がこもっているのがわかる。離してくれと言いたかった。どうかあの暖かな光のもとへ行かせてくれと。けれど、決して弱音を見せることのなかったリュエルのひと言だ。本心なのかもしれない。そんな彼を見捨てていくのは後ろ髪が引かれる。

「わかったよ」イアンはか細い声で答えた。「やってみるさ……」

「ああ、そうしてくれ」リュエルの声はかすれていた。だが、その奥に秘められた固い決意をイアンは感じ取った。この心地よい闇から是が非でも引き戻してやるという不退転の決意を。「あとはおれにまかせればいい、イアン」


〝すべて順調。ケダインズ・インにて〟

メモを折りたたんで細かく引きちぎりながら、ジェーンは深い安堵感に身を浸した。リー・スンとカールタウクは無事。少なくとも、世界の一部は正常に機能しつつある。

メモの切れ端をくず籠《かご》に投げ入れて身を翻すと、リュエルがちょうど寝室から出てきたところだった。「リー・スンから連絡があったわ。ふたりとも無事ナリンスに到着したそうよ」

「そうか」リュエルは後ろ手にそっと扉を閉めた。「イアンは眠ってる。今朝の医者の診察のときは、狂わんばかりの暴れようだったからな」

寝室から響く苦悶の叫びをジェーンも耳にし、それを目の当たりにしているリュエルと同じように身が引き裂かれる思いを味わった。「少なくとも生きてるし、一日一日よくなってるように見えるよ。今週は一、二ポンド、体重が戻ったんじゃないかな」

そしてイアンの体重が増える一方で、リュエルが痩せ細っていく。彼は寝室に簡易ベッドを運びこみ、過去三週間というもの、ほとんどイアンのそばを離れずにいた。引き締まったその体からは少なくとも一五ポンドは肉がこそげ落ちた。けれど、不思議なことに少しもやつれたようには見えなかった。それどころか、ときには燃え立つような輝きを放って見える。イアンを死なせまいとする意志の力が炎となり、彼の外見までをも輝かせ、研ぎ澄ませ、際立たせていた。「お医者さまはなんて？」

「危機は脱したそうだ」

「ああ、神さま」

「イアンはそうは言わなかったよ」リュエルは苦笑いをした。「今度ばかりは、彼も信仰心を失いつつあるようでね。彼は二度と歩けないかもしれないそうだ」

「そんな！」

「背中を痛めたらしい。両脚とも感覚がなくて、起きあがることもできなくなるかもしれない」

「きっと一時的なものよ。きっとお医者さまが間違ってるのよ」

「だといいんだが」リュエルは背を向け、重たい足取りで部屋を横切った。「彼のところへ戻らないと。目が覚めたときに誰もいないとかわいそうだからな」

リュエルの後ろ姿を見送りながら、ジェーンは涙がせりあがってくるのを覚えた。過去数週間、誰もがみなイアンを救おうと奮闘してきた。その過程で目にしたリュエルの姿は、これまで恐れてきたマンダリンのイメージとはかけ離れたものだった。痛みや失意に苦悩すると同時に、強さとやさしさをにじませるひとりの男。いま、彼のあとを追って慰めてあげられれば、どれほどこの胸の痛みが癒されることだろう。

「ジェーン」

その声に振り返ると、戸口にパトリックが立っていた。頬を上気させ、ばつの悪そうな面持ちで言う。「イアンが快方に向かってるとクラブで聞いたよ。なにか手伝えることがあればと思って寄ったんだが」

ジェーンは首を振った。

「食う物とか、薬とか？　少しぐらいならまだ手持ちの金が残ってるはずだろ？」

「リュエルがすべてちゃんとやってるわ」

「そうか」なおも立ち去りがたい様子で、帽子の縁をいじくりまわしている。「それじゃ、もしなにかあったら……知らせてくれ」

「あなたにできることなんてなにもない」少し間を置いてから、ひと息に言い放った。「イアンは二度と歩けないかもしれないのよ」

「まさか」不意打ちを食らったように、小さくうめいた。

「こんなのってないわ。あなたは知らないでしょう。彼がどれほどやさしくて善良な人か

――」それ以上、声にならなかった。

やにわにパトリックが近づいてきたかと思うと、両腕でジェーンの体を包みこんだ。「大丈夫だ」頭に手を当て、そっと髪を撫でる。「泣くな、ジェーン」

ちっとも大丈夫なんかじゃない。どれひとつとったって、うまくいきそうなことなんてない。それでもパトリックの腕はたくましく、慈愛に満ちていた。こんなふうにパトリックの腕に抱かれることを、何度夢見てきたことか。

「かわいそうに」なだめるような心地よい声。「いいんだ、ジェーン」

震えがちに息を吸うと、彼を押しのけた。「ごめんなさい。つい取り乱しちゃって」

「いや、謝るのはこっちのほうだ。おれは大馬鹿野郎だったよ」パトリックはどうにか笑顔を取りつくろった。「でもおまえは許してくれる。違うか？」

「それは、わたしが決めることじゃない」ジェーンは疲れきった口調で言った。「あなたを許せるかどうか、わからないわ」

「ずっと一緒にやってきたんじゃないか。いつまでも仲たがいなんてしてられないさ」パトリックは短く間を置き、急いで続けた。「こんなときに悪いんだが、このバンガローを今月末までに出て行かなきゃならなくなった。マハラジャが賃借権は無効だと言いだしやがって」

ジェーンはかぶりを振った。「イアンが動けるようになるまではここから出ていくつもりはないわ」

「マハラジャの命令なんだぞ、ジェーン。カサンポールから出て行けって」

「そんなの知ったこっちゃないわ。リュエルとイアンがわたしを必要とするかぎりは、どこへも行かない。もし本気で役に立ちたいなら、ここに残れるようマハラジャを説得する方法でも見つけてちょうだい」

「やってみるよ」パトリックは作り笑いを浮かべた。「たぶんピカリング大佐に頼んで仲介してもらえば……彼はイアン・マクラレンを気に入ってるようだし」

「なんでもいいから手を尽くして」

パトリックはうなずいたが、なおもぐずぐずしていた。「この町を出たあと、どこへ行こうか悩んでるんだよ、ジェーン。よかったらアメリカへ戻らないか。そしてやりなおすんだ。あれだけの距離がありゃ、噂だって――」

「いまはよして。イアンのこと以外は考えられないの」

「そうだろうな。まだ時間はかかるだろうが、いまにきっともとどおりになるさ」

ジェーンは信じられないものでも目にするようなまなざしを向けた。「それは違うわ」

「なぜそんなことを言う？」パトリックの顔に不安の色がよぎった。「まさか、おれを置いてどこかへ行く気じゃないだろうな？　おれにはおまえが必要なんだよ、ジェーン。おたがいに必要なんだ。家族じゃないか」

それは、長いあいだ求めてやまない言葉だった。なぜ、いまこんなときに？　ジェーンは答えをはぐらかした。「さっさとクラブに戻ってピカリング大佐と話をしたら？」

パトリックは口を開きかけたものの、すぐに背を向けた。「ほかになにかできることがあったら知らせてくれ」まだなにか言い足りないのか、ためらった末にもう一度ゆっくり振り返った。「もうひとつ、言っておかなきゃならないことがある。マハラジャがピカリング大佐に命じたよ。機関兵のひとりに今回の事故を調べさせるようにと」

ジェーンはさっと彼の顔に目を向けた。「なぜそれを早く言わないの?」

「こんなこと、おまえが心配する必要はないからさ。ピカリングはわざわざおまえのところまで来て、あれこれ訊いたりはしない。すべておれにまかせておけ」

「彼になんて言ったの、パトリック?」

パトリックは目をそらした。「助かったよ。連中がみんな——」

「答えて!」

「おまえがレールを注文したと」大あわてで続けた。「そう言うしかなかったんだ。マハラジャはおれに罪を負わせようと手ぐすね引いてたんだぞ。わかるだろう? たしかにこんな重要な決断を女ごときにまかせたってんで馬鹿扱いされるかもしれねえが、過失や詐欺でとがめられることはない。心配ないさ。どうにかこの危機を乗り越えたら、ふたりで——」

「わたしのせいにしたのね?」

「そんな目で見るなよ。だから言ったろう? ピカリングのとこの機関兵があそこのレールを調べて——」

信じられない思いだった。パトリックは想像を絶するようなことをしでかしたうえに、あのむごたらしい夜の一件をすべてわたしひとりの責任にしようとしている。「卑怯な人ね」

怒りに声が震えた。「わたしに罪をなすりつける権利なんて、あなたにはないはずよ」

「落ち着けよ、ダーリン。あと二、三週間もすりゃ、こんな町ともおさらばだ。すぐになにもかも忘れられるさ」

「彼らに本当のことを話して!」

「それは無理な相談だ。ただ――」

「あなたが話さないなら、わたしが話すわ」

「やめろ!」思わず声を荒らげ、あわてて取りつくろう。「忠誠心はどこへ行ったんだ、ジェーン?」

「自尊心はどこへ行ったの、パトリック?」

彼の声音はなだめすかすかのように穏やかになった。「ずっと前、おれに約束したのを忘れたのか? その約束を破るつもりか?」

ジェーンは目を見開いた。「なんのことを言ってるの?」

「おまえをあの薄汚い生活から救いだして、まともな生活を送らせてやった。母ちゃんみたいなテント暮らしの売春婦にならずにすんだのは、誰のおかげだ? おれの望むことならなんでもやると、あのとき約束したはずだぞ」

「その借りならとっくに返したはずだわ」

パトリックはぱっと顔を赤らめたが、なおも繰り返した。「約束したんだ」

そんな彼の姿を見ながら、ジェーンは目の奥がひりつくのを覚えた。希望は潰《つい》え、信頼は失われた。いま頼めば、パトリックは自分が父親であることだって認めるだろう。自分の身を守るためなら、どんなことだって口にするに決まっている。

だが、彼女は頼まなかった。「約束は守るわ、パトリック」

パトリックはほっとした顔を見せた。「誰にも言わないと約束するんだな？　誰にもだぞ」

彼の発するひと言ひと言が、大釘のように心に突き刺さった。「ええ、誰にも。わたしひとりが責任を負えばいいんでしょう。誰かに訊かれたら、わたしがレールを発注したって答えるわ」

「それですべて丸く収まるんだよ」

「でも、これで貸し借りなしよ、パトリック。あなたに借りはひとつもなくなったわ」

「もちろんだとも。ふたりで新しくスタートしよう。一からな」

「ふたりでスタートなんてとんでもない」ジェーンはなんとか声を落ち着かせた。「二度とあなたの顔は見たくないわ、パトリック」

さすがにパトリックもこたえたらしい。「本気じゃないだろう？」

「本気よ。あなたに頼んでフレンチーの店から連れだしてもらって以来、これほど本気になったことなんてなかったくらい」つと背を向け、歩き去った。

ジェーンは頬を流れる涙をぬぐおうともせず、自室の扉を閉めた。夢は砕け散った。どっちみち、愚かな夢だったのだ。父親なんて必要ない。わたしにはリー・スンがいる。苦しいときにはいつだってそばにいて助けてくれる。

そう自分に言い聞かせつつも、悲鳴をあげる心をなだめようがなかった。

「入れ」アブダルは微笑み、ザブリーに向かって手招きした。「怖がることはない」

ザブリーは躊躇《ちゅうちょ》し、傍らのパクタールをちらりと横目でうかがってから、おずおずと接見室に足を踏み入れた。「怒ってないの、あたしのこと?」ひと言漏らすや、どっと言葉が口をついて出た。「あたしのせいじゃない。リー・スンが嘘を言ったんです、あの薄汚い野良犬が。渓谷で死ぬなんてざまあみろだわ。嘘だったなんて、これっぽっちも知らなかったんです」

「わかっている。おまえがわたしを騙すはずがないからな」アブダルはパクタールを一瞥した。「だが、友人のパクタールがわたしの考えは間違ってると言い張ってきかないんだ。彼の疑い深い性格にも困ったものでね」

ザブリーは憎々しげな視線をパクタールに投げた。むかつく男。そしてそそくさとアブダルの前に膝をついた。「本当に知らなかったんです。リー・スンが嘘をついてるとわかってたら、あなたをナリンスに送るような真似をするはずがありません」

「やけに自信たっぷりだったよな」パクタールが冷ややかな声で横やりを入れた。「お粗末なそのベッドテクニックでやつの忠誠心を打ち負かしてみせるとか息巻いてたじゃないか。そりゃどうかなと、おれは思ってたよ」

ザブリーはかっとなった。「あんたもじゅうぶん堪能してくれたはずじゃなかった?」しまった、ととっさに思った。この難局を打開するにはもっと賢く振る舞わなくては。無理やり笑顔を作る。「殿下にはこれから楽しんでいただくつもりです。ご迷惑をおかけしてどれほど後悔してるか、わかっていただくために。今夜は忘れられない夜にしてみせますわ」

「ほう」アブダルが目を輝かせた。「以前、パクタールと一緒に楽しませてもらったときのことはよく覚えている。あれを越えるとなると想像もつかんな」

やった、乗ってきた。ザブリーは睫毛《まつげ》を伏せ、こみあげる侮蔑《ぶべつ》と勝利の歓喜を押し隠した。マハラジャにしろ乞食にしろ、男なんておしなべてみな同じ。欲望さえ満足させてやれば、どんなことにも目をつぶってくれるもの。「あんなのは、ほんの手はじめ。今度はきっと――」

「約束はもういい」アブダルが遮って言った。「言葉なんてものに興味はない」一歩足を踏みだし、両手で彼女の頬をはさんだ。「ただし、おまえにはいたく興味をそそられる。おまえは特別だ。はじけるほどの生命力……はじめて会った瞬間から、いつかはおれのものにすると決めていた」

ザブリーは叫びだしたいほどの満足感に包まれた。それにしてもこんなに簡単に思いどおりに進むなんて。「これ以上ないほど尽くさせていただきますわ。覚悟はよろしくて?」

「もちろんだとも」黒い瞳が妖《あや》しく光り、指先がそっと彼女の頬を這《は》った。「おまえの言うとおりだな。今夜は忘れられない夜になりそうだ」

9

「食べなきゃだめよ、イアン」ジェーンは手つかずのままベッドに置かれたトレイを、心配そうな顔で見下ろした。「食べなきゃ元気になれないわ」

「すまない。面倒ばかりかけてるな」イアンはフォークを手に取り、申し訳程度に口に運んだ。「ほら、食べたよ」

「それっぽっちじゃだめ」

「一日じゅう横になってる人間には、これでもじゅうぶんすぎるぐらいだ。エネルギーを消費することなどほとんどないんだから」イアンはもぞもぞと身じろぎした。「でもリュエルには黙っていてくれよ。また気が狂うほど心配する」

「早く元気になって、グレンクラレンに帰れるようになってほしいと思ってるのよ」

「そのことなら、わたしもずっと考えていた」イアンは手元の皿に目を落とした。「たぶん帰らないほうがいいんだと思う」

ジェーンは驚いて彼の顔をのぞいた。「家には帰らないの？」

「召使いを雇うにもここなら安い。どうしたって世話をしてくれる人は必要だからね……しばらくのあいだは」

その先は？　その先は死んで、この不自由な囚《とら》われの身から解放されたいってこと？　ジェーンは心が押しつぶされそうになった。イアンの黒髪は過去数週間のあいだに艶《つや》が失われてぼさぼさになり、たくましかった体は見る影もなく痩せ細った。けれど、生きることそのものから解放されたいという切なる願いこそが、なににも増して彼女を不安にさせた。「でも、グレンクラレンを愛してるんでしょう？」

イアンの唇がぎゅっと引き結ばれた。「だから帰らないんだ。わたしはもう、グレンクラレンにとっては用なしの人間だ」

「なにを言うの？　あなたが帰れば――」

「マーガレットが喜ぶとでも？」イアンの顔にはじめて苦痛の影が走った。「そうだな。マーガレットの役には立てるかもしれない……世話をする病人がもうひとり増えるわけだから。彼女に頼らざるをえない厄介者が」

「あなたが話してくれたとおりの女性なら、自分のもとに帰ってきてほしいと思うはずよ」

「選択の余地など残してほしくはなかった。あの事故で死んでしまえればよかった。神はあの夜、わたしを天に召すおつもりだったんだ。それなのにリュエルが引き戻して――」

「神の意志まで覆す力が、このおれにあると？」リュエルが戸口に立ち、青白い顔に薄ら笑いを浮かべていた。「驚いたな、イアン。そりゃ、神への冒瀆《ぼうとく》だぞ。それにおれを買いかぶりすぎてるってもんだ」大股で近づいてくる。「昼飯が残ってるぞ。もう少し食べたらどうだ?」

「リュエル、わたしはもう……」リュエルの視線に射すくめられ、ため息をつくと、ふたたびフォークを手にして食べはじめた。

ジェーンは背を向け、部屋を出ていった。ベランダへ行き、両腕で胸を抱えて体の震えを抑える。リュエルの傷ついた姿も、イアンの苦しむ姿を見るのも耐えられなかった。

十分後、イアンの部屋を出る音に続いてカチャカチャと陶磁器がぶつかる音が聞こえ、リュエルが台所へトレイを運んでいくのがわかった。そのあと彼はベランダへやってきた。

「彼は食べたの?」

「もちろんだ。おれの言うことならいつだって聞く。おれは全能の存在だと彼が言ってただろう?」

ジェーンはリュエルのほうを見ずに言った。「本心であなたを責めてるわけじゃないのよ。死にたいと思ってるわけじゃないわ」

「いや、思ってるさ。逆の立場だったら、おれだって彼を呪う」

「彼はあなたを呪ってなどいないわ」

「だとしたら、いつかきっと、神が彼にかわっておれに復讐してくれると信じてるからだろう。しょせん、おれは神の気に入りじゃなかったんだから」

「あなたはイアンの命を救ったのよ。それ以上に素晴らしい贈り物があると思うの?」

「イアンはあると思ってるよ」

死。ジェーンは身震いし、あわてて話題を変えた。「彼はカサンポールに残りたいと言ってるわ」

「おれにもそう言った」リュエルは首を振った。「そんなことをしたら、いまに弱って死んじまうに決まってる。グレンクラレンなら、少なくとも生きるチャンスはある」

「グレンクラレンをちゃんと統治できないことを、心配してるみたい」

「それはしかたがない。あの体でできる仕事じゃない。親父だって毎日のように出かけて、霜の被害を受けた土地を手入れする作業を監督してた」

「誰か人を雇ったらどうなの？」

「代理人ってことか？　それも手だが、そうなるとまた金がかかるし、結局彼はただ生きてるだけの存在になっちまうだろう。五年待ってもらえれば、彼の必要なものはなんでも買ってやれるし、あのだだっ広いだけで隙間風の入る城を壊して、とびきりの宮殿だって建ててやれるんだ。五年ぐらいどうってことはない。そのあいだ、神が彼を守ってくれるさ。そうだろう？」

「なにをするつもり？」

リュエルは疲れきったように首を振った。「マギーに手紙を書き、イアンをボニー・レディ号でナリンスから送りだす準備も整えた。三週間後だ」

「あなたも彼と一緒に？」

リュエルはふたたびかぶりを振った。「彼を船に乗せたら、おれはシニダーに向かう」ジエーンに向きあって言う。「そんな目で見ないでくれ。一緒にグレンクラレンに行ったところで、いまのおれにはなにもしてやれないんだ。でもシニダーに行けば、少なくともチャンスは手にできる。イアンが愛してやまないあの土地で、快適に過ごせるだけの金を稼げるかもしれない。金があれば快適な生活が手に入るんだ。たとえ幸せな生活じゃないにしても」

「あなたを責めるつもりなんてこれっぽちもないわ。あなたは誰よりもイアンのために尽くしてきたじゃない」

リュエルの口元に苦笑いが浮かんだ。「彼が望んでたかどうかは別だがな」つと背筋を伸ばした。「これから将校クラブへ行って、ピカリング大佐に会ってくるよ。川を上ってナリンスまで行く軍隊輸送船に乗せてくれるよう、話をつけてくる。陸地を移動するよりは負担がかからないはずだ。留守のあいだ、彼を見ててくれるかな？」

ジェーンは硬直しきっていた。激しい動揺に頭が真っ白になる。リュエルは事故の夜以来イアンのそばを離れることはなかった。当然、大佐の調査のことなど知るよしもない。もしもそれを知ったら――

「どうした？　なにか問題でも？」

パトリックから機関兵の調査のことを知らされてから、三週間が経過していた。おそらく大佐は、リュエルもそのことを承知していると思ってるだろう。あえてその話題を持ちだそうとはしないだろうが、万一話に出ようものなら、わたしも知らん顔はしていられなくなる。

ジェーンはどうにか笑顔を作って答えた。「べつになにもないわ。もちろん、ちゃんと見てるから安心して」

「もちろん、か」リュエルが繰り返した。嘲《あざけ》りも苦痛も伴わないとびきりの笑みが浮かぶ。あるのは、このうえないやさしさだけ。「もちろんだなんてとんでもないさ。この数週間、きみはイアンの悲鳴にもおれの怒鳴り散らす声にも耐えてくれたうえに、陰で一生懸命助けてくれた。しかも、おれからひと言の感謝の言葉もないっていうのに」

「感謝なんてそんな。ほかになにもできないんだもの」

リュエルは長いこと、彼女の顔に視線を留めた。「たしかにそうだ。だが、これだけは知っておいてほしい。おれは今回のことは忘れない。かならずいつか恩返しをするよ」

あの事故以来はじめて、彼にまともに見つめられ、どきんと胸が小さく音をたてた。ジェーンはぎこちなく笑ってみせた。「わたしにも宮殿を建ててくれる？」

「そうだな」リュエルは手を伸ばし、彼女の頰に人さし指をそっと走らせた。「そのことも考えておこう。だが、いつだったかきみは、宮殿に住むなんて落ち着かないと言ってなかったか？」

触れるか触れないかの微妙な指の動きが、かえって刺激を生んだ。「よく覚えてるのね」

「記憶力はいいんだ」リュエルは手を離した。「大切なことに関してはね」

ジェーンもまた手を伸ばし、彼に触れたかった。彼の内でつねに燃えつづけるあの炎に焼かれたかった。肉体だけじゃなくて心までも、たがいに与え、受け入れあいたい。ともに過ごすようになったここ数日のあいだに、その思いは何倍にも膨れあがっていた。

「二、三時間で戻るよ」そう言うと、リュエルはきびすを返し、バンガローを出ていった。恐怖に駆られ、ジェーンはぶるっと体を震わせた。いいえ、大丈夫よ。運命はそれほど酷じゃない。きっとこのままなにも起こらない。ピカリングはきっと、なにも話さないわ。

「川上に向かう次の軍隊輸送船は、二十七日だ」ジョン・ピカリングが説明した。「担当の将校に、彼の部屋を譲るよう頼んでおこう。で、それまでにイアンは動けるようになるのか？」

「それ以上待ったところで変わらない」リュエルは立ちあがった。「親切にどうも。感謝するよ」

「感謝にはおよばない。みんな、イアンのことが好きなんだ。いい男だからね」大佐は明るい調子で誘った。「もう一度座れよ。なにか飲み物を頼もう。飲みたそうな顔をしてるぞ」

リュエルはかぶりを振った。「もう戻らないと――」

「いいから座れ」ピカリングは有無を言わさぬ調子で繰り返した。「さもないと、さっきの親切も取り消しにするぞ」

リュエルはもう一度、椅子に腰を下ろした。「それじゃ、一杯だけ」

大佐は部屋の奥のバーに立つ白服の若者に手招きした。「少しは休まないと、きみのほうが担架に乗って乗船するはめになる」若者がふたり分のウィスキーを運んでくるのを待って、先を続けた。「いまのきみのようにげっそりと焦燥しきった男たちを何人も見てきた。もっとも、たいていは戦争をくぐり抜けてきたやつらばかりだが」

こっちだって戦争の真っ最中だ。リュエルはウィスキーを飲んだ。「おれは大丈夫だ。病人はイアンなんだから」

「それじゃ、どうして手が震えてる？」

たしかにそうだ。リュエルははじめて気づいた。グラスを握る手が震えている。意志の力を総動員し、どうにか抑えこんでから言った。「ここのところ、ゆっくり休む暇がなかったからな。だからって病気ってわけじゃない」

「アブダルが聞いたらがっかりするぞ」

リュエルはさっと目を上げた。「アブダル？」

「パクタールが彼にかわって、旺盛な好奇心をひけらかしてるよ。先週わたしのところにも来て、きみがシニダーを購入した件についてあれこれ訊きほじっていった」

「どんなことを？」

「唯一核心をついた質問といえば、あんな島の購入のどこにきみが妥当性を見出したかってことだな。もっとも、その点を打ち明けるほど、きみはわたしへの信頼に妥当性を見出していなかったわけだから、答えてやることはできなかったがね」大佐は肩をすくめた。「だが、あの様子じゃ、今後も当分あちこち嗅ぎまわりつづけるぞ。きみもカサンポールを出たほうがいい」

「売渡証はカルカッタの執政官に提出してくれたんだな？」

ピカリングがうなずいた。「すべて正式に登録をすませた。シニダーは間違いなくきみのものだ。アブダルとて手は出せない」

「法的には」

「父親が存命のあいだは心配いらないだろう。アブダルはマハラジャの決めたことには口出しできない」

「さあ、どうだか」

「ま、とりあえず耳に入れておいたほうがいいと思ったまでだ」ピカリングはひと息ついた。「パクタールはランピュール渓谷のあたりもうろついてるらしいぞ。なぜやつが調査のことに興味を持つのか、心当たりはないか？」

カールタウクだ。パクタールが渓谷をうろつく理由はただひとつ、カールタウクが川に流されたことを疑っているということだ。ピカリングの最後の言葉が引っかかった。「調査って？　なんの調査だ？」

ピカリングが驚いて彼の顔を見つめた。「あの列車事故の調査だよ。マハラジャがわれわれに原因を調査するように依頼してきた」説明しつつ顔をしかめる。「あまり楽しくない仕事だがね。パトリック・ライリーとは親しくしてきたから、彼から報酬を奪い取るような真似はしたくない」

リュエルはすぐには言葉が出なかった。「いったいなんの話だ？　パトリックの説明じゃ、想像を絶する水の勢いで支柱が揺さぶられ、レールが弱くなったんだと」

ピカリングは苦りきった表情で首を振った。「うちの機関兵の報告だと、もしあのレールがそれなりの品質のものであれば、あんなふうに破壊されたりはしなかったはずだそうだ」

腹部に痛烈な一撃を食らったような衝撃を覚えた。慎重に言葉を選びながら訊く。「つまり、イアンの怪我は防げたと？」

ピカリングは目をしばたたかせた。「てっきりきみは知ってるものと思ってたよ。パトリックがミス・バーナビーに話したはずなんだがな」

「それがほんとなら、彼女があえておれに話さないでいたということだ」リュエルはのろのろと立ちあがった。「パトリック・ライリーに会う必要があるな。会って訊いてみたいことができた」

「まともな答えが返ってくるか怪しいものだぞ。最近じゃ昼前にはたいてい酔っぱらってる」ピカリングは短く押し黙った。「いっそのことミス・バーナビーに訊いてみたらどうだ？　パトリックの話じゃ、彼女は今回の件に詳しいようだから」

リュエルは固まった。「なにが言いたい？」

ピカリングは気まずそうに体をもぞもぞ動かした。「パトリックは彼女をかばおうとしていたが、数人の商人に訊いたところじゃ、あのレールは彼女が独断で発注したらしい。最後にはパトリックもそれを認めたよ。そもそも女を信用するなんてのが間違ってるんだ。いい恥さらしだ。これで彼のキャリアも水の泡だな」

——細かいところで切りつめなくちゃならなかったの

――この扉には途方もないお金がかかったから
あの渓谷でのジェーンの言葉が怒濤《どとう》のごとくよみがえってきた。
――すべてわたしのせいよ
「行かないと」リュエルはしゃがれ声でつぶやいた。「帰らないと……」
ピカリングの心配そうな声が追いかけてくるのも無視し、きびすを返してクラブを出ていった。

リュエルが戻ってきた気配がし、ジェーンは落ち着かなげに椅子の肘掛けをぎゅっと握りしめた。さっきまでは面と向かって話してすっきりさせようと覚悟を決めていたはずなのに、いざとなると避けられるものならどんな手を使ってでも避けたいと思ってしまう。きっと彼は直接イアンの寝室に行って――

「ジェーン」穏やかな声。

怒っているようには聞こえなかった。たぶんピカリングは話をしなかったんだ。ジェーンは楽観的に考えようとした。むしろ、そうであることを祈るような気持ちだった。「ベランダよ。ピカリング大佐とのあいだでなにか問題でも？」

リュエルは戸口に姿を現した。リビングルームから漏れるランプの明かりにシルエットが浮かびあがっている。

「なぜ問題があると思う？」

ジェーンはぎくりとした。穏やかな物言いの奥にひそむ奇妙な緊張。まるでピンと張りつめたコイルばねのようだ。「だって、何時間も帰ってこないから。もう十時過ぎよ」

「イアンの世話がそんなに大変だったか？」

「べつにそういう意味じゃ――」ジェーンは言いよどみ、気を取りなおしてふたたび口を開いた。「イアンはもうお夕食もすんだし、アヘンチンキも飲んでもらったわ。あとは朝までぐっすりのはずよ」

「アヘンチンキなんか飲んだところで、朝まで眠りとおすことなんてめったにない。最初のころは痛みで目が覚め、最近じゃただ横たわって涙を流してる」刺のある口調になった。「それが男にとってどんなものかわかるか？　心が恥辱で埋めつくされる。おれは寝たふりをしてるよ。さもないと、彼はおれに謝るんだ。意気地なしでごめんってな」

彼は知っている。間違いない。ジェーンは椅子から立ちあがった。「わたし、もう寝るわ。お休みなさい、リュエル」

「まだだ。きみに訊きたいことがある」

ついに来た。ジェーンは覚悟を固めた。「なに？」

「レールのことだ」

心構えはできていたはずなのに、全身が凍りついた。

「びっくりしたようだな。なにか困ったことでも？」

「リュエル、わたし――」

「おれのほうは大いに困惑したよ。だから、将校クラブを出てからずっと歩いてきた」一拍置いた。「ランピュール渓谷まで」

ジェーンは唇を湿らせた。「どうして？」

「この目でレールを見たかったんだ。跡形もなく壊れたレールを見てきたよ。そしたらイアンのことが思い出されて……」リュエルは顔を上げ、まっすぐこっちを見返してきた。その瞳のなかに苦痛と怒りが燃えさかっているのを見て、ジェーンは鋭く息を呑んだ。炎のようなその思いは彼を焼きつくし、こちら側にまで達して彼女までも呑みつくしそうだった。

「そのとき決めたんだ。パトリック・ライリーを殺してやると」

「だめよ！」とっさに言葉が口からついて出た。

「どうして？　ほかに責めるべき相手がいるか？」リュエルははたと押し黙った。「きみか？」

ジェーンはなにも言えずにただ彼を見つめた。

「なぜ黙ってる？」ひそかに隠れていた荒々しさが、ついに正体を現した。「くそっ、ぼうっと突っ立ってるだけか？　おれが間違ってるって言えよ。ピカリングが間違ってると言ってくれよ」

「彼がなんて？」

「資材の発注はきみが担当していたと。本当なのか？」

「ええ」消え入りそうな声が漏れた。「そのとおりよ」

衝撃を抑えかねた顔。「事故は自分のせいだと言ったあの言葉、そういう意味だったのか?」

ジェーンはひるみながらも答えた。「ええ、そうよ」

「ちくしょう!」足を踏みだすや、両手で彼女の首につかみかかった。「すべて大事なパトリックとの安穏とした生活を守るためか?」射るようなまなざしが突き刺さる。「くそっ、なぜ嘘をついてくれなかった? こんなこと、信じたくなかったのに。ぜったいに信じたくなかったんだ」彼の手が容赦なく喉に食いこんできた。

ジェーンはしゃにむに抗い、渇望しきった肺に空気を送りこもうとした。だが、彼の手はさらに強く絞めつけてくる。きっとこのまま死ぬんだわ。両手でリュエルの手を振り払おうともがきながら、ひきつった彼の顔をなすすべなく見上げた。「お願い……」かろうじて声を絞りだしたものの、リュエルの耳に届いたとは思えなかった。われを失った彼の顔は苦悩にゆがんでいる。

ぶるっと彼の体が震えた。両手を緩め、いま一度きつく絞めつけたかと思うと、ぱっと手を離した。「くそっ、なぜできない。殺したって飽き足らないのに。殺されて当たり前のことをしたくせに——」だしぬけに背を向け、イアンの寝室に向かう。「死にたくないなら、二度とおれの前に顔を出さないことだ」扉が叩きつけられると覚悟したものの、意外にも静かに閉められ、それがかえってジェーンの心を冷えびえとさせた。

震える手で、絞めつけられた喉元をそっと押さえる。早くもずきずきとうずきはじめていた。あれほど死の恐怖を間近に感じたのははじめてだった。もしあのとき、ぎりぎりでリュエルの気が変わらなかったとしたら？　それでもわたしはパトリックとの約束を守って、真実を言わないでいられただろうか？

やられたわ、パトリック。相手があなただったら、まず間違いなくリュエルは最後まで手を離さなかった。わたし相手ならどんな仕打ちをしようとも、命までは奪わないと計算していたのね。

だが実際は、わたしとて罪から逃れることはできない。故意に真実から目をそらしたことは、パトリックの許されざる行動と同じぐらい、罰を受けるに値する。リュエルとの幸せな生活は夢のまま終わってしまった。それがわたしにとっての罰。当然の結果だ。

きびすを返すと、ゆっくりと重たい足を引きずって自分の寝室へ向かった。

リュエルを愛するのはもうこれっきり。きっぱりと忘れなくては。これからは彼はあらゆる手を使って攻撃してくるだろう。これから先、彼は敵。わたしは自分の身を彼から守らなくてはならない。そうよ、彼を愛するのはもうこれっきり。


眠れるはずがないと思っていたが、いつのまにかうとうとしていたのだろう。真夜中にはっと気づくと、ベッドから少し離れたところにいつのまにかリュエルが立っていた。思わず身をこわばらせ、ずるずるとあとずさってヘッドボードに体を押しつけた。

「『オセロ』の殺しの場面を思い出すか？　言っとくが、ひとつ大きな違いを忘れちゃ困る。

あの貞淑な妻はきみと違って無実だったんだ」手にしたオイルランプの明かりが光の輪を投げかけ、彼の苦々しい笑いを浮き彫りにした。「心配するな。殺したりはしない。もうその段階は越えた」ひと呼吸置く。「殺せなくてかえってよかったと思うよ。死はとどめの復讐だ。そっちは憂き世とおさらばできるってのに、イアンは毎夜、きみのあとを追わせてくれと神に祈ることになる」

いまだったら間違いなく、わたしは死に抗うことはないだろう。生きることはあまりに過酷だ。彼の放つ言葉のひとつひとつがジェーンの心を鞭打《むちう》った。

リュエルはベッドに腰掛け、傍らのテーブルにランプを置いた。「震えてるじゃないか」もったいぶった仕草で彼女のナイトガウンのボタンをはずす。「レイプされると思ってるのか？　たしかにやろうと思えばできる。どうやら欲望と憎しみは関係ないらしい。いまはただ、のたうちまわるきみの姿が見たいだけだ。この気持ちは抑えようがない」ナイトガウンの身頃をはだけると、温かな手を彼女の胸に押しあてた。

ジェーンは鋭く息を吸った。彼の手のひらの下で、激しく胸が波打っている。「お願い。こんなこと望んでないはずよ」

「いや、望んでいる」彼女の手を取り、自分の硬くなった部分に触れさせた。「ほら」親指で乳首をこすり、ツンと上を向いてこのうえなく敏感になるのを見届けた。「どうやらその気になってきたらしい。レイプするまでもないな。いますぐこの体を奪うことができる。奥深く突いて、歓喜の叫びをあげさせることだってできる」

リュエルの目はランプの明かりを受けて獰猛な光を放ち、口元には不敵な笑みが浮かんでいた。その美しい顔は、ザブリーの店ではじめて会った夜よりもひときわ輝いて見えた。部屋そのものが、彼からほとばしりでる感情に合わせて脈打ってるようだ。

そう、リュエルの言うとおりだ。わたしは彼が欲しい。自分に唯一残された方法で、彼の苦悩を、自分自身の苦しみを癒したい。それによってどれほどの屈辱を味わおうともかまわなかった。彼が自分のことをどう思っていようがかまわなかった。ただ彼の内に渦巻く欲望を満たすことができるのであれば、それだけでいい。今夜以降、二度と彼はわたしに触れようとはしないだろう。残された最後のチャンスをどうしても手に入れたかった。

「だが、きみに喜びを味わわせるわけにはいかない」リュエルは静かに言った。「おれ自身が満足を得るのももってのほかだ」ジェーンの胸から手を離し、乱暴にナイトガウンの身頃を閉じた。「つまり、別の方法を見つけるしかないってことだ」

おそらくは、はなから抱く気などなかったのだろう。わたし自身の弱点と、彼の圧倒的な力を思い知らせようとしただけのことだ。ジェーンはごくりと唾を呑み、喉のつかえをやわらげた。「これだけはわかって。イアンがこんなことになって、悔やんでも悔やみきれない。本当に申し訳ないと思ってるわ」

「そんなことでごまかされるか。イアンと同じ苦しみを味わってもらわないことにはな」リュエルの声が冷酷さを帯びた。「勝手に逃げだすことも許さない」

「そんなこと、するつもりはないわ」

リュエルはおかしくもなさそうに笑った。「さあ、どうだか。イアンに家を開放し、おれに甘く微笑んでやれば、償いはじゅうぶんだとでも思っていたんだろう。冗談じゃない。これからはイアンと同じように囚われの身を味わってもらうつもりだ。おれのかわりにグレンクラレンへ行ってもらう。イアンの身のまわりの世話をし、夜な夜な彼の泣き声を耳にするがいい。そうすれば、自分のしたことの意味が少しはわかるだろう」

ジェーンは目をみはった。「イアンと一緒にグレンクラレンへ行けと?」

「当然の報いだ。拒否するなら、きみの大事なパトリックをさんざん痛めつけたあとで殺してやる」

「脅す必要はないわ」ジェーンは落ち着いた声音で答えた。「喜んでグレンクラレンへ行きます。ひと言頼んでくれればすんだことよ」

「頼む必要などない。これは第一の償いだ」

「第一の?」

「まさか、ほんの数年奴隷として働けば、自分の罪が赦されるなどとでも? おれだってそれほど想像力がないわけじゃない。考える時間さえあれば、もっと効果的に苦しめる方法を探しだしてみせるさ」

もうとっくに苦しんでるわ。そう叫びたい衝動に駆られた。だが、彼が信じてくれるはずもない。「好きなようにすればいい。イアンの助けになるなら、わたしはなんだってやるつもりよ」ずきずきとうずくこめかみを撫でた。今夜にかぎっては、世界じゅうが苦痛に満たされてしまったように思える。「でも、リー・スンとカールタウクも一緒じゃないと困るわ。ここに置いていくのは危険すぎるもの」

「もちろんだとも。数少ない仲間だからな。手は多いほうが、イアンも助かる」

「それからパトリックも」心ならずも言葉が飛びだして、ジェーンは自分でもびっくりした。長年の習慣というのはなんと恐ろしいものだろう。パトリックとの生活はこれっきりと決めたはずなのに、顔を見るのさえいやなはずなのに、復讐に燃えるリュエルの手に彼をゆだねることはできない。

リュエルの目が狭まり、ジェーンの顔をとらえた。「大切なパトリックは人質として、シニダーに連れていこうと思ってたところだ」

「邪魔になるだけよ」

「おれが殺すと思ってるのか」リュエルは短く沈黙した。「そうなるかもしれん。イアンのことを考えはじめると、逆上してあの老いぼれを渓谷に突き落とさないともかぎらない。それに、人質は不要だろう。つねにマギーと連絡を取って、きみが約束を守ってるか確かめればすむことだからな」

「約束は守るわ」ジェーンは疲れきった様子で言い添えた。「それにいつかきっと、あなたの気も変わる」

「おれの気は変わらない」リュエルは背を向け、戸口へ向かった。「言ったはずだ。おれは記憶力はいいと」

三週間後、ボニー・レディ号はジェーン、イアン、リー・スン、パトリック、カールタウクの面々を乗せて、ナリンス港を出航した。

栈橋にひとり立ちつくすリュエルを振り返りながら、リー・スンが声をかけてきた。「おまえをじっと見てるぞ」

「あら、そう？」見つめられているのは重々承知していた。じつは出航前の一瞬、不覚にも彼と目を合わせてしまい、自分自身の囚われの身をまざまざと思い知らされたところだった。それがリュエルの狙い。この別れはほんのつかのまのもので、決して彼の手から逃れられないことを、あの目が語っている。

「今日の彼の態度はおかしかったな。言いたかないかもしれないが、なにか――」

「言いたくないわ」ナリンスの宿にひそんでいたリー・スンとカールタウクは、あの調査のことを知るよしもない。話すつもりはなかった。ただでさえ過保護なほどなのだ、パトリックの罪をかぶったなんて話したらどうなることか。

それにしても、リュエルはなぜいつまでもこっちを見つめてるの？　ジェーンは体を起こし、手すりから離れた。「さてと。こんなところでぐずぐずしてられないわ。イアンの様子を見に戻らないと」

リー・スンが首を振った。「カールタウクが付き添ってるよ。なんやかやと言って、おもしろがらせてる」

そうだった。出発前に宿で過ごした二日間、カールタウクの存在にどれほど慰められる思いがしたことか。ほかの誰もイアンを元気づけることはできなかったのだから。「パトリックはどこ？」

「いつものところさ。ウィスキーボトルに頭から突っこむ勢いだ。あの事故以来、ますますひどくなってるな」

「ほんと」

「彼をかばわなくなったんだな」

パトリックを守ることをすぐにやめられるとは思っていなかった。それでも、彼の欠点のことで自分自身や他人に嘘をつくことだけはやめようと決心していた。「ええ、そう」

「なんでまた急に？」

「自分の責任は自分で負ってもらわないと。わたしには、ほかに心配しなきゃならないことがたくさんあるんだから」

「でも、グレンクラレンには連れていく」

「いいえ、連れていかないわ」

リー・スンの顔に驚きの表情がかすめた。「おれたちと一緒に来るって、彼は言ってたぞ」

「彼にはエディンバラの下宿屋に住んでもらう。少しは手持ちのお金があるんだし、一年やそこら生きていかれるでしょ。そのあとは仕事を見つければいいのよ」

「おまえの助けなしに？」

「助けなしに」

リー・スンはかすかに口元を緩めた。「どうもいつもと雲行きが違うな。彼がなにをしでかした？」

リュエルはなおもこっちを見つめていた。とっととどこかへ行けばいいのに。胸が苦しくて耐えられない。一刻も早く彼から解放されないことにはどうにかなってしまいそうだった。

「それも話す気はないってか？」

「なにが？」虎に射すくめられたヤギみたいに、いつまでも突っ立っているのはやめなさい。ジェーンは背を向け、デッキを歩きだした。「満足でしょ、リー・スン？　彼の肩を持つなんて馬鹿だって、いつだって言ってたじゃない」

リー・スンも歩調を合わせて歩きだした。「おまえがパトリックに傷つけられたとなっちゃ、満足のわけがないだろ。いつかそうなるんじゃないかと恐れてたんだ」

「わたしなら大丈夫よ」そうよ、リュエルからだって自由になってみせる。どれほど彼が、その力を見せつけようとも。このグレンクラレン行きにしても、いくら強要されようが行きたくなければ行くつもりはなかった。船に乗ったのは完全に自分の意思によるもの。イアンに負わせてしまった苦しみを、少しでもやわらげたいと思ったからだ。

「いやに早足だな。マクラレンとパトリックのことを話したくないってんならそれでもいいが、せめてどこへ行くつもりなのか教えてくれよ」

「ごめんなさい、どうかしてた」リー・スンに合わせて歩調を緩めた。いつのまにかリュエルから逃げているような気になっていた。イアンを死の淵から取り戻し、そしていままたわたしに向けられた、その無慈悲なまでの意志の力から。「貨物室に行って、サムとベデリアの様子を見てくるわ」

「あなたに会えるのを、みんな楽しみにしてるわよ」ジェーンは手を伸ばし、冷えきったイアンの手を握った。「これがあなたのグレンクラレンなのね。本当に素敵。あなたがそれほど愛する気持ち、よくわかるわ」

イアンはかなたにそびえる塔から目をそらそうとしなかった。「ああ、美しい」

ジェーンは毛布を引きあげて、彼の体を覆ってやった。長旅が体にいいわけがない。二日前にエディンバラの桟橋からこの荷馬車へ担架で運び入れたときよりも、いっそう顔色が悪くなったように見えた。「ほんと。なにもかもうまくいくわ、きっと」

「たしかにそんな気になってきたよ」なおも城に目を据えたまま、彼がささやいた。「きみの言うとおりかもしれないな……」

十分後、荷馬車はゴトゴトと車体を揺らしながら木造の吊りあげ橋を渡り、板石の敷きつめられた中庭に入った。

中央の溜池はところどころ欠け落ちて汚れがこびりつき、板石の合間からもギザギザの葉が幾筋も伸びていた。そこかしこに、経年と手入れの行き届いていない状況が見て取れる。「いつもはこんなふうじゃないんだが」イアンが言い訳した。「わたしが長いあいだ留守にしていたからね。こういう古い屋敷には手入れと慈しみが欠かせないんだ」

「あるいはいっそのこと取り壊してしまうか」カールタウクが小声で口をはさんだ。

黙れとばかりにジェーンが彼をにらみつけた。「ところどころ手を入れればいいのよ。みんなでやればそんなに時間はかからないわ、イアン」リュエルがこの城で育ったことを思うと不思議な気がした。風雨にさらされたこの古い城と彼がまるで結びつかない。

「彼はどこ?」真鍮製の腕木の施された扉が勢いよく開いたかと思うと、若い女性が階段を駆けおりてきた。「まあ、イアン。いつまでも寝かされたままでどうなってるの?」

「マーガレット?」イアンが信じられないというような声を発した。片肘をついて起きあがり、荷馬車から身を乗りだして外をのぞく。「こんなところでなにをしてる?」

「決まってるじゃないの」彼女は荷馬車に駆け寄ってきた。「リュエルから手紙を受け取ってすぐ、お父さまと一緒にここへ移ってきたのよ。あなたが回復するまではそのほうがなにかと便利でしょう」

はじめてマーガレット・マクドナルドその人を目にしたジェーンは、呆気《あっけ》にとられていた。やわらかな手、レース、膨らんだスカート……そうマーガレットの姿を想像したときイアンに一笑された謎が解けた気がした。そこにあるのは女性らしさとは無縁の手だった。襟の高いダークブルーのガウンは着古して色褪《いろあ》せ、仕草は豪胆でお世辞にも優雅とはいえない。背が高く痩せていて、小麦色の髪は飾り気のない束髪に結いあげられている。四角い顎と表情豊かな大きな口は、美しいというよりは力強い印象を与えた。けれど、いくぶん離れ気味の灰色の目は驚くほど美しかった。

マーガレットは荷馬車に乗りこむと、イアンの傍らに膝をついた。「なんてひどい顔。すぐに家に入りましょ」あけすけな言い方をし、すばやく彼にキスをした。「でも心配ないわ。すべてわたしにまかせておいて」

「マーガレット……」イアンの指が伸び、彼女の頰に触れた。「美しいマーガレット」

「怪我のせいで、脚だけじゃなくて視力までおかしくなったのね。美しいなんて言葉、わたしには無縁よ」ぴしゃりと言って、ジェーンのほうを向いた。「あなた、どなた?」

「ジェーン・バーナビーです」ジェーンは前の座席に座るふたりの男を指し示した。「こちらはリー・スンとジョン・カールタウク」

「なぜここに?」

「それはリュエルから言われて――」

「ああ、わかったわ。そのひと言でじゅうぶん」マーガレットが遮って言った。「リュエルが付き合うのは、いつだって一風変わった人たちばかりだった」彼女のまなざしが値踏みするようにリー・スンに留まったかと思うと、つとカールタウクに向けられた。「腕力には自信があって?」

カールタウクは目をしばたたいた。「雄牛のようにたくましく、ヘラクレスのごとく力強い」

「自慢家の言うことはたいてい、七割がたは差し引いて判断すべきね。だとしてもじゅうぶジョックとマーガレットはうしろを……

たくましい体つきの小男が、もじゃもじゃの赤毛を振り乱しながら階段を駆けおりてきた。

マーガレットはカールタウクに命じた。「さっさと座席から下りて、ジョックに手を貸してイアンを部屋に運んでちょうだい」自分も急いで荷馬車から降り立つ。「ジョック、彼をベッドに運んでおいて。そのあいだにわたしは台所へ行って、なにか食事を用意してくるから」今度はジェーンに向きなおった。「一緒に台所へ来て、手伝ってちょうだい。こんなに広い屋敷だっていうのに、召使いはたったの三人。このうえ四人も新たな口が加わったんですもの、とてもじゃないけど――」

ジェーンがすばやく口をはさんだ。「ご迷惑をおかけするつもりはありません」

「わたしは別だぞ」ジョックと一緒に慎重な手つきでイアンの担架を下ろしながら、カールタウクが横やりを入れた。「芸術家はいつだって、きわめて貴重なお荷物だ。彼らの世話をするのは大いなる特権でもある」

「あなた、絵の具遊びが趣味なの？」

カールタウクは気分を害した顔つきになった。「絵の具遊びとは失敬な。何年もずっと、創作しつづけている。偉大な金細工師ですよ」

「それじゃ、力持ちの金細工師というわけね。イアンを階段に落とさないでよ」マーガレットはリー・スンに顔を向けた。「荷馬車を厩舎に運んで、馬具を解いてちょうだい。それが終わったら台所に戻ってきて。なにか手伝ってもらうことがあると思うから」

「まるで召使いに対する口のきき方だな」イアンが抗議した。「彼らはお客さんなんだぞ、マーガレット」

「グレンクラレンには働かないお客を迎えるほどの余裕はないの」いかにもやさしげにイアンの髪を撫でつける仕草が、その辛辣《しんらつ》な言葉にそぐわない印象を与えた。「いいから、もう黙って。わたしのやりたいようにさせてちょうだい。ジョックがベッドへ運んでくれたらすぐ、わたしも顔を出すわ。そのあとは少し休むのね」くるりと背を向け、ずんずんと中庭を歩きだした。途中でジェーンを振り返る。「来るんでしょ?」

ジェーンはあわててあとを追った。「ええ」

「ちょっと待って」マーガレットの視線が、ジェーンの足元でちょこまかと跳ねまわるサムに留まった。「この犬はあなたの?」

「サムはご迷惑はかけません」

ついで彼女の視線は、荷馬車のあとから厩舎へ入っていくベデリアの姿をとらえた。「あの馬も?」

「カサンポールに置いてくるわけにはいかなかったんです」

「両方とも処分してもらいますよ。彼らまで引き受ける余裕はありませんから」

ジェーンは深々と息を吸い、きっぱりと言った。「いいえ、お断りします」

マーガレットが目をぱちくりした。「断る?」

「彼らはどこへもやりません。わたしの所有物ですからわたしが世話をします」

「そう」マーガレットはむっとしつつも、かすかに興味をそそられた顔つきになった。さっときびすを返して城に入った。「約束は守ってもらいますよ」

マーガレットに案内された台所は隙間風が入りこみ、中庭に負けず劣らず修繕が必要なように見えた。徹底的に掃除をすれば、もう少しはましになりそうなものだが。

ジェーンの物言いたげな目つきに気づき、マーガレットが言い訳じみた口調で言った。「わたしもほんの二日前に着いたばかりで、すべてに手がまわらないのよ。気になるなら、自分で掃除をしてちょうだいな」

「そんな意味じゃ――」

「いいえ、そう思って当然よ。わたしの前では正直に振る舞ってかまわないわ。お世辞なんて聞いてる暇はないから」

ジェーンは思わず微笑んだ。「それじゃそうさせてもらいます。じつはサムとベデリアのことを認めてもらったので、少しおとなしくしていようと決めたところだったんです。でも、この部屋はまるで豚小屋です。リー・スンが戻ってきたら、ただちに掃除に取りかかります」

「そうしてちょうだい」マーガレットは、巨大な暖炉のそばに座ってジャガイモの皮を剝《む》いている小柄な白髪の女性を指し示した。「こちらはメアリー・ローズ。メアリー、ジェーン・バーナビーよ。イアンと一緒にいらしたの」

「またひとり、口が増えたんですかい」女が意地の悪い言い方をした。「ただでさえ、心配の種は尽きないっていうのに」

「彼女は自分の食いぶちぐらい稼いでくれるわ」マーガレットは台所を横切って暖炉に歩み寄った。「それに、わたしは心配してないの。どうにもできないことを心配するなんて馬鹿げてるでしょ。シチューはできあがったの?」

「このジャガイモを加えりゃ、できあがりですわ」

「それじゃわたしがやるわ。あなたは三人分のお部屋を用意してちょうだい」

「三人?」

「そう、三人よ」マーガレットがきっぱりと繰り返した。「それから、不平はやめましょ。神さまがかならずなんとかしてくださるわ」

「なんとかするのはいつだってあなたなんだ」メアリーはぶつぶつ言いながら、ジャガイモの入ったボウルとナイフをマーガレットに手渡し、立ちあがった。「神さまはあなたにばかり重荷を背負わせて」戸口へ向かう。「ついでに、お父さまの様子ものぞいてきますわ」

「その必要はなくてよ」と言いつつ、マーガレットの顔がほころんだ。「でも、ありがとう、メアリー」真顔に戻り、ジェーンを振り返った。「イアンがあんなに具合が悪いなんて。リュエルから手紙をもらってはいたけど、あんなふうだとは……」メアリーが座っていた椅子に腰を下ろし、手早くジャガイモの皮を剝きはじめる。「本当に二度と歩けるようにはならないの?」

「お医者さまはそうおっしゃってました」

「お医者さまだって人間だわ。間違いを犯すこともあるわよ。そんな話は忘れて、最善を尽くしましょう」重荷を下ろすかのように両肩を上下させると、ジェーンをとくと眺めまわした。「どうしてズボンをはいてるの？　おかしな格好だわ」

ジェーンはぎくりと身構えた。やわらかな手や膨らんだスカートはなくても、やっぱりマーガレットもほかの女性たちと変わりないのだ。「これしか持ってないんです。お気に召さなくて申し訳ないですけど」

マーガレットは眉間に皺を刻んだ。「女性は女性らしい格好をしなくてはだめよ。男性の真似なんかしては、ますます彼らを調子づかせることになるわ」

ジェーンは啞然《あぜん》として彼女を見つめ、噴きだした。「男の人の真似をしてるつもりなんてありません。彼らと一緒に鉄道敷設の現場で働いていたもので、こういう格好が動きやすかったまでで」

「あら、そうなの？　たしかにそれなりの理由があるんでしょうけど、もう少しなんとか工夫すべきだったわね」突如、興味深げに顔を輝かせた。「それにしても鉄道だなんて。わたし、なにかに取り組んでいる女性にはつねづね敬意を抱いてるの。いったいどういう経緯で鉄道に――」ふと口を閉ざし、かぶりを振った。「その話はまたあとにしましょう。いまはもっと大切な話をしないと。で、ここにはどれぐらい滞在するつもり？」

「イアンが必要とするかぎりは留まると、リュエルに約束したんです」

マーガレットの表情が曇った。「それじゃ、どれぐらいになるかは神のみぞご存じってわけね。たしかに彼には相当の助けが必要だわ。それにグレンクラレンにもあり余るほどの仕事がある」

「リュエルもそう言ってました」

「本当？　それは驚きだわ。グレンクラレンが滅び去ろうが、リュエルの知ったことじゃないとばかり思ってたけど」

「自分の育った場所をどうでもいいなんて思える人はめったにいません」

マーガレットが驚いた顔をした。「だって、彼はここで育ったわけじゃないのよ。アニーは渓谷の向こう側に小さな田舎家を持っていたの」

「アニーって？」

「アニー・キャメロンよ。リュエルの母親。リュエルが庶子として生まれたことを知らないの？」

ジェーンは目を丸くした。「でも、彼の姓はマクラレンでしょう？」

「リュエルはそれ以外の姓を名乗ることを頑として拒否したのよ。父親は彼の存在を認めようとはしなかったけれどね。リュエルはグレンクラレンとの関わりは望まなかったけれど、ことあるごとに騒ぎを起こしたわ。そうすれば父親である地主が困ることを計算していたのね」

「でもイアンの口ぶりはいつだって……」ジェーンは困惑しきって首を振った。「なにがなんだかさっぱり」

「イアンはアニーのことは決して口にしようとはしないわ。わたしもずっと彼に言いつづけてきたのよ。あの人がリュエルをどう扱おうが、あなたになんの責任もないんだって。でもイアンは耳を貸そうとしないの。リュエルは弟にあたるわけだから、父親がリュエルの母親と結婚せず、彼を息子とも認めなかったことに、いくらかの負い目を感じているのね」

「でも、お父さまはどうしてそんな」

「グレンクラレンのせいよ。ここには息子はふたりも必要ないってこと。それにアニーは徳の高い女性ではなかった」マーガレットはそっけなく言い足した。「もっともその事実は、彼女に飽きるまでは問題になることはなかったみたいだけど。最初のころはそれはもう、アニーに夢中だったらしいわ。聞くところによると、当時の彼女はいまのリュエルみたいに端正な顔立ちをしていたらしいから」

「彼女はいまは？」

マーガレットは首を振った。「リュエルが十二歳のころ、エディンバラに行ってそれっきり。あとから聞いた話だと、インフルエンザで亡くなったとか」

「リュエルを置いて？」

「当時の彼はもうじゅうぶんひとりで生きていかれたわ」マーガレットはじれったそうに肩を上下させた。「リュエルの話はもうおしまい。やんちゃ坊主はいつだって注目の的になっちゃうのね。いまごろは別の大陸にいるっていうのに」立ちあがり、ジャガイモを炉床に運ぶと、ぐつぐつと沸騰した釜のなかにそれを入れた。「それじゃ、今度はあなたの番よ。あなたと一緒にやってきた中国人と、横柄で気取った態度のあの男のことを聞かせてちょうだい」

二時間後、マーガレットはイアンの部屋にそっと足を踏み入れた。「なにか不都合なことはない？」ベッドの傍らに座るカールタウクに目をくれる。「いつまでもここにいなくてもいいのよ。さっさとどこかへ行って、ご自分の仕事場の準備をなさいな。ジェーンから聞いたわ。あなたもしばらくここに滞在するから、暇つぶしの場所が必要なんだと」

「暇つぶし」カールタウクはまずいものでも口にしたかのように、繰り返した。「絵の具遊びの次は暇つぶしか。わたしの仕事の偉大さをまるでわかっていない」

「でも、自分の仕事の大切さはよくよく心得ていてよ」マーガレットは戸口のほうへ身振りしてみせた。「どこを選ぼうがかまわないから、とっとと出ていって」

カールタウクは渋面を作った。「ここもまた冷酷で野蛮な国ってわけか」すごすごと部屋を出ていった。

「さてと、やっと邪魔者がいなくなったわ」マーガレットはベッドに歩み寄り、イアンの傍らに腰を下ろした。「三日後に司祭さまに来ていただくよう手配したわ。わたしたちの結婚式よ。そのためにもゆっくり休んで、旅の疲れをじゅうぶんに取ってもらわないと」

「結婚はしないよ」

「いいえ、するわよ。そういう馬鹿なことを言いだすんじゃないかと思ってたわ」マーガレットは彼の額から髪の毛をやさしく払いのけた。「リュエルが生まれてからこのかた、あなたはずっと彼を救おうと奮闘してきた。そして今度はわたしに救いの手が必要だと思いこんでいる」

「これ以上きみに負担をかけるようなことはしたくないんだ。きみには父上が——」

「お父さまならこのところめっきり弱ってきてるから、もうすぐ彼のことは考えないですむようになるわ」

イアンがはっと視線を上げた。「手紙に書いてなかったじゃないか」

「そりゃそうよ。そんなことをしたって、彼が助かるわけじゃないもの」

「知ってたら、飛んで帰ってきた」

マーガレットの表情がやわらいだ。「ええ、そうね」

「きみの悲しみはよくわかるよ」

マーガレットは眉根を寄せた。「悲しく思えたらいいんだけど、お父さまはあのとおり思いやりのある人じゃないでしょう。ときどき思ったものよ。たぶん神さまは病気のふりをする彼に嫌気がさして、本当に病気にしてベッドに縛りつけてしまったんじゃないかって」無理やり笑顔を作った。「このままお父さまが死んだら、いまにわたしも稲妻に打たれて死んでしまうかもしれないわね。罰が当たって」

「馬鹿な」イアンが穏やかに否定した。「きみほどやさしくて従順な娘はいないよ、マーガレット」

「だって、父親ですもの」マーガレットは肩をすくめた。「それにわたしたちはふたりとも知ってるはずよ。義務感と道義心こそが、文明と野蛮を隔てる唯一のものだってことを」話題を変える。「野蛮といえば、リュエルはどうしてるの？」

「あいかわらずだ」おもむろに付け加えた。「少し変わった」

「そうみたいね。新たに手にした責任感というのを、さっそく披露しようとしてるらしいわ。昨日、彼から二〇〇〇ポンドの小切手を受け取ったの。お金が手に入ったらまた送ると手紙が添えてあったわ」

「なんだと！」イアンは即座に首を振った。「そんなことをしたら、彼の手元には一〇〇〇ポンドしか残らないじゃないか。すぐに送り返すんだ」

「そんなことはできないわ。グレンクラレンにはこのお金が必要なのよ。あなたに必要なの」マーガレットが言い張った。「他人を思いやることはリュエルにとってもいいことよ」

「あいつは命がけでわたしの命を救ってくれたんだ」

「あら、リュエルは昔からその手の振舞いが得意だったじゃない。要は自制心に欠けているのよ」

イアンが笑い声をたてた。「会いたかったよ、マーガレット」瞬時に笑みが消散した。「でも、きみを体の不自由な人間と結婚させるわけにはいかない。もうじゅうぶん、きみは人生を無駄にしてきてるんだから」

「あなたがいつまでもそのままとはかぎらないわ」反論しかかったイアンを無視して、たたみかけるように続けた。「それに、たくましい体はたしかに素晴らしいけど、たくましい心はそれ以上に大切よ」

「子供を産ませてやることができないんだ。きみは子供が大好きじゃないか、マーガレット」

「それだって、不可能と決まったわけじゃないでしょ。今度、お医者さまと話してみるつもりよ」

イアンは力なくかぶりを振った。

「それに子供のいない夫婦だって大勢いるわ。たとえあなたが健康な体だとしたって、神さまがわたしたちは子供を持つべきじゃないと判断なさるかもしれなくてよ」

「やめてくれ、マーガレット」

「そう、わかったわ。それじゃ結婚は延期しましょう……あなたが起きあがって結婚式に出られるようになるまで。多少なりとも回復すれば、その頑固頭も少しはやわらかくなるでしょうから」

「ありえないよ。わたしの背中は――」

「いいえ、ありえるわ。わたしがかならず回復させてみせる」マーガレットは身を乗りだし、彼の額にすばやくキスをした。「それじゃ、ゆっくり休んで。長旅で疲れてるはずよ」

「なにをしても疲れるだけだ」

「そのうちよくなるわ」マーガレットは立ちあがった。「シチューを持ってくるわね。そのあいだにジョックをよこすからお風呂に入るといいわ。誇り高いあなたのことですもの、その仕事はわたしがやるわけにはいかないでしょう?」彼の表情を目にしてうなずき、戸口へ向かう。「まったく、神さまはなにを考えていらっしゃるのかしら。分別の欠ける男性に、女性よりも力を与えるなんて」

後ろ手に扉を閉めるなり、きつく目を伏せた。怒りと悲しみと絶望感が次から次へと大波のように心に襲いかかる。こんな姿は誰にも見せるわけにはいかない。ああ、神さま。かわいそうなイアン。

かわいそうなマーガレット。どうしてわたしにばかり、試練をお与えになるの? 神さまはあまりに不公平だわ。

「じつに興味深い顔をしてる。きみの像なら作ってもかまわないぞ」

目を開けると、数ヤード離れたところにジョン・カールタウクが立っていた。ぱっと顔が紅潮した。動揺した姿を見られた? いいえ、たぶん大丈夫。こちらを見つめる彼の視線は、冷静に値踏みするふうで、少しも熱を帯びていなかった。マーガレットはひとつ咳払いをした。「仕事場を見つけてくるように言ったはずだけど」

「ああ、見つけてきた」彼はなおも目をそらそうとはしない。「台所を使うことにしたよ」

「台所? そんなことできっこ――」

「できるとも。わたしの仕事には炉が必要なんだが、あそこならわざわざ作る必要がない。あの巨大な暖炉を壁で囲いこめばすむんだから」カールタウクは一歩近づくと、指で彼女の顎を持ちあげた。「一見したときには創作意欲を刺激されるようなことはなかったんだが、この顎のラインは悪くないし、頬骨の形も――」

マーガレットは彼の手を振り払った。「モデルになんてなるつもりはないわ」

カールタウクが心外な顔をした。「いかに名誉なことかわかってないようだね。ヴィクトリア女王の申し出さえ断ったというのに」

マーガレットが目を見開いた。「女王があなたに頼んで――」

「いや、その機会さえ与えなかった。王室を侮辱して得になることなどひとつもないが、断ることはとうの昔に決めていた」身を翻し、さっさと廊下を戻っていく。「気が変わったら、言ってくれ。わたしは台所へ行って、壺や鍋《なべ》をすべて捨てなきゃならんから」

マーガレットはあわててあとを追った。「捨てるですって？　そんなことさせるものですか！」

「どうして？　仕事の邪魔なんだ」

「あなた、どうかしてるんじゃなくて？　わたしたちの食事はどうなるのよ。あなたに台所を渡すわけにはいかないわ」

「美は食よりも価値がある」カールタウクは眉をひそめた。「それじゃ妥協案といこう。夕方だけは使ってかまわないよ。食事の支度があるだろうからね」

「かまわないって……」マーガレットは深く息を吸いこみ、押し殺した声で言った。「鍋をひとつでも捨ててごらんなさい。明日のシチューの肉にしてやるから」

カールタウクは振り返り、彼女の表情をつくづく眺めやった。「その顔ならやりかねないな」くすりと笑い声を漏らす。「わたしの肉じゃ嚙みきれんよ。やわらかなウサギの肉とはわけが違う」

「ひとつたりとも鍋を捨ててみなさい」マーガレットはなおも凄んでみせた。

「わかった、わかった」カールタウクは肩をすくめた。「厩舎のなかもまんざら捨てたものじゃなかった。ただし、片づけるのを手伝ってくれたまえよ。炉を組み立てるのに煉瓦《れんが》が必要なんだ。ジョックに言って集めさせてくれ」

「ジョックはイアンの世話で手一杯よ。あなたのくだらないお遊びに付き合ってる暇はないの。もちろんわたしもよ」

カールタウクはため息をついた。「よりによって、こんな冷淡な野蛮人の国へ来てしまうとは。誰も手を貸してくれないばかりか、自分の都合のいいようにわたしの才能を操ろうとする」

「あなたを操ろうなんてするわけが——」はっと思いあたり、口を閉ざした。ひょっとして、操られていたのはわたしのほう？「最初から台所なんて使うつもりはなかったのね？」

「ほう。それならなぜ、そんなふりをする必要がある？」

その答えはすぐには思い浮かばなかった。でも、おそらくは……親切心から？　わたしのプライドを傷つけずに、直面する悲しみから気をそらそうとした？　まさか、そんなこと。彼とは知りあって間もないし、わたしの心をそれほど正確に読み取れるはずがない。

「さあ、なぜそんな七面倒くさいことをしたのかはわからないけど」マーガレットは辛辣な言い方をした。「東洋人は、そういう込み入ったやり口が得意だと聞いたことがあるわ。それが異教徒の血の性《さが》ってことなんじゃないかしら」

「いかにも」カールタウクは穏やかに応じた。「それにしても、あなたのような敬虔なスコットランド婦人なら、わたしごときの異教徒の企みなど、簡単に見抜けるものと思ったが」

それだけ言うと、彼女の答えを待たずに、さっさと先に立って廊下を歩き、階段を下りていった。


ジェーンとリー・スンがついに台所の掃除を終え、石の階段を上って玄関のホールまでやってきたときには、夜の九時をまわっていた。

「もう、くたくたよ」ジェーンは背中を反らし、凝りをほぐそうとした。「ごしごし床をこすったおかげで、膝っ小僧なんて青痣《あおあざ》だらけだし」

「さっさと寝ろ。朝になったら少しはましになってるさ」リー・スンは玄関の扉を開けた。

「どこへ行くの？」

「厩舎だよ。カールタウクがあそこを仕事場兼住居にしたんだ。おれも一緒に寝起きすることにした」

「だけど、あなたの部屋はここに用意されてるのよ」

「カールタウクと一緒の生活に慣れちまってんだ」

「ちゃんと寝起きできるような場所なの？」

「ここよりは快適さ。この城にくらべりゃ、あの寺院のほうがよっぽど手の入れがいがあったってもんだ」

「いまあるものを最大限活用するしかないのよ。いつもやってきたことだけど」

「そうだな」リー・スンはひと息ついた。「でも、どうもここは勝手が違う」

その言葉の意味ならジェーンにもわかっていた。グレンクラレンはふたりにとっては完全なる異質の場所。ふたりとも城に住んだことなどあるわけがなく、そのうえ維持したり修理するよりは組み立てることに慣れ親しんできた。「いまに慣れるわ」

「どうあってもイアンを助けなきゃならないってか？　おれが見たところじゃ、マーガレット・マクドナルドさえいればじゅうぶんだよ。いや、じゅうぶん以上だな」

「彼女ひとりでなにもかもできるわけがないわ。彼女がイアンの回復に尽くしてるあいだ、わたしはこのグレンクラレンの助けになることならなんでもやるつもりよ。だけど、もしいやなら、あなたはここに留まらなくたっていいのよ」

「ほかにどうしろって言うんだ？　エディンバラの下宿屋にパトリックを訪ねて、一緒に酒を浴びろってか？」リー・スンは苦々しい言い方をした。「ときには、そうやって逃げちまいたいと思うときもあるけどな」

ジェーンが目を丸くした。「あなたが？」

「なぜおれが、飲めもしない酒をあおりたくなるときがあんだと思う？　走るかわりに足を引きずって歩くのも、楽じゃないんだぜ」

ジェーンは手を伸ばし、彼の腕にそっと触れた。「わかってるわ、リー・スン」

「いや、おまえにはわからない」リー・スンは階段をじっと見下ろした。「でも、いまはイアンが知ってる」階段を下りはじめる。「おれはここにいるよ。なんのおもしろみもありゃしないけどさ」

ジェーンは戸口までついていき、彼が足を引きずりながら中庭を通って厩舎へ向かうのを見守った。人が人を本当に理解することなどあるのだろうか？　パトリックのことならわかっているつもりだったのに、彼は言語に絶するほどのことをしでかした。リー・スンのことだって理解しているとばかり思ってたのに、こうしていま、それが間違っていたことを思い知らされている。

——堕天使のような美しい顔のなかで、青い瞳が焼け焦がすほどの光を放ち……

なぜ突然、リュエルのことが浮かんできたの？　彼にいたっては、ほかの人以上になにも知らなかったというだけのこと。たしかに今日の午後、マーガレットから聞かされた話にショックも受けたし、当惑もした。だけど、考えてみれば不思議でもなんでもない。リュエルほど意外性に富み、不可解な人間はいないのだから。

もうリュエルのことを考えるのはよそう。彼を愛しているだなんて、たぶんそんな気がしただけ。いや、違う。自分に嘘をつくことはできない。わたしはたしかにリュエルを愛していた。きっと時間と距離がその気持ちを衰えさせ、そのうちにきっと忘れさせてくれる。彼のことなんて考える余裕がなくなるほど忙しくしていれば、いまにきっと。

はるかかなたに、なだらかな起伏を描く山並みが見え、暗闇のなかでギョリュウモドキの木がおぼろげに浮かんでいた。この土地もここでの生活も、カサンポールとはなんという違いだろう。

でも、もはやほかの生活のことは考えないようにしなくては。イアンの助けになれるあいだは、ここがわたしの居場所。

いまはグレンクラレンしかないのだから。

シニダー。

リュエルは手すりをぎゅっと握りしめた。小型の釣り船で近づくにつれ、視線の先の島が少しずつ大きくなる。はじめてシニダーを目にしたときも、同じ感覚にとらわれていた。驚異と興奮。約束の地に出会えたという思い。

たしかジェーンも、列車について同じようなことを言っていた。そのときの彼女の顔は光り輝き、その面持ちからはそこはかとなく厳粛さが感じられて——

くそっ、彼女のことは考えまいと心に誓ったのに。

かわりにイアンのことを考えればいい。ボニー・レディ号のベッドに横たえたときの、最後に見た顔。血の気がなくやつれて……苦痛にゆがんだあの顔を。

船がじょじょに桟橋に近づいていった。もうすぐ待ちに待ったわが家に到着だ。

いや、違う。シンダーは金の宝庫でありこそすれ、故郷ではない。ジェーン・バーナビーが意味のない存在になったあの瞬間から、おれには故郷など必要なくなった。もはや手に入れるべきものは唯一、あの山の奥深くに埋もれている。それを掘りだす方法を是が非でも見つけだしてやる。目の前の仕事以外のことに気を取られている余裕などない。

あるのはシンダーのみだ。

10

一八七九年十月四日　グレンクラレン

マーガレットがイアンの部屋から出てきたのを見て、ジェーンはあわてて壁から体を起こした。「どうだった？」

「石頭もいいところ」マーガレットはいまいましげに廊下を歩き、階段へ向かった。「冬のあいだだけでもスペインに行きましょうっていくら言っても、まるで聞く耳も持たない。あんな頑固者、もうお手上げだわ」

マーガレットがこんな言い方をするからには、よほど深刻な事態なのだろう。どんなことであれ、彼女はめったに負けを認めることはしない。「お医者さまからも話してもらったんでしょう？」

「ええ、今朝ね」そっけない答えが返ってきた。「それなのに、いまのグレンクラレンには自分が必要なんだから、スペインに行くのは春になってからの一点張り」マーガレットは手すりをぎゅっと握りしめてから、階段を下りはじめた。「だから言ってやったのよ。あの咳をどうにかしないことには、春が来る前にわたしは未亡人になるって。ここじゃよくなるわけがないのよ。グレンクラレンの冬はことのほか厳しいんだから」

過去三年、身をもってその厳しさを経験したジェーンは、マーガレットの懸念が痛いほど理解できた。「そのうちに彼も気が変わるわ」

「三カ月間、変わらなかったのよ。口にすることといえばグレンクラレンのことばかり。この冬はあれをしなくちゃ、これをしなくちゃって。彼はここで死ぬつもりなんだわ」

「だめよ、あきらめちゃ。イアンは新しいダム建設の計画のことで頭がいっぱいなのよ」

「人間誰しも、自分が必要とされてると思えることが必要よ。それが唯一、彼に元気を取り戻させる方法だってことは、わたしだってよくわかってた」マーガレットは顔をゆがめた。

「だけど、三年ものあいだ、グレンクラレンはあなたがいなきゃだめだって言いつづけてきた手前、暖かい所で療養してだなんて、どうやって説得すればいいんだか」

「それでわたしを呼んだってわけね。製粉所はうまく稼働してるって、彼には前に話しておいたんだけど。実際、いまじゃ放っておいても勝手に動いてくれてるわ」ジェーンは顔を曇らせた。「でも、わたしからももう一度話してみる」

「あなたの言うことにだって耳を貸すかどうか。こうなるんじゃないかと思って、手を打っておいてよかったわ」

「手ってどんな?」

「リュエルよ」

ジェーンは下りかかっていた階段の途中ではたと足を止めた。

マーガレットが探るような視線を向けてくる。「あらあら、製粉所の小麦粉みたいに真っ白な顔になっちゃって。彼の名前を聞くだけで動揺するの？」

ジェーンは気を取りなおして、ふたたび歩を進めた。「そんなことあるわけないでしょう。青白く見えるとしたら、たぶんここが薄暗いせいよ」

「日が暮れるにはまだ早いし、明かりだってこのとおりよ」

「リュエルの名前を聞いたぐらいで、なぜわたしが動揺しなくちゃならないの？」

「よく胸に手を当てて考えてごらんなさいな。あなた、はじめてここに来た日以来、一度も彼の名前を口にしてないのよ」マーガレットはやれやれというように首を振った。「どういう経緯でリュエルと気まずい仲になったのかは知らないけど、彼は人と仲たがいすることにかけては天才的よ。あなたが話したくないって言うなら――」

「ええ、話すつもりはないわ。たいしたことじゃないんですもの」ジェーンが遮って言った。

「すべて過去のことよ」

「過去はときとして未来に影響を及ぼすものよ」マーガレットは扉の傍らに立つコート掛けからブルーのウールのショールをはずすと、それで肩を覆った。「だから、前もってひと言伝えておいたほうがいいと思って」

「イアンについて手紙でリュエルに相談したってことを？」

マーガレットはかぶりを振った。「リュエルに手紙を書いたのは三カ月も前のことよ。マドリードで冬を過ごすという話を、最初にイアンが拒否したとき。そしたら今朝、明日グレンクラレンに到着するってエディンバラから知らせがあったのよ」

ジェーンは息を呑んだ。「ここに来るってこと？」

「今回ばかりは、わたしの力じゃどうにもイアンの意志を覆せそうにないわ。でもリュエルなら、どういうわけだかいつも、自分の思いどおりに彼を動かすことができるのよ」

そう、リュエルはいつだって、誰のことでも思いどおりに動かすことができる。「シニダーはどうなるの？」

「どうやらリュエルは、最後に会ったときよりはよほど大人になったみたいね。金を掘りあてることよりも、兄の生活のほうが大事だと悟ったらしいわ」マーガレットは玄関の扉を開けた。「そういうわけだから、リュエルとのあいだになにがあったにしろ、彼がイアンを説得してスペインに送りだすまでは、ことを荒立てないでちょうだい。そのあとなら、彼をどう料理しようがかまわないから」

「それはどうも」ジェーンは無理やり笑顔を作った。「でもリュエルがここにいるあいだに、それほど顔を合わせることもないと思うわ。リー・スンもわたしも製粉所のほうが忙しくて、ここに顔を出す暇なんてありそうにないもの」

「あら、製粉所は放っておいても問題ないって言わなかった？」マーガレットは肩をすくめた。「まあ、いいわ。隠れていたいって言うなら、わたしは反対しない」

「隠れるつもりなんかないわよ。ただ――」

「彼を避けてるだけ」マーガレットはベデリアがつながれている柵の傍らで立ち止まった。「でも、彼があなたを放っておくとは思えないわね。どの手紙でも、かならずあなたのことばかり尋ねてくるんだから」

ジェーンはぎくりとした。「そんな話、初耳だわ」

「あなたがいやがるとわかってるのに、わざわざ彼の話をする必要がなかったからよ。グレンクラレンやその住人についてあれこれ尋ねる権利が彼にはあるわ。だってすべての費用を負担してくれてるんですもの」マーガレットは新たに板石を敷きなおした中庭を見まわし、修理を施したり建てなおされた離れ屋をひとつひとつ眺めやった。「おかげで助かってるわ。彼が送ってくれたお金でグレンクラレンは生き延びて、盛り返してきてる。それはすなわち、イアンが立ちなおるってことよ」ジェーンのほうを向いた。「もう製粉所に戻るの？」

「あなたさえよければ」

「もちろんよ。あなたがこの屋敷を気に入ってないことはわかってる。製粉所のそばの田舎家に移るって言いだしたときも、少しも驚かなかったのに」

「わたしの助けが必要だったら、引っ越さなかったのよ」

「助けは必要じゃなかったけど、あなたがいなくなって寂しいわ」マーガレットはかすかに口元をほころばせた。「どうしてそんなに驚いた顔をするの？　だって、わたしたちは友達でしょう？」

「ええ、そうね」だがマーガレットの口からはっきりそれを聞くのははじめてだった。よほど今回のことがこたえているに違いない。たしかに彼女とマーガレットは、イアンとグレンクラレンを救うという目的のために、一致団結して奮闘してきた。けれど、ふたりともつねに相手と一定の距離を保ち、自分の内面には頑《かたく》なに踏みこませまいとするところがある。おそらくあのまま城に留まって、マーガレットの負担を少しでも軽くする努力をすべきだったのだろう。マーガレットの豪胆な性格のせいで、ときとしてジェーンは彼女が背負っている荷物の大きさを忘れてしまうことがあった。実際は、グレンクラレンのあらゆることを取り仕切っているのはイアンではなく彼女なのに、決してそれを夫に悟らせまいとする。イアンを看護し奮い立たせ、その全き意志の力をもって、ついに夫をベッドで起きあがることができるまでに回復させた。ときには椅子に座る彼の姿さえ見ることができた。そして二年前、彼女は司祭を呼びにやり、煮えきらない態度のイアンと強引に結婚式を執り行なったのだ。

「あなたが望むなら、ここへ戻ってきてもかまわないわ」

「なにを言ってるの。あなたにはあなたの、わたしにはわたしの仕事があるのよ。あなたがここに住んだところで、めったに顔を合わせられやしないわ」マーガレットは中庭を歩きはじめた。

「どこへ行くの?」

「カールタウクのところ」マーガレットは口元をこわばらせた。「イアンの石頭だけでも頭が痛いっていうのに、あのさかりのついた金細工師、どうにかしてほしいわ」

ジェーンは笑いを噛み殺した。「またなにか?」

「あなたったら、とんだお荷物を連れてきてくれたものね。昨日の朝、エレン・マクタヴィッシュが大泣きで飛んできたのよ。カールタウクに騙されて処女を奪われたって」

「それはまた由々《ゆゆ》しき罪ね」

「言いがかりよ。このあたりの男で彼女の脚を拝んだことのない人なんていないんだから」

マーガレットは渋面を作った。「でも、それとこれとは別よ。カールタウクの女遊びの尻ぬぐいをするのは、この二カ月で三度めよ。よっぽどわたしが暇で、彼の愛人たちの愚痴を聞くぐらいしかすることがないとでも思ってるんじゃないかしら」ショールをきつく体に巻きつけた。「ああいう男にはひと言言ってやらないとね」大股で厩舎へ向かった。

マーガレットの姿がカールタウクの仕事場へ消えてしまうと、ジェーンの顔から笑みが消え失せた。手綱を握る手が震えているのを意識しながら、ベデリアの背にまたがった。

ベデリアの腹を蹴って速足で駆けだしたものの、いつのまにか、当初の目的地だった製粉所のある北ではなく南の方向へ向かっていた。

ほどなくジェーンは、いまや廃墟となった、かつてのアニー・キャメロンの田舎家を見下ろす丘に立っていた。グレンクラレンへ移ってきてまだ間もないころ、ここには一度だけ来たことがあった。あのときはたんなる好奇心にすぎないと自分に言い聞かせていたけれど、そうでないことは自分でも承知していた。リュエル親子について語ったマーガレットの言葉が脳裏を去らなかったのだ。リュエルのことを忘れるためには揺らがない心が必要だ。そしてこの廃墟を実際に目にすれば、この家でたったひとり、ヘビに嚙まれて死にかけたまま夜を明かした少年が、彼女の知るリュエルとは別人であることを実感できるかもしれない、そう思った。けれどここで過ごした時間は苦悩をもたらすことはあっても、決して彼女の目論みどおりには働かなかった。記憶のなかのあの少年の姿は、いまもこの渓谷に留まっていた。だからこそ、今日ふたたびここへやってきたのだ。あの少年が相手なら、恐れるには足らない。彼は痛みに屈する弱さを持ちあわせ、カサンポールで出会ったリュエルのような確固たる意志をいまだ形成してはいない。リュエルもまた人間であり、打ち負かされることもあるということを、思い出す必要があった。恐れるべきことはひとつもないことを、再確認する必要があった。

とはいえ、なにも本気で恐れてるわけじゃない。ジェーンはあわてて自分自身に言い訳した。ただ、リュエルが帰ってくるという知らせにほんの少し驚いただけ。もちろん、彼のことなんてもう愛してはいない。ひょっとしたら永遠に解放されることはないかもしれないと恐れた残り火のような執拗《しつよう》な情熱も、懸命に仕事に没頭するなかで完全に消え失せた。たしかに動揺してはいるが、あの桟橋で威嚇《いかく》するような視線を向けられて以来、顔を合わせていないのだから、当然の反応だ。

もしかしたら彼のほうも、もはやあのときの憎しみや恨みを持ちつづけてはいないかもしれない。離れていたことでふたりの気持ちのあいだに距離ができたし、年月を経て彼自身も変わり、穏やかな性格を身につけていないともかぎらない。それに帰ってきたところで一刻も早くシニダーに戻ろうとするはずだ。うまくいけば滞在中に一度も顔を合わせずにすむかもしれない。彼だってきっと、わたしの顔なんか見たくないと思うに決まっている。

ジェーンは目を閉じ、小さく祈りを唱えた。

ああ、神さま、どうか彼に会わずにすみますように。

「なによ、これ。ひどいにおい」カールタウクの仕事場に足を踏み入れるなり、マーガレットは鼻に皺《しわ》を寄せた。「いったいなにを混ぜて炉を燃やしてるの？　厩肥だってこれよりはましよ」

カールタウクは彼女を顧みて、にやっと歯を剝いた。「厩肥は第一次成分だからね。この燃料だと安くすむ」炉の扉を開け、粘土の載った盆を竈《かまど》のなかへ滑らせた。「倹約家のきみなら大喜びすると思ったんだが」

「だとしても、このにおいはいただけないわ」マーガレットはずかずかと進みでて、彼の前に立った。「だから言いたいことだけ言って、帰らせてもらうわね」

「わたしに聞く耳を持たせたいってことなら、それは無理だな。この盆を置く位置には神経を使うんだ」カールタウクは部屋の奥の背の高い腰掛けのほうに、顎をしゃくってみせた。

「座ってるといい」

「そんな暇が――」言いかけたものの、やめておいた。そう、いつだって彼はこの調子。わたしのことなんて気にも留めない。あのいまいましい仕事に夢中になってるときはいつも。

マーガレットは示された椅子に座り、桟に靴の踵《かかと》を引っかけた。ここに来て正解だった。いまやふたりのあいだで当たり前のようになったこの状況に身を置くことで、早くもわずかながら緊張が緩みはじめている。「それにしても居心地の悪い部屋ね。一日ぐらい土いじりをやめて、椅子のひとつでも作りなさいな」

「わたしにはこれでじゅうぶん」

「あなたは干し草の山に毛布が一枚あればじゅうぶんだろうけれど、リー・スンはどうなるの？」

「製粉所が稼働してるときは、彼はここには寝に帰ってくるだけだ」カールタウクは彼女に一瞥《いちべつ》をくれた。「文句を言うのはきみぐらいなもんだ。気に入らないなら、城から上等な家具をいくつか運んできてくれ」

「あなたに邪険に扱われて見る影もなくなるのがおちだわ」

「自分にとって大切なものは邪険に扱ったりしない」

その点に関しては、マーガレットも異論を唱えるわけにはいかなかった。こと仕事に関するかぎり、どんな些細なことであっても彼は病的なまでに熱心で労を惜しまなかった。いつだったか、二時間もかけて炉のなかで作品の位置決めをしているところを見たことがある。

「そのおかしな土いじり以外のことも、少しは気にかけてくれるようになれば、みんながどれほど助かることか」

カールタウクは目を上げずにぼやいた。「嫌味を言うために来たのかい？　今度はどんな罪を犯したかな」

「手を休めてちゃんと聞いてくれないなら、話すつもりはないわ」

「もう少しだ。よかったらコーヒーでも飲んでいてくれたまえ」

「まずいコーヒーを飲んでお腹をこわせってこと？」マーガレットは椅子から下り、ストーブに歩み寄った。「選択肢はないみたいね。どうあっても待たされるみたいだから」

「そういうこと」

ひび割れた、しかし染みひとつない磨き抜かれたカップにコーヒーを注いだ。これが彼特有の性癖であることを、いまでは彼女もわかっていた。どこかだらしない雰囲気を醸しつつも、自分が触れたり使ったりするものはすべてぴかぴかに磨きあげられていなければ気がすまない。マーガレットは炉のそばの作業台の上に置かれた半身像を、興味深げに眺めやった。まだ第一段階といったところだろう。目鼻立ちさえはっきりしていない。「今度は誰を作ってるの？」

「リー・スンだよ。今朝からはじめたばかりだ」

マーガレットはぶらぶらと椅子に戻り、ふたたび腰を下ろした。「彼の顔なら、もうとっくに作ってたとばかり思ってたけど」

「彼が見てるところじゃ作業できないものでね。リー・スンのなかには苦悩が渦巻いている。苦悩とプライド。自分の苦しみを誰も理解できないと思ってるのさ。そうじゃないとわからせることは、かえって彼を混乱させることになる」マーガレットのほうにちらっと目を走らせた。「大きな痛みを伴うときには、事実を隠しておくほうがいいこともある」

マーガレットは彼の視線を受け止めながら、そこに知恵と皮肉と……思いやりが宿っているのを見て取った。大いなる思いやり。あわてて目をそらした。「あなたってときどき、まっとうなクリスチャンみたいな口をきくのね。女性に対しても、それぐらい細やかな神経で接してもらいたいものだわ」

カールタウクははたと押し黙った。「細やかな神経なんて、きみの口からはじめて聞いた。このわたしにそんなことを期待してるとは思ってもみなかったよ」

「まさか」マーガレットがあわてて否定した。「わたしの話じゃないわよ」

カールタウクが安堵《あんど》の表情を見せた。「なんだ、そうか。一瞬、きみという人間を読み違えていたのかと思ったよ。そんなことになったら面目丸つぶれだ」

「エレン・マクタヴィッシュ」

彼はにこやかな笑みを浮かべた。「男好きのメイドのことか。彼女には楽しませてもらった」

「それどころじゃないわよ。あなたに処女を奪われたって泣きながら駆けこんできたわ」

カールタウクの顔が固まった。「そんな馬鹿な。たしかに男には満たさざるをえない欲求がある。だがわたしは断じて、経験のない女性を相手にしたりしない。そもそもジョックの話じゃ彼女なら――」

「ジョック？　あなた、イアンの召使いに女性を調達させているの？」

「男には生理的欲求があるんだ」カールタウクは繰り返すと、作業台の前の腰掛けに座った。

「エレン・マクタヴィッシュが、今日のきみのお小言の主題というわけか？」

「それとデイードレ・キャメロンとマーシャ・ベルマーも」

「まったく。スコットランドの女性ってのは口が軽いんだな。三人ともきみのところへ？」

「わたしは地主の妻よ。なにか困ったことがあればお城に来るのは、このあたりに住む女性たちにとっては当たり前のことなの」

「わたしは彼女たちを喜ばせてやったんだ。困らせたわけじゃない。それに誰とも結婚の約束などしていない。わたしが約束をしたとでも言っていたかい？」

「いいえ」マーガレットは不快げに顔をゆがめた。「ただ、さかりのついた猫みたいにけたたましく泣くばかり。あなたが二度と自分のところへ来ないって恨み言を言って」

カールタウクが突如、噴きだした。「それはまずいだろう」たくましい胸板を拳で軽く叩く。「ほんの一度、神聖な稲妻に打たれるなら神の恵みで話がすむが、繰り返し何度もとなると、彼女たちは永遠にほかの男では満足できなくなる」

マーガレットは目を伏せた。「まったく、なんて傲慢《ごうまん》で自惚《うぬぼ》れの強い男なの、あなたって。こんな男と、われながらよくも同じ部屋にいられたものだわ」

「それは、きみがわたしを必要としてるからだよ」

「必要としてる？」彼女はぱっと目を見開いた。「わたしは誰のことも必要としてないわ。ことに、女性はベッドのなかか、おかしな彫像のモデルになるぐらいしか使い道はないと考えているような、恥知らずの自慢家はね」

「まったく役立たずと言ってるわけじゃない。実際、きみのことだって大目に見てるじゃないか。モデルになってはくれないし、かといって楽しませてくれるわけでも――」

「大目に見てるのはこっちのほうよ」マーガレットは立ちあがり、彼をにらみつけた。「この厩舎を占領して……ほんとは馬や家畜のために必要なのよ。そのくせ少しも手伝いをしようとしないばかりか――」

「きみの言うとおりだ」

「なんですって?」

カールタウクはやさしく微笑んだ。「わたしは自分本位のどうしようもない男だ。きみに面倒ばかりかけている」

「そのとおりだわ」マーガレットは不審の目を向けた。「いきなりものわかりがよくなって、どういうつもり?」

「おそらく心寂しくて、きみに立ち去ってほしくないと思ってるからだろう。さあ、座って、もう少しコーヒーを飲んだらいい」

「あなたが寂しいですって?」マーガレットは警戒しつつもふたたび椅子に腰を下ろした。

「そんなはずないじゃないの」

「どうしてわかる?」カールタウクはストーブに歩み寄り、自分もカップにコーヒーを注いだ。「男の欲求ってのは、かならずしも体だけとはかぎらない。自分の弱さを見せたがらないのは、なにもリー・スンだけのことじゃないんだよ。誰だってときには、自分の本心を押し隠したままで望ましい結果をもたらそうとすることがあるものだ」ふたたび作業台の前の椅子に戻った。「おそらくわたしがあの女性たちを稲妻で打ったのも、きみを自分のところへ引き寄せたかったからだろう」

「ご冗談でしょ」

カールタウクは大きくのけぞり、笑い声をはじけさせた。「さすが、わたしのことをよくわかっている。そのとおりだ。わたしほどの偉大な男が、なぜ欲しいものを手にするのに躊躇する必要がある？」

「それで、エレン・マクタヴィッシュから欲しいものを手に入れるのにも躊躇しなかったってわけね？」

カールタウクは肩をすくめた。「ひと言で欲求と言っても、簡単に満たせるものもあればそうでないものもある。しかしそれよりも、なぜきみが今日まで小言を言わずにおいたか、ということのほうが気になるな。エレンがきみのところへ行ったのは、昨日の朝だったんだろう？」

「昨日は忙しかったのよ」マーガレットは急いで目をそらした。「つまらないことにかかずらってる暇なんてなかったの。それとも、わたしが言い訳を作ってあなたに会いに来てるとでも？」

「いくらわたしでも、そこまで自惚れてはいないよ」カールタウクはコーヒーをすすった。

「だが、今日のきみはいささかぴりぴりしてる気がするんだが」

「だからそれは、エレン・マクタヴィッシュが——」

「彼女ごときできみが動揺したりするわけがない。きみのことだ、貞操観念に欠けているとかなんとか叱りつけて、相手にしなかったんだろう。本当はなにがあった?」彼女の視線をとらえて訊いた。「イアンか?」

ほっと安堵し、全身から力が抜けるのを感じた。やっぱり気づいてくれた。これで心おきなく聞いてもらうことができる。カールタウクはいつだって不思議とこちらの心情を察知し、彼女がその重荷を打ち明けるまで執拗に探りを入れつづけてくる。ふたりのあいだのこの奇妙な結びつきは、いま思えば三年前の午後からはじまった。彼女の父親の葬式のあと、カールタウクがお悔やみを言いに部屋を訪れたあのとき。マーガレットは自分でも知らず知らずのうちに、いつのまにか彼に心を打ち明けていた。ほかの誰に対しても、イアンにさえも見せたことのない父親に対しての感情までもぶちまけた。愛情、失望……そして憎しみ。彼は表情ひとつ変えずに聞き入り、やがてなにごとも起こらなかったかのように立ち去った。呪《じゅ》縛《ばく》から解き放たれた彼女をひとり残して。「イアンがスペインに行かないって言うの」

「そんなことは三カ月も前からわかってたじゃないか。リュエルがきっと説得してくれる。彼はいつ来るんだ?」

「明日」

「それじゃ、なにも心配することはない」

「あなたって、わたし以上に彼のことを信頼してるのね。あなたのアドバイスに従ってよかったのかどうか、よくわからないのよ。彼が来るって話をしたときのジェーンのうろたえようったらなかったわ」

「彼女だって、いつかはリュエルと折りあいをつけなきゃならないんだ。きみには助けが必要だし、彼はそれを与えることができる」

「だから、ほかのことは問題じゃないと?」

「わたしだってジェーンのことは好きだ」カップのなかに目を落とす。「でもときには、選択しなければならないこともある」

「それでイアンを選ぶと言うの?」

「イアン?」カールタウクはふた口でコーヒーを飲み干すと、カップをテーブルの上に置いた。「もちろん、そうだ。イアンのほうが助けを必要としてるんだからね。イアンのためなら誰だって、多少の犠牲は払うべきだよ。昨夜も苦しんだのか?」

「なぜそれを?」

「よほどせっぱつまってなければ、リュエルの到着前にわざわざスペイン行きの話を持ちだしたりしないはずだろう?」

「ひと晩じゅう咳をしてたわ」カップを握る手に思わず力がこもった。「それなのにスペインの話をしたら、笑い飛ばすのよ。グレンクラレンは自分を必要としてるんだって。わたしが彼を必要としてることには、おかまいなしでね」

「そのことを彼に?」

「まさか。いまだってじゅうぶん苦しんでるのに、そのうえ罪責感まで背負わせろと言うの?」

「そうじゃない。きみがそんなことを望むわけがない」カールタウクは微笑んだ。「ただ、わたしなら無関係な人間だし、どんな重荷だって振り払えるほどのたくましい肩を持っている。話してごらん。聞きたいんだ」

彼は本当に聞きたがっている。熱のこもったまなざしで見つめられ、屈強な彼の意志に抱きすくめられるような感覚を覚えた。

「さあ」カールタウクが静かに促した。「吐きだすんだ。昨夜咳がはじまったところから話してくれ」

マーガレットは深々とひとつ息を吸うと、話しはじめた。

カールタウクは熱心に耳を傾けながら、巧みな指さばきで目の前の粘土を形作っていく。その間《かん》もマーガレットの口からは滝のように言葉がほとばしりでた。時間の経過さえ意識になかった。ふとカールタウクが立ちあがり、作業台の傍らの木製の支柱に載せたランプに火を灯した。それから座りなおすと、ふたたびじっと聞き入った。

ついにマーガレットが語り終え、ふたりのあいだに穏やかな沈黙が満ちた。

と、カールタウクのたくましい手が、テーブルに置かれた粘土の塊を叩きつぶした。

「なんてことを——」マーガレットは彼の顔に目を向けた。「どうしてそんなことをするの？　午後じゅうかけてせっかく作ったのに」

「気に入らなかっただけだ」カールタウクはタオルを拾いあげ、両手をぬぐった。「平凡なものをあれこれいじくりまわして傑作を作りだすよりは、ひと思いに壊してしまったほうがいい」にやっとする。「もっともそれは、天才のわたしならではの話だ。普通の人間なら、そうやって作ったものが人生最良の出来になることもあるだろうがね」

先ほどまでの落ち着きのなさは跡形もなく消えていた。思わず彼に微笑み返す。「傲慢ね」

「真実だ」カールタウクは立ちあがり、もの憂げに体を伸ばした。「ついでに、もうひとつの真実がある。そろそろイアンのところへ戻る時間だ。もうじき暗くなる。彼が心配するよ」

「そうね」マーガレットは立ちあがったものの、立ち去りがたい様子でぐずぐずしていた。「今夜、夕食のあとイアンのチェスの相手をしにきてくださらない？」

「今夜はだめだ」顔をしかめ、テーブルの上の叩きつぶされた粘土を見下ろした。「やらなきゃならない仕事がある」

マーガレットは戸口へ向かった。「それじゃ、リュエルが帰ってきたときに会いましょう」

「そうだな」カールタウクは早くも仕事に熱中し、むずかしい顔をしてふたたび両手で粘土をこねはじめた。

わたしの存在も、わたしの言葉ももはや彼の心にはない。そうよ、それが望みだったんじゃないの？　彼はわたしに静寂と平安を与え、そのあとはきれいさっぱり忘れてくれる。そう知りつつも、今日にかぎっては彼との隔絶感が恨めしかった。

戸口に達したとき、ふと思いついた。「わたしのことは作ってないんでしょうね？」

「なんだって？」

「リー・スンに黙って彼の胸像を作ってるってことは、ひょっとしたらわたしもいつのまにかモデルにされてるんじゃないかと思って」

「きみの彫像をひそかに隠し持ってるんじゃないかと?」カールタウクは首を振った。「それはないよ、マダム」

マーガレットはほっと胸を撫でおろした。「あなたならやりかねないでしょ。自分の芸術のことしか頭にないんですもの、安心などできないわ」

「ごもっとも」彼は頭をもたげた。「でも、きみの胸像を作ってはいない」

「どうして作らないの?」興味にかられて、つい訊いた。

「恐れ多くてできるわけがない」

マーガレットは噴きだした。だが、カールタウクに見つめられてその笑い声はすぐにやんだ。息苦しいような、妙な落ち着きのなさにとらわれる。

彼はふたたび手元に目を落とすと、粘土をこねにかかった。「地主の妻の義憤の前では、さすがのわたしも震える」

マーガレットは安堵感と失望感の入り混じった複雑な思いに胸を突かれた。謎めいたカールタウクの真実を垣間見ることができたと思った瞬間に、それが手のなかから滑り落ちてしまったような、そんな気持ちだった。そもそも彼のことをどれだけ知っているというのだろう? 彼は自分の過去についてはいっさい語らないし、作品の制作以外のことでは助けを求めようともしない。その豪胆でふてぶてしい外見の下は、誰にも見せようとはしない。この数年間、彼からもらったものはたくさんあっても、こちらから与えてあげたものはなにひとつない。満たされるべき心の渇望があると彼が語ったのは、まんざら冗談でもないのだろう。「わたしは真実を言ってなかったわね」とつとつと言葉が漏れでた。「あなたがグレンクラレンを去ったら、寂しがるわ」

カールタウクが手を宙で止めた。こちらを振り向こうとはしない。「イアンが？」

「ええ」マーガレットは唇を湿らせ、ぎこちなく続けた。「それにわたしも。あなたって、見た目よりもずっとやさしい人だと思うの」

「ほう」カールタウクはちらりと目を上げ、はじけるような笑顔を作った。「だが、わたしは外見をつくろったりはしない。きみの基準で判断しないでほしいものだな。わたしは冷酷な異教徒。そうだったろう？」

マーガレットはうなずいた。「そうよ、忘れるもんですか」

「そのうえ、薄情な女たらしだ」

なによ、わたしのことをからかってるんだわ。こんな人が傷つくことを心配するなんて、お人好しもいいところだ。「そうですとも。これからは、あなたのその聖なる稲妻とやらで彼女たちを打つときには、自分でその尻ぬぐいもしてちょうだいね」

高らかなカールタウクの笑い声を背中に聞きながら、さっさと厩舎をあとにした。

ジェーンが城から戻った直後、リー・スンがコテージの扉を叩いた。

「なにかあったのか？」扉を開けるなり、彼女の顔を目にして尋ねた。「イアンか？」

ほら、来た。顔を見れば動揺を悟られてしまうと思ったからこそ、製粉所へは行かずにわざわざ直接コテージに帰ってきたというのに。ジェーンはかぶりを振った。「イアンは変わりないわ」彼の手に握られた封筒に目をやる。「わたし宛て？」

「おまえが出かけたあとに届いたんだ。一刻も早く見たいんじゃないかと思ってさ」彼女に封筒を手渡した。「ランカシャーからだ」

胸が高鳴り、開けるのももどかしく手紙の口を引きちぎった。ああ、神さま、どうか答えがイエスでありますように。今日はもう、悲しい知らせは目にしたくない。だが、短い文章に目を通すや、極度の落胆に全身からどっと力が抜けた。

「まただめだったのか？」

「ええ」ジェーンは手紙を折りたたみ、封筒のなかに戻した。「ランカシャー鉄道はわたしなんかお呼びじゃないんですって」

「それだけか？」

「いいえ」ジェーンは皮肉っぽく笑った。「ミスター・ラドキンスはご丁寧に忠告までしてくれてるわ。こんな男まさりの仕事に就こうなんて馬鹿な真似はやめて、もっとしとやかな仕事を探したほうがいいですって」

「馬鹿はあっちのほうだ」リー・スンが吐き捨てた。

「ほんと、世の中、馬鹿ばっかり。これで五度めよ、この半年で断られたのは」ジェーンは封筒をテーブルの上に放り投げた。恐怖と不安ですでに打ちのめされているときに、こんな悪い知らせが届くなんて。「こうなることは覚悟すべきだったのよ。男だっていうだけで、どんなに役立たずだろうが女よりはましと思われてるんだから」

「いっそのことアメリカに戻るか」リー・スンが提案した。「あそこなら、ここの連中よりそれほど頭は固くないだろ」

「遠すぎるわ。それにスコットランド、いえ、少なくともイングランドを離れるわけにはいかないのよ。イアンが必要としてるかぎりはね」

リー・スンはかぶりを振った。「イアンの怪我にどうしてそこまで責任を感じなきゃならないのか、おれにゃ理解できないね」

過去三年、その理由を何度打ち明けたいと思ったことか。でも、そうしなくてよかったと、いまは心から思える。リュエルばかりか、リー・スンとまで渡りあわなきゃならないなんて、考えただけでもぞっとする。

「なぜなんだ?」リー・スンが訊いた。「あの事故は誰のせいでもないじゃないか」

それが真実ならどれほど救われるだろう。リー・スンの言うとおり、わたしになんの罪もないとしたら。自分さえパトリックの行動にきちんと目を光らせていれば、イアンはいまでも健全な生活を送れていた。もはやその事実をひとりで抱えこむのは耐えがたい苦痛だった。だが、ほかに道はない。イアンを目にするたび、心がよじれるほど痛ましいその姿を前に、自分自身の罪をいやというほど思い知る以外には。

「イアンが好きだからよ。彼のために役立つことならなんでもやりたいの」ジェーンは唐突に目をそらすと、椅子からタータンチェックのショールを拾いあげ、戸口に向かった。「散歩したくなったわ。あなたも付き合う？」

リー・スンは首を振り、おぼつかない足取りで馬に歩み寄った。「おれの脚は一日働きゃぼろぼろさ。それにその様子じゃ、歩くというよりは走りかねない感じだからな。さっさと城に戻ることにするよ。明日またな」ちらりと彼女を振り返る。「それともまだ一緒にいてほしいってんなら別だけどさ」

ジェーンは無理やり笑顔を作った。「今日の作業は終わって、作業員はみんな家に帰ったのよ。用事があるわけないじゃない。この手紙のことなら心配ないわ。はなから期待しちゃいなかったから」

「それじゃ、マーガレットから聞いた知らせのせいか？　あんなに真っ青な顔して、熱があるみたいにぶるぶる震えてたのは」

「そんな顔してなんか――」容赦なく見つめられ、口ごもった。「リュエル・マクラレンが明日グレンクラレンに帰ってくるんですって」

「なるほど」リー・スンはかすかに頬を緩めた。「どうりで景気の悪い顔をしてるわけだ」

「べつにそんな顔してないわよ。ただ、落ち着かないだけ」

「どうして？」

ジェーンは肩をすくめた。「彼といると……そんな気になるの。彼ってそういう人じゃない」

「グレンクラレンにとっちゃ、ありがたい存在だよ」反論しかかるジェーンを制して、なおも言う。「たしかにおれたちもそれなりに働いちゃきたけど、そいつができたのも彼の金があってこそだ。それは否定できないぜ、ジェーン」

「わかってるわよ、そんなこと」ジェーンはむっつりと黙りこみ、それから急にむきになった。「だけど――どうして帰ってきたりするのよ？　彼はここの人間じゃないでしょ」

「それはおれたちだって同じだ」リー・スンが静かに諭した。「おまえだってわかってるはずだ。そうじゃなきゃ、ほかの土地で仕事を探したりしないはずだろ。ここ一年、おまえがじょじょに苛ついてくるのが手に取るようにわかったよ。いったい、いつまでここにいる気だ？」

「イアンがわたしたちを必要としなくなるまでよ」

リー・スンはかぶりを振った。「おれたちふたりの働きで、なんとかグレンクラレンはまともな体裁になったじゃないか。あとはマーガレットにまかせりゃいい」

不自由そうに彼が馬にまたがり、その鼻面を城のほうに向けるのをジェーンは見守った。

「リー・スン！」

彼が振り返った。

「ここにいるのが、そんなにいや？」

リー・スンは首を振った。「おれにとっちゃ、どこも似たようなもんだ。たぶんおまえと同じ、少し物足りなくて苛々してるのさ。ここにはチャレンジするような刺激がなにもないからな」馬の腹を蹴って駆けだした。

ジェーンは緑と黒のタータンチェックのショールを体にきつく巻きつけ、丘を登りはじめた。太陽は山の向こうに沈みかけ、頬を撫でる冷たい風は秋のにおいを含んでいる。足早に、というより駆けるといっていいほどの速さで、でこぼこの道を登っていく。本来ならコテージに戻って夕食の支度をし、早々とベッドに入るべきところだが、どれもあまり気乗りがしなかった。今日も夜明けと同時に目を覚まし、マーガレットに呼ばれて城に顔を出すまで一日じゅう製粉所で作業の監督をしていた。にもかかわらず、体はそれほど疲れてはいなかった。最近では単調な毎日に飽きあきしている自分を感じることが多かった。昨日も今日も明日も、判で押したように同じ毎日。

けれど、明日は違う。明日はリュエルが帰ってくる。

いいえ、リュエルのことなんか放っておくのよ。いまはグレンクラレンで果たすべき仕事と、リー・スンの言葉について考えないと。ああ言って否定はしたものの、わたしと同じように彼が内心不満を抱いてるのは間違いない。自分に負い目があるからといって、リー・スンまでここに縛りつけておく権利などわたしにはない。でも、グレンクラレンを離れたとしても、リー・スンとふたり、いったいどこへ行けばいいのだろう？　唯一の生活の糧《かて》は鉄道の仕事だけ。それだって、脚が不自由な人間と女のコンビじゃ誰も雇ってくれるはずのないことは火を見るより明らかだ。なにか別の可能性を考えて――

「きみがマクラレン家のタータンチェックを身につけるようになったとはな」

ジェーンはぎくりとしてその場に凍りついた。

リュエルの声？　まさか。「その赤毛には似合わないだろう。おれだったらそんなものは着せない」

恐るおそる振り返った。リュエルがこっちに向かって歩いてくる。三年前と同じ。アニーの家を見下ろしながらせつに願った脆弱《ぜいじゃく》さなど、微塵《みじん》もない。よりたくましく、より引き締まったという以外は、少しも変わりなかった。

早くも体が反応しはじめた。息さえまともにつけず、いまにも気を失ってしまいそうだった。カサンポールを出発したあの日と同じ——束縛感や絶望感や悲しみや、それ以外のごちゃ混ぜの感情がいっきに襲いかかってくる。ジェーンは深く息を吸って、暴れ馬のような心臓を抑えようとした。「明日帰ってくるはずじゃなかったの？」

「期待どおりに行動するなんてのは利口な人間のすることじゃない。敵に準備する猶予を与えてしまうからな」

「ここには敵なんかいないわ」

「そうかな」リュエルがすぐそばまでやってきた。「それならなぜ、きみのことを考えるたび苦痛に胸を掻きむしりたくなる？」そこで微笑みかけた。「きみもおれのことを？」

「いいえ、考えなかったわ」ジェーンは嘘をついた。「忙しくてそんな暇はなかったもの」

額にかかった髪を風が巻きあげ、たくましく美しいその顔立ちがあらわになった。ジェーンははじめて会ったときと同じように、彼に魅了されている自分に気づいた。

「マギーの手紙にもそう書いてあった」眼下の渓谷に見える製粉所を眺めやって言った。

「城の修復、酪農、新しい製粉所。イアンもさぞ喜んでるだろう」

「それがあなたの望みだったんでしょう?」

「それがすべてじゃない」リュエルは彼女の顔に目を戻した。焼けつくような青い瞳に見据えられ、ジェーンは思わずうろたえた。「きみが苦しむことも願った。それなのにきみは楽な道を選んだ」

「楽な?」ジェーンは心外な声を出した。「冗談じゃないわ。一生懸命働いたわよ」

「だが、それによって達成感が得られたはずだ。それがなきゃ、かえってつらかったんじゃないか」

「それはおあいにくさま。でも、イアンの身のまわりの世話はマーガレットがやりたがったのよ」

「きみが逃げだすことを予想しなかったのは、おれのミスだな」リュエルはにやりとした。

「だが、おれは戻ってきた。これからでもそのミスは取り返せる」

「わたしに手出しすることはできない。前にも言ったはずよ。ここへ来たのはわたしの意志、ここを去るのもわたしの意志よ」

「やっぱり、グレンクラレンを出ていこうと考えてたわけか。そうじゃないかと思ってた。三年は短くない」

「マーガレットが手紙で知らせたのね。わたしが地元の鉄道会社にいくつか仕事を打診してるって」

「いや、彼女はグレンクラレンのことしか知らせてこない。だが、わかっていた。きみならそのうち落ち着かなくなるだろうと」

そう、マンダリンはいつだって、こちらの心を見透かしてしまう。

その心の声が聞こえたかのように、リュエルはうなずいた。「きみの考えてることぐらいわかるさ。以前もそのつもりだったが、いまとなっちゃ、おれ以上にきみを知ってる人間はいないとまで確信できる。きみのことを考えたくないと思ったのに、きみはいつも現れた」

口元をこわばらせる。「くたくたになるまで山で働いて、眠ろうとして横たわると、きみが現れる。最初は腹が立ったよ。だが、そのうちに慣れた。きみはおれの生活の一部になった。おれ自身の一部になった」

ジェーンは身震いした。「わたしを憎んでるのね」

「さあ、もはやどう思ってるかはさだかじゃない。ただ、おれのなかからきみの存在を一掃しなきゃならないことだけは確かだ。そして、それが達成されるのは、きみがイアンにしたことの報いを受けたと確信できたときだけだ」

「もうじゅうぶんに報いは受けたわよ。彼の姿を目にするたびに、胸が張り裂けそうになるわ」

「彼の姿など見てもいないはずだ。城から離れて、製粉所のそばに居心地のいいこぢんまりした家を構えてね。彼の苦しみなんか、めったに目にしてない」

ジェーンは言い訳をする気にもならなかった。なにを言おうと、どのみち彼に信じてもらえるはずはない。「言い訳するつもりはないわ。どうせあなたは、わたしの言うことになんか耳を貸さないんでしょうから」

「いまさらなにを言っても遅い。それにマギーの熱意にほだされたおれが甘かったんだ。ま、それもたいした問題じゃない。こうして戻ってきたんだ。これからはおれの好きなようにやるだけだ」白い歯をこぼした。「そろそろ城に行かないと。ひと言忠告しておきたくて立ち寄っただけだ。おれから逃げようとしたって無駄だとね」

「立ち去ると決めたら、あなたがなにを言おうと止められないわ」

「だが、かならず見つけてやる。きみを見つけられなきゃ、リー・スンを見つけるまでだ」思わせぶりにひと息ついた。「あるいはパトリックか。言わなかったか？　エディンバラのパトリックの家を訪ねてきたと？」

ジェーンはびくっと身構えた。「嘘に決まってるわ」

「彼はまともに話もできないからか？　最近じゃいつも酔っぱらってるから？」

「そうらしいわ」用心深く答える。

「あれほど大事にしていた彼をほっぽりだすとはな。驚いたよ。あの飲んだくれが弱るのがきみの望みってわけか？」

ジェーンは答えなかった。

「そうはいっても、まだ完全に見捨てたわけじゃないらしい。下宿の女主人の話じゃ、きみが三カ月おきに仕送りをしてるおかげで、なんとかまともな生活を送ってるようじゃないか。まあ、いい。パトリックは利用価値がありそうだ」手を伸ばし、タータンのショールを引き寄せて彼女の肩を覆ってやった。まるで自分のものであることを誇示するような遠慮のない仕草。「家に戻れ。だいぶ冷えてきたから風邪をひくぞ」

意外な仕草にふと警戒を解き、ジェーンは当惑したように彼の顔を見上げた。「わたしが凍え死んだってかまわないんじゃない？」

「そんなことはない。大いにかまうさ。誰であれなんであれ、きみに触れることは許さない。おれ以外はな。やさしい風であれ冷酷な風であれ、きみに吹きつける風は唯一おれだけということだ」穏やかで打ち解けた物言いをしながらも、その奥に潜む、張りつめた緊張感は聞き間違いようもなかった。彼の指が伸びてきて、愛撫するように首筋に触れる。体を電流が走ったような衝撃に打たれ、思わずあとずさった。

その反応を目にして、リュエルはにやりとした。「明日の朝、また会いにくる。それまでにマギーとイアンと話をして、おれなりの計画をまとめておくことにするよ」

「イアンを説得してスペインに連れてくつもり？」

「いや、シニダーに連れていく」

ジェーンは目を丸くした。「行きっこないわ」

「それは違う。イアンはおれと一緒なら来るさ」彼女の目をのぞきこんだ。「きみもだ、ジェーン」

「まさか」

「明日の朝は製粉所へは行くな。さもないとこっちから押しかけていく」

「脅すつもり？」

「当面はそのつもりはない。だが、おれがきみにとって脅威であることは間違いない。もっとも、人間というのは自分に有利に働くとなれば、脅威だろうが喜んで受け入れる。保証するよ。おれの計画はきみにとってもいい話だ、ジェーン」身を翻し、坂道を下りていく。

「ところで、そのショール、明日は身につけるな。不愉快になる」

かつて結婚を申しこんできた男が、いまは同じ相手に対して、一族のタータンチェックを身にまとうほどの価値もないと言い放つ。こんな些細なことで胸がうずくのは不思議な気がした。これよりもずっとひどい仕打ちを受けてきたはずなのに。「わたしはここの人間じゃないって言いたいんだろうけど、このショールはマーガレットがくれたものよ。手放す気はないわ」

「きみがそれを身につけると神聖なる一族が汚される。そう思っておれが怒ってると？」リュエルは首を振った。「そいつで一族を汚すことができるって言うなら、マクラレン家のタータンを頭の先からつま先までまとわせるさ。おれはな、グレンクラレンもその伝統的な服装も大嫌いなんだ。親父のせいで、よそ者だという思いをいやというほど味わった」

「それなら、わたしがどうしようと文句を言う必要はないじゃない」

「そこが、おれのひと筋縄じゃいかないところだ。そのタータンチェックは、所有者たることを示す象徴みたいなもんだ。グレンクラレンがきみを所有してるという考えは気に入らない。だから二度とそれは身につけるな」

こらえにこらえていた恐怖に全身を貫かれながら、ジェーンは歩き去る彼の背中を見送った。リュエルは姿を現すだけでよかった。たったそれだけのことで、わたしはカサンポールを出発したあのときと同じように、荒れ狂う大波に投げだされた気分を味わっている。彼が来るほんの少し前まではグレンクラレンの単調さに飽きあきしていたはずなのに、いまではあの退屈さが懐かしくさえ思えた。

シニダーになど行くわけにはいかない。彼の思いどおりには絶対にならない。彼に翻弄され、抗うことができなかったのは過去のこと。いまなら相手がリュエルだろうと手出しはさせない。

ジェーンは深々と息を吸い、どうにか気持ちを落ち着けた。たしかにいまも彼の美しさに目を奪われはした。けれどしょせんは肉体の話。わたしを抑えつけようとしているリュエルの最大の武器は力だ。力相手ならわたしだって対抗できる。そう、愛なんかじゃない。狂気はすでに乗り越えたのだ。離れていたこの数年のあいだに、愚かな錯覚はすべて捨て去った。

そう、愛なんかじゃない。

ザ・ミステリ・コレクション

光《ひかり》の旅路《たびじ》〈上〉

[著　者]　アイリス・ジョハンセン

[訳　者]　酒井 裕美

[発行所]　株式会社 二見書房
東京都千代田区神田神保町1-5-10
電話　03(3219)2311[営業]
　　　03(3219)2315[編集]
振替　00170-4-2639

[印　刷]　株式会社 堀内印刷所
[製　本]　株式会社 明泉堂

落丁・乱丁本はお取り替えいたします。
定価は、カバーに表示してあります。

ISBN4-576-04044-8
http://www.futami.co.jp